GERAÇÃO T.E.E.N.
TRANSEI E ESQUECI O NOME

Marty Beckerman

GERAÇÃO T.E.E.N.
TRANSEI E ESQUECI O NOME

Tradução: Daniel Pellizzari

Ediouro

Título original
Generation S.L.U.T.

Copyright © 2004 by Marty Beckerman
Copyright da tradução © Ediouro Publicações Ltda, 2005

Capa: **Christiano Menezes**

Adaptação de projeto gráfico: **Miriam Lerner**

Copidesque: **Paulo Correa**

Revisão: **Isabella Leal**
Elisa Rosa

Produção editorial: **Juliana Romeiro**

CIP - BRASIL. CATALOGAÇÃO-NA-FONTE
SINDICATO NACIONAL DOS EDITORES DE LIVROS, RJ

B356g

    Geração T.E.E.N.: transei e esqueci o nome / Marty
    Beckerman ; tradução Daniel Pellizzari.- Rio de Janeiro :
    Ediouro, 2005.

    Tradução de: Generation S.L.U.T.
    ISBN 85-00-01612-4

    1. Adolescentes – Ficção. 2. Papel sexual – Ficção. 3.
    Ficção americana. I. Pellizzari, Daniel, 1974-. II Título. II.
    Título: Geração T.E.E.N.

05-1971.   CDD 813
                                                            CDU 821.111(73)-3

05 06 07 08 09   8 7 6 5 4 3 2 1

Todos os direitos reservados à Ediouro Publicações Ltda.

Rua Nova Jerusalém, 345 Bonsucesso
Rio de Janeiro – RJ- CEP 21.042-230
Tel.: (21) 3882-8200 – Fax: (21) 3882-8212/3882-8313
www.ediouro.com.br

Com abundante simpatia, dedico este livro a todos os jovens de 18 anos do Planeta Terra que ainda são virgens.

Agradeço a Deus por não ter permanecido um de vocês por muito tempo, seus coitados.

Agradecimentos especiais:

Jim Fitzgerald
Jacob Hoye
John Strausbaugh
Ned Vizzini
Rodger Streitmatter
Bob Sassone
Jessica Mauer
Mamãe e Papai
Snoopy, o Cão Maravilha

nota do autor a respeito de estatísticas:

qualquer pessoa pode fazer qualquer estudo público dizer quase qualquer coisa. as estatísticas aqui contidas foram retiradas dos estudos mais recentes e respeitáveis disponíveis, mas os dados mudam a cada dia e representam apenas análises de resultados específicos. assim sendo, estas estatísticas não devem ser tomadas como um reflexo absoluto da realidade, mas apenas como a representação mais meticulosa possível neste momento.

Ó vergonha, e teu pudor?
Ardente inferno...
Na fogosa juventude, que a virtude seja
como a cera, e em seu próprio fogo se derreta.
Que não se proclame indecência quando assoma
a paixão indômita, pois mesmo o gelo também arde.
— SHAKESPEARE

Ao nos dar forças para que nos rendamos aos nossos desejos, não estaria a natureza provando que temos este direito?
— MARQUÊS DE SADE

Poeta, em nome daquele Deus por ti desconhecido, conduze-me por este caminho...
e sê meu guia pelos tristes salões do inferno.
— DANTE

"No ano 2000, 'ficar' era um termo conhecido por quase todas as crianças americanas com mais de 9 anos de idade, mas apenas para uma porcentagem relativamente menor de seus pais, que, mesmo se o escutassem, pensariam que estava sendo usado no sentido antigo de estar na companhia de alguém... Ainda no século XX, as garotas americanas usavam a terminologia do beisebol. 'Primeira base' significava abraços e beijos; 'segunda base' significava amassos e mão-boba; 'terceira base' significava felação, normalmente conhecida, em conversas educadas, pelo termo ambíguo 'sexo oral'; 'base principal' significava intercurso sexual no estilo reprodutivo, também conhecido na intimidade como 'ir até o fim'. No ano 2000, na era do ficar, 'primeira base' significa beijos de língua, amassos e mão-boba; 'segunda base' significa sexo oral; 'terceira base' significa 'ir até o fim'; 'base principal' significa saber o nome da outra pessoa."
— *HOOKING UP*, DE TOM WOLFE (PICADOR, EUA, 2001).

"Elizabeth Walters, enfermeira, parteira e assistente social na clínica do Programa de Conscientização de Adolescentes sobre Saúde Sexual em Princeton, cita a visita recente de uma mãe e seu filho de 12 anos. 'Ele era um esportista, jogava futebol', afirma. A mãe percebera que o filho voltara mais retraído e irritadiço depois de uma excursão. 'Ela começou a interrogá-lo', disse Walters. Certo dia, quando foi buscá-lo na escolinha de futebol, ele revelou o que havia de errado: ele praticara sexo anal com uma menina durante a excursão. 'Ela quase perdeu o controle do carro', afirma Walters."
— *US NEWS & WORLD REPORT*, 27 DE MAIO DE 2002.

ESTATÍSTICAS VADIAS

Porcentagem de garotos americanos de 18 anos que não são virgens: **80**
Porcentagem de garotas americanas de 18 anos que não são virgens: **77**
Número de adolescentes americanos que perdem a virgindade a cada dia: **7.700**

(Fonte: Instituto Alan Guttmacher.)

LISA C., 16
FARGO, DAKOTA DO NORTE

"Vamos ver, com quantos caras eu já transei? Foram uns três... oito... 11... 12... É, foram tipo uns 14. Ai meu Deus, peraí, vou contar nos dedos. Jerry, hã... Mike, Casey, Aaron... É, foram tipo uns 14."

ESTATÍSTICAS VADIAS

Porcentagem de garotos de 15 a 17 anos que sentem-se pressionados pelos amigos a transar: **67**
Porcentagem de garotas de 15 a 17 anos que sentem-se pressionadas pelos garotos a transar: **89**
Porcentagem de garotas de 15 a 17 anos que consideram aceitável que garotos tenham diversas parceiras sexuais: **42**
Porcentagem de jovens de 15 a 17 anos que consideram "ruim" para um garoto ser virgem: **19**

(Fonte: The Kaiser Family Foundation / Revista *Seventeen*, dezembro de 2002.)

AMANDA, 13
SACRAMENTO, CALIFÓRNIA

(Depoimento no documentário Middle School Confessions, da HBO.)

"Acho que acima de tudo somos uma geração que entra em contato com o sexo quando é muito jovem e tipo, é por isso que ficamos loucos pra experimentar de uma vez... Sabe, minha mãe não era muito ligada em toda essa história de sexo quando tinha 13 anos. Nós somos."

"As garotas de hoje entendem tanto de camisinhas quanto de sapatos e de piercings de umbigo, e têm orgulho do seu *know-how*. 'Carrego uma comigo desde os 12 anos', diz Amanda, uma garota pequenina, de voz delicada, que faz parte da equipe de atletismo. 'Batom e uma camisinha são basicamente tudo que você precisa. Não dá pra confiar nos garotos.' Ainda não teve relações sexuais, mas, como ela mesmo diz, 'nunca se sabe'. Aos 16 anos, já chupou seis garotos. 'Foi normal, nada de mais. Às vezes enche o saco, porque os caras não falam muito e você tem que ficar chupando até a boca começar a doer. Sempre imagino que sou a [atriz] Drew Barrymore quando estou chupando alguém.'"
— SALON.COM, 14 DE DEZEMBRO DE 2000.

"Que a mulher tenha a tendência de ser mais seletiva que os homens na escolha de seus parceiros sexuais é exatamente o que sugere a teoria evolucionária; mas já que o amor romântico não parece ser uma experiência humana universal, não se poderia esperar que o amor fosse a base da escolha feminina em todos os lugares."
— *A EVOLUÇÃO DA SEXUALIDADE HUMANA*, DE DONALD SYMONS (OXFORD UNIVERSITY PRESS, 1979).

SEXTA

SEXTA

– Não tô sendo fresco. – Max saiu do colchão de Brett e se aproximou do parapeito coberto de neve. – Como se minha masculinidade tivesse alguma relação com pular essa sua janela idiota.

– Sua *masculinidade*? – riu Brett. – Desculpa aí, mas *qual* de nós dois nunca deu uma porra de um beijo numa garota em toda a vida?

– Grande coisa. – Max pulou a janela e caiu de lado no chão coberto de gelo.

– Mas *hoje à noite...* – Brett pulou depois de Max e caiu perfeitamente em pé. – Bem, não é à toa que chamam isso de festinha de pegação, Maxwell. Querendo ou não, você vai se dar bem.

– Eu nem *conheço* as pessoas dessa festa. – Max se levantou e limpou a neve das calças. – Como é que você se dá bem com uma garota que nunca *viu* antes?

– É só encontrar uma garota sozinha, fazer ela rir um pouco, dizer que ela é especial ou bonita ou algo assim. Essas coisas. *No mínimo* você vai até a segunda base, porra, juro por Deus.

– Tipo beijo de língua, um peitinho, essas coisas? Ou algo mais?

– É por aí. – Brett tirou um cigarro de sua latinha de drops Altoids Wintergreen. – Mas não vai enfiar a língua na garganta dela nem fazer nenhuma idiotice dessas, tá bom? E fica de boca fechada quando estiver caindo em cima da garota, senão você vai fazer ela ter ânsia de vômito antes mesmo da Festinha da Chupação Adolescente Americana *começar*. E se, *se*, você acabar *mesmo* pegando uma garota hoje à noite, e não posso garantir nada por causa dessa espinha grotesca na ponta do seu nariz, *não* diga pra ela que é seu primeiro beijo, tá bom? Isso podia ser legal há tipo três anos, mas agora é uma porra de um *dever*, saca? Agora as garotas curtem caras *experientes*. Então é melhor você fingir.

– Tá bom. Pode deixar. Sou *experiente*, baby. Que tal?

– Deus do céu. – Brett forçou um sorriso. – Você *vai* se dar bem.

– Mas não ia ser meio estranho? – perguntou Max, acompanhando Brett pela rua coberta de gelo e fechando as mãos dentro dos bolsos do casaco para manter seus dedos aquecidos. – Tipo, nem *conhecer* uma garota e já sair direto fazendo de tudo com ela?

– Com essas putinhas de merda, isso *não* importa, cara. É totalmente irrelevante se é você ou se sou eu, bem, se for eu talvez seja melhor, o que importa é que nós dois somos caras, porra. É só isso que importa pra essas garotas burras, entende? E se tudo der errado, eu digo pra uma putinha qualquer da nona série que como ela na próxima festa se ela der pra você hoje à noite.

– Hã, Brett, sinceramente não tenho certeza se quero dormir com uma garota que nem conheço. Sei lá...

– Ou tanto faz, como ela hoje mesmo. Ei, você toparia pegar uma garota de duplinha, essas coisas? Quer dizer, a gente teria que ver o pau do outro e tudo o mais, mas imagina que seria *do caralho* se eu ficasse com a boca e você ficasse com a meladinha, com a *buc*...

– Que nojo, Brett... Quanto falta pra gente chegar na casa da Ashley Iverson? Tá ficando frio pra caramba aqui fora.

– Se acalma, otário. Ainda faltam uns quarteirões.

– Amanhã alguém vai se mudar pro apartamento na frente do meu. – Max quase tropeçou em um montinho de neve no meio da rua. – Ainda não sei quem é, mas acho que tô bem empolgado com isso.

– Ah, é? Então vai se foder, sua bicha.

– Eu não sou gay, Brett. Você sabe disso.
– Ah, é? Então vai se foder, sua bicha.

– Mas então, como é? – Max perguntou depois de cinco minutos de silêncio. – Quer dizer, transar com uma garota e tal.
– Bem... não tem nada a ver com punheta. – Brett acendeu outro cigarro. – É mais... porra, cara, não sei *dizer*. É difícil pra caralho de *descrever*. Acho que é tipo uma torta de maçã quentinha, mais ou menos por aí, mas... ah, que nada, falei merda... é uma daquelas coisas que não se parece com nada além dela mesma, saca?
Silêncio.
– Ah, que se foda. – Brett sorriu. – Logo você vai saber. Claro que isso poderá exigir a intervenção do nosso bom amigo Deus Todo-Poderoso, mas aposto que você tem no máximo mais duas horas de virgindade. Parabéns, Maxwell. Logo, logo você vai ser um homem de verdade.
– Bem, eu... acho que sim, de repente. É que... sei lá. A primeira vez não tem que ser especial ou algo assim?
– *Especial?* – Brett caiu na gargalhada. – Pelo amor de *Deus*, Max. Como assim? Eu nunca contei da *minha* primeira vez pra você?
– Não... acho que não. Com quem foi? Quinn Kaysen?
– Que naaada, cara. Foi com uma garota de *faculdade*. Lembra quando visitei meu irmão na Universidade do Oregon ano passado? Pois então, uma noite ele e uns amigos da fraternidade tavam tomando umas, saca? E de repente eles acharam que seria divertido conseguir uma *trepada* pra mim. Aí começaram a lembrar os nomes das garotas que tinham acabado de se separar dos namorados e de outras que foderiam qualquer coisa que se mexesse. E aí, chamaram uma garota, acho que o nome dela era tipo Kia, Sarah ou algo assim, e meu irmão me apresentou pra ela como se eu fosse um calouro visitante, vindo de fora. Bem, eu era mesmo um calouro do *ensino médio*, mas a gente fez aquela puta burra ficar tão bêbada que nem conseguia mais sacar a porra da diferença. Juro por Deus, cara, tudo que eu disse pra aquela vadia de merda foi "De onde você é?" e "Qual é seu curso?" Aí ela perguntou se eu tava a fim de ir

pro quarto dela e "fazer cafuné". Porra, cara, a gente fez de tudo. *Tudo mesmo*, tô falando sério.

– Uau... E você jura que não se sente mal por ter esquecido o nome dela?

– Pára com isso, Maxwell. Foi muito do caralho. E eu *nem* tava bêbado.

– Hã... ei, Brett. – Max seguiu Brett, abrindo caminho entre as duas dúzias de alunos do colégio Kapkovian Pacific que tentavam se manter em pé no jardim da casa de Ashley Iverson. – Não sei se vou conseguir me encaixar direito por aqui.

– Do que você tá falando?

– É que... eu tô com *medo*, Brett.

– Com *medo?* De quê? Das *pessoas?*

– Todo mundo é *enorme*. – Max congelou, paralisado. – E eles não me conhecem e não gostam de mim e todos estão usando roupas da Pike & Crew e eu não e não consigo não consigo não consigo não consigo não...

– Dá pra *se acalmar*, porra? A gente tá aqui pra se divertir, não pra ter uma merda dum *colapso nervoso*.

– Eu sei eu sei foi mal Brett eu sei eu sei eu *sei*.

– Olha só, Max... vou contar um segredo pra você, tá bom? Você promete que fica frio se eu contar um segredo? Tá bom. *Eu também tô com medo*, tá? *Todo mundo* aqui tá morrendo de medo.

– Todo mundo? – A respiração de Max ficou mais leve. – Até *você?*

– É só um *padrão*, saca? Você usa Pike & Crew, fica trepando em festinhas, usa esses colares de contas totalmente idiotas, faz luzes no cabelo e três horas de bronzeamento artificial por semana e *só aí* fica pronto pra ser julgado como uma pessoa de verdade. Você precisa sacrificar um pouco da individualidade pra ser visto como um indivíduo por esse pessoal.

– Mas então por quê...?

– Por que o *quê*, Max?

– Por que você faz essas coisas?

– Merda... *sei lá*, cara. Acho que de algum jeito mórbido e todo errado eu meio que curto tudo isso. Agora escuta aqui, acabei de contar pra você uma coisa a respeito desse pessoal que nem eles mesmos sabem, tá? Então vamos entrar, encher a cara e nos divertir. Prometo que logo você vai sacar que foi burrice ter ficado com medo dessas vagabundas, tá bom?

– Tá bom... – Max mordeu o lábio inferior. – Desculpa por ter me apavorado. Acho que isso não foi muito legal.

– Não se preocupa com isso, cara. – Brett deu um tapinha nas costas de Max. – Vou tentar não contar pra ninguém que de vez em quando você pode ser uma donzelinha.

Ashley sorriu, seu hálito já recendendo a licor Bailey's, vodca Absolut, rum de coco Malibu e Bacardi Breezers.

– Vamos lá pra cima, pra que ninguém veja que tem mais bebida. Nem precisa tirar os sapatos, o pessoal ia acabar tropeçando neles.

– Esse aqui é o Max, a propósito. – Brett subiu a escadaria de madeira de lei atrás de Ashley, analisando cuidadosamente seu traseiro parcamente coberto por uma minissaia. – Max, essa aqui é a Ashley. Ela é boa demais pra você, então nem começa se empolgar.

– Pára, Brett. – Ashley corou. – Prazer em conhecê-lo, Max.

– O prazer é meu – respondeu Max. – Você é bonita. E especial. Essas coisas.

– *Ohhhhhhhhhhhh* – gemeu Ashley, conduzindo Max e Brett para dentro da escuridão de seu quarto e fechando a porta. – Tem um copinho ali na minha penteadeira.

– Eu podia apostar que teria, sua putinha alcoólatra. – Brett estendeu a mão e pegou o copinho, que estava ao lado de uma embalagem azul de camisinhas Trojan,[1] lacrada. – E aí, grandes planos pra essa noite?

– Nenhum deles envolve você – Ashley sentou-se na cama. – Pelo menos não no futuro imediato.

– Que infelicidade. – Brett encheu o copinho e tomou tudo de uma vez. – Então, seus pais estão na Europa ou algo assim?

– Na Tailândia, acho. Você parece meio incomodado, Max. Quer sentar aqui na cama comigo?

– Tá bom. – Max sentou na cama. – Valeu.

– *Puta*. – Brett fingiu tossir, com a mão na frente da boca. – *Vadia*.

– Ah Brett, vai se foder – disse Ashley. – Você não devia estar atrás da Quinn Kaysen?

– Agora somos só amigos. – Brett estendeu o copinho para Ashley. – Você sabe disso, Ash.

– Ah, é mesmo? – Ela encheu o copinho e bebeu. – Então acho que você nem vai querer saber quem tá caindo em cima dela a noite inteira. Max, quer beber um pouco?

– Tá bom... Claro. – Max pegou a garrafa das mãos de Ashley e encheu o copinho, nervoso. Depois engoliu a bebida de uma só vez e caiu de joelhos, tossindo e espirrando.

– Mas que vergonha, caralho. – Brett suspirou. – É a primeira vez na vida que ele toma um destilado.

– Foi, *cac-cac*, foi *mal* – disse Max, engasgado. – Ai, *cac*, ai meu Deus. Isso arde.

– Certo, seu otário, vou descer. Você vem comigo, Ash?

– Ah... vou ficar aqui – disse Ashley. – Acho que ele vai mesmo preferir a limonada.

– Claro que vai. – Brett abriu a porta do quarto. – Feliz trepada, linda.

"*All you need is fuck, all you need is fuck, fuck, fuck is all you need*", Brett cantarolava na melodia de "All You Need is Love" dos Beatles, descendo as escadas até a espaçosa sala de estar. Centenas de estudantes da Kapkovian Pacific bebiam cerveja barata em copos

---

[1] "PRESERVATIVOS LUBRIFICADOS DE LÁTEX TROJAN-ENZ : Se usado de forma adequada, o preservativo de látex ajudará a reduzir os riscos de infecção pelo vírus do HIV e muitas outras doenças sexualmente transmissíveis. É também altamente eficaz na prevenção da gravidez".

de plástico, contavam piadas da época do começo do ensino médio e, sempre aos pares, caminhavam sem parar pelo piso de madeira de lei. Muitos outros casais estavam deitados sobre o mesmo piso, não exatamente dançando, mas fornicando em público.

– ...até que é boa essa cerva...
– ...prefiro destilados...
– ...tem que se acostumar...
– ...é que nem *buceta*...
– ...faria anal se...
– ...com camisinha ou...
– ...meio imbecil, mas tinha um carro legal e aí deixei ele me comer...
– ...baita gostosa, mas ela é *cristã*...
– ...uns pregos e uma cruz e faz de *tudo* com ela, seu filho da puta...

– *Aê, Brett Hunter, seu bosta!* – O atacante do time de futebol americano do Kapkovian Pacific surgiu cambalaente do meio da multidão suada e envolveu os ombros de Brett com seu braço olímpico. – O que seu irmão tá achando do Oregon?

– Tá gostando. Não encosta em mim. – Brett se libertou do atacante e se aproximou ainda mais daquele pandemônio adolescente.

– Ai, meu Deus, *Brett Hunter!* – Uma garota com luzes nos cabelos castanhos agarrou o cinto de couro de Brett e esfregou sua pélvis contra a dele no ritmo da música eletrônica que retumbava por toda a casa. – Ai, meu *Deus*, não acredito que tô *dançando* com o *maior* campeão de atletismo da escola.

– Qual seu nome? – Brett retribuiu os movimentos da garota, colocando uma das mãos um pouco abaixo de seu quadril e a outra em cima de seus *glutei maximi* malhados e bronzeados. – Porra, você dança bem.

– *Brett! Aqui!* – Quinn Kaysen pulou do sofá de couro e atravessou a sala. – Meu Deus, achei que você *nem vinha*!

– Um abraço no Papai? – pediu Brett, empurrando a garota de cabelos castanhos de volta para a multidão. – Por favor? Posso pagar.

– Gracinha. – Quinn envolveu Brett em um abraço. – Onde é que você *esteve* a noite toda?

– Tive uns probleminhas na hora de sair de casa, só isso; não quis vir de carro pra cá porque meus pais poderiam escutar o barulho do motor. Mas e aí, Quinn Duas-Doses, você já tá bêbada?
– Não muito – ela sorriu. – Certo, *talveeez*... ai meu Deus, Brett, você nem vai *acreditar* em quem acabou de me convidar pro...
– O cheiro do seu perfume é *incrível*, por sinal. É o We da Calvin Klein? Ou o Conformity da Pike & Crew?
– Escuta, Brett, você nem vai *acreditar* em quem acabou de me convidar pro baile de inverno.
– Convidou... você... pro... *Quem?*
– Trevor *Thompson*. Dá pra *acreditar*?
– Tá brincando. – Brett engoliu em seco. – Ha! Ha!
– Ai, meu *Deus*, Brett, você já viu a BMW nova dele? É tipo, o carro mais bonito em que eu já *entrei* na vida. E ele acabou de comprar seu próprio *apartamento. Sabia?* Quem mais tem seu próprio apartamento no começo do colégio? E ele beija *tão* bem.
– Quinn, você... você não pode... Trevor Thompson é *perigoso*, tá bom? Você não conhece ele tão bem quanto eu.
– Vai se foder, Brett. A gente nem tá mais ficando, lembra? Você não pode ficar me dizendo o que eu posso ou não posso fazer com a porra da minha vida. Eu já *esqueci* você, por que você não me esquece?
– Alguém falou em BMW? – Trevor abraçou a cintura de Quinn e beijou seu pescoço. – Desculpe por deixar você sozinha, gata. Espero que tenha se virado bem na minha ausência.
– Você é um amor – Quinn sorriu. – Ah, Trevor, esse aqui é meu amigo Brett Hunter, da equipe de atletismo. Brett, este é Trevor *Thompson*. Estamos *juntos* esta noite.
– Meus pais me deram seu livro de presente de Natal. – Brett apertou a mão de Trevor com toda a força que conseguiu. – Parabéns, Trevor. Mesmo.
– Muito obrigado, Hunter. – Trevor abriu um sorriso. – Espero que o livro tenha enchido você de sabedoria.
– Conta pra ele do *segundo* – disse Quinn. – Ele tá escrevendo *outro*, Brett.
– É basicamente uma continuação de *Adolescentes investidores* – Trevor explicou. – Por enquanto estou chamando de *Ganhei um*

milhão de dólares antes de fazer 18 anos e você pode fazer isso também: como vencer no mercado de ações E no colégio. A Random House e a HarperCollins já estão oferecendo cifras na casa dos milhões por ele, e ainda não escrevi nem *sete* páginas.

– Olha, Trevor, isso é mesmo do caralho. – Brett trincou os dentes. – Quinn, agora vou atrás do Max. Falo com você depois, tá?

– Terça vai ter uma festa na minha casa, Hunter – disse Trevor. – Considere-se convidado.

– Espera, Brett – Quinn pediu. – Você convidou alguma garota pro baile, né?

– Não... – respondeu Brett, dando-lhe as costas. – Não encontrei nenhuma que valesse a pena.

– Opa... nada mal mesmo. – Max colocou a garrafa vazia de Jack Daniel's Lynchburg Lemonade* ao lado das cinco outras na penteadeira de carvalho. – Desculpe por acabar com a caixa toda e tal. Acho que tava com muita sede.

– Tudo bem. – Ashley riu. – A maioria dos caras nunca iria *admitir* que gosta de bebidas de garota, só bebem cerveja ruim, porque acho que os paus deles são menores do que gostariam, e aí precisam ficar provando o quanto são machões uns pros outros.

– É, não entendo porque o certo é encher a cara com coisas que têm gosto ruim. Mas o Brett sempre diz que bebidas de garota são tipo a pior coisa do mundo pra se encostar a boca, com exceção da genitália de outro homem.

– Meu Deus... como é que você *agüenta* ele?

– Sei lá... ele é meu melhor amigo.

– Ele não *trata* você como se fosse seu amigo.

– Bem, acho que às vezes ele é mesmo um grande babaca, mas, no fundo, ele é um cara legal, sabe? Quer dizer, é meio óbvio que não sou o cara mais popular da escola e tal, mas ele não tá nem aí se eu não pratico esportes nem vou pra festas ou coisas assim. Não é só porque ele faz tudo isso e eu não, que a gente vai deixar de ser amigo.

---
* Versão industrializada de um drinque que leva uísque, cointreau, soda limonada e açúcar. (N. do T.)

Silêncio.

– Então... hum... De que tipo de música você gosta? – Max perguntou. – Quer dizer, se você gosta de ouvir música e tal.

– Ah, qualquer coisa que esteja tocando no rádio... e você?

– Adoro os Beatles. E às vezes escuto Simon & Garfunkel.

– *Beatles?* – Ashley gargalhou. – Meus *pais* gostam dos Beatles.

– Sério? Que legal... quer dizer... hum... que lixo. Ai meu Deus.

– Me diz uma coisa, querido. – Ashley apertou os antebraços de Max. – A gente vai ficar ou não?

– Ah... – Max desviou os olhos, observando atentamente os pôsteres de cantores pop e ídolos adolescentes que cobriam as paredes. – Ei, álcool não dá alucinações, né?

– Não. – Ashley deslizou as mãos até o peito dele. – Não dá alucinações. – Sua língua começou a dar cambalhotas dentro da boca de Max.

– *Uau!* – disse Max, ofegante. – Isso é *bom mesmo*!

Ashley deu uma risada e guiou as mãos de Max por baixo de sua blusa e seu sutiã.

– Desculpa. – Olhando para sua ereção, Max ficou vermelho. – Eu... eu não tenho como ligar e desligar isso sozinho.

– Gosto de fazer os cara ficarem duros. – Ashley tirou a camisa de Max e depois a sua. – Quer lamber meus peitos?

– Tá! – Max enterrou o rosto nos seios de Ashley na mesma hora em que Brett abriu a porta do quarto.

– *Caralho!* – gritou Brett.

– *Putz!* – gritou Max.

– *Deus Pai Todo-Poderoso!* – gritou Brett.

– *Putz!* – gritou Max.

– Oi, Brett – disse Ashley, calma. – Tá precisando de alguma coisa? Ou dessa vez quer só ficar olhando?

– Esquece. – Brett bateu a porta. – Tô indo pra casa. Vou deixar a janela aberta pra você, tigrão.

(Silêncio longo e constrangedor).

– Ai, meu Deus – suspirou Max. – Que vergonha.

– Não tranquei a porta, a culpa é minha. – Ashley caminhou pelo quarto, trancou a porta, tirou seu sutiã de seda negra da Pike &

Crew e voltou para a cama usando apenas uma calcinha preta do mesmo conjunto. – Você ainda *quer*, né?

– Eu... não, eu... *quero*, claro que quero... Só não queria que isso não significasse nada pra nenhum de nós dois e, na verdade, eu nunca tinha beijado uma garota até cinco minutos atrás e agora tô meio apavorado mesmo, achando você muito bonita e muito legal ainda mais assim sem muita roupa.

– Você é um amor. – Ashley abriu o zíper das calças de Max, abaixou sua samba-canção do Homem-Aranha e pegou o pacote de camisinhas da penteadeira. – Não resista às coisas que você quer, tá bom?

– Tá bom... – Max fechou os olhos e deitou de barriga para cima, afundando a cabeça no travesseiro.

Ashley foi descendo, cobrindo de beijos o peito e a barriga de Max, depois passou a língua para cima e para baixo na cabeça de seu pênis, massageando os testículos dele com uma das mãos e o masturbando com a outra. Abriu o pacote da camisinha e delicadamente desenrolou o preservativo de látex sobre o pênis de Max. Em seguida, tirou sua calcinha preta e deitou no colchão.

– Me fode? – sussurrou.

E Max teve certeza de uma coisa:

Aquilo não era amor.

"Vai se foder, Trevor", Brett disse para si mesmo, abrindo caminho em meio à horda orgiástica de adolescentes bêbados que o separavam da porta de entrada. "Pretensioso de merda hipócrita traidor filho de uma vadia imunda e sifilí..."

– Você *ainda* tá aqui? – A garota de cabelos castanhos que antes se esfregara em Brett na sala de estar surgiu tropeçando no corredor. As alças delicadas de sua blusinha da Pike & Crew deslizavam por seus braços. – Ai, meu *Deus*, Brett. Você *ainda* tá aqui.

– É mesmo? – Brett empurrou a garota para o lado e abriu a porta de entrada.

– *Espera!* – Ela se jogou na frente da porta. – Por favor, eu... ai, meu Deus, sei que você deve tá pensando que eu só tô dizendo isso porque tô bêbada, mas olha, você tá tão *bonito* hoje e dança *tão* bem e eu só quero...

– *Ai, Cristo* – Brett suspirou. – Tá bom. Tudo bem. Onde?
– Que tal aqui? – Ela levou Brett para dentro de um armário embutido lotado de sapatos, jogos de tabuleiro empoeirados e um aspirador de pó quebrado. – Ai, meu Deus, quero tanto ficar com você desde que ganhou o campeonato estadual ano passado. Você não tem *idéia* de quantas vezes fiquei imaginando que isso tava acontecendo.
– Qual é seu nome? – Brett abriu seu zíper.
– Holly. – A garota se ajoelhou e puxou a samba-canção xadrez Pike & Crew de Brett. – Sou da equipe de animadoras de torcida. – A garota ficou roçando a língua pela ponta do pênis de Brett, lubrificando sua glande com saliva, e depois ficou lambendo e chupando por quase 17 minutos. – Você vai gozar ou não?
– Não sei. – Brett deu de ombros, sem abrir os olhos. – Acho que preferia que você fosse a Quinn.
– *O quê?* – Ela se afastou da virilha coberta de saliva de Brett. – *O que foi que você acabou de me dizer, porra?*
– Nada. – Brett puxou sua samba-canção, fechou o zíper das calças e depois saiu do armário fechando a porta às suas costas.

– Já voltou? – Brett estava deitado em sua cama, segurando uma lata aberta de Budweiser sobre o peito e com a outra mão enfiada dentro da samba-canção xadrez. – Sei muito bem que a Ashley fode com vontade. Não tem como agüentar nem *cinco* minutos com uma vadia dessas.

– Cala a boca, Brett. – Max se ergueu do parapeito e entrou no quarto. – Ela nem lembrou do meu *nome*.

– Algumas garotas só ficam deitadas sem fazer *nada*, mas a Ashley... caralho, a Ashley pega pesado *mesmo*.

– Não *significou* nada. – O peito de Max estremeceu. – Não *significou* nada.

– E daí? – Brett ergueu a cabeça do travesseiro. – Qual é o problema?

– Eu nem *conhecia* ela... Deus, eu nem... nem conhecia...

– Que as mulheres se fodam, cara. – Brett tomou um gole da Budweiser. – Deixa eu contar um negócio, tá bom? Quando eu tinha 14 anos, meu irmão me levou pra uma boate de strip no centro. Tinha uma garota que trabalhava por lá que, com certeza, tinha *acabado* de fazer 18 anos. Meu irmão começou a encher ela de gorjetas, saca? Aí, depois que ele gastou uns vinte ou trinta paus, a puta começou a fazer um *lap dance** pra ele, esfregando aquele rabo durinho de *stripper* em cima do pau dele, enfiando aqueles peitos maravilhosos na cara dele, essa coisa toda, e ele continuou dando *mais* dinheiro pra ela, tá bom? Até que ela perguntou se ele não queria ir pros fundos, mas aí ele sorriu e apontou pra mim. Antes que eu me desse conta, estava cravado numa porta de banheiro com as mãos daquela *stripper* dentro das minhas calças.

– Reconfortante, Brett. – Max fungou. – Você sabe mesmo alegrar alguém.

– Sabe o que eu disse pro meu irmão depois daquilo? *Eu nem conhecia ela.* Juro por Deus, Max. Minha cara tava quase explodindo de tanto chorar, que nem a sua tá agora. E aí meu irmão disse o seguinte: "Brett, já aconteceu. Você pode ficar se odiando pra sempre ou admitir de uma vez que adorou tudinho." Agora fala sério, Max. Seja honesto uma vez na vida.

– Ai meu Deus... – Max cobriu o rosto com as duas mãos. – Foi tão gostoso.

– Bem, Deus é testemunha que eu *sabia* que você ia dizer isso. – Brett afundou o rosto no travesseiro. – Boa noite, otário.

---

* Performance na qual a *stripper* dança em frente ao cliente em lugar reservado, roçando seu corpo no dele, com atenção especial para o colo (*lap*). Em geral, é expressamente proibido ao cliente encostar as mãos em qualquer parte do corpo da *stripper* durante a performance. (N. do T.)

ESTATÍSTICAS VADIAS

Porcentagem de adolescentes de 18 anos sexualmente ativos em 1959: **23**
Porcentagem de adolescentes de 18 anos sexualmente ativos em 1968: **42**
Porcentagem de adolescentes de 18 anos sexualmente ativos em 1972: **55**
Porcentagem de adolescentes de 18 anos sexualmente ativos em 1982: **64**
Porcentagem de adolescentes de 18 anos sexualmente ativos em 1988: **74**
Porcentagem de adolescentes de 18 anos sexualmente ativos em 1999: **80**

(Fontes: Instituto Alan Guttmacher/Rollin, L., 1999.)

Porcentagem de adolescentes de 12 a 14 anos que não são mais virgens: **20**
Porcentagem de adolescentes de 14 anos que já estiveram numa festa com álcool: **50**

(Fonte: *The New York Times*, 20 de maio de 2003.)

Porcentagem de adolescentes que transaram sem camisinha quando estavam bêbados: **20**
Porcentagem de adolescentes que acham que sexo inseguro "não tem nada de mais": **17**
Porcentagem de adolescentes que afirmam que o álcool influenciou sua decisão de comportamento sexual pelo menos uma vez: **25**
Porcentagem de adolescentes de 15 a 17 anos que acham que "esperar a hora certa de transar é uma boa idéia, mas ninguém leva isso a sério": **63**

(Fonte: The Kaiser Family Foundation, maio de 2003.)

Porcentagem de estudantes do final do ensino médio que já tiveram quatro ou mais parceiros sexuais: **21**

(Fonte: Academia Americana de Pediatria.)

"Depois de quase meio século em que gerações de mulheres jovens eram aconselhadas a nunca telefonar para um rapaz, agora as adolescentes não apenas telefonam, mas costumam tomar a iniciativa romântica e até mesmo sexual. Influenciadas pelos efeitos posteriores do feminismo, que ensinou as garotas a serem decididas em todos os campos da vida, e tendo internalizado as imagens de mulheres sexualmente poderosas da cultura popular, as garotas americanas estão mais ousadas do que nunca... A adolescente enquanto agressora sexual é um personagem recorrente de videoclipes, quase machista em sua busca por sexo e em seu orgulho de declarar o prazer que isso lhe proporciona."

— *THE NEW YORK TIMES*, 3 DE NOVEMBRO DE 2002.

**JESSICA JONES, 13
RESTON, VIRGÍNIA**

[Citação retirada de A Tribe Apart: A Journey Into the Heart of American Adolescence. Random House, 1999.]

"É, tipo assim, quando você vai pra uma festa e fica bêbada, sente tesão. É bem isso que acontece, e aí você fica com as pessoas. A maioria delas acaba transando..."

**KAYLA B., 18
ST. PAUL, MINNESOTA**

"Tenho certeza que o nome dele começava com 'L'. Era Larry, Loren, algo assim. Mas enfim, a gente se divertiu."

"Pesquisadores de Washington, D. C., iniciaram recentemente um programa para prevenir a atividade sexual precoce. A idéia era apresentá-lo para alunos da sétima série, mas depois de um estudo prévio decidiram trocar seu público-alvo para os alunos da quinta série. Na sétima série já havia um número excessivo de alunos com vida sexual. 'Dia desses, lá na escola, pegaram uma garota fazendo sexo oral em um garoto no banheiro', afirmou Maurisha Stenson, de 14 anos, aluna da oitava série de uma escola de Syracuse, NY."
— *USA TODAY*, 14 DE MARÇO DE 2002.

ASHLEY O., 19
WASHINGTON, D.C.

"É meio ruim quando você fica tão bêbada que depois de acordar nem lembra o nome dos caras com quem ficou. Quer dizer, tipo, não que isso seja a pior coisa pra se esquecer na vida e tal, mas é meio ruim, sim."

JULIAN H., 18
NOVA YORK

"Acabei de fazer 18 anos e estou na faculdade. Fiquei com muitas garotas no colégio, e mais de uma vez nem sabia o nome delas. O engraçado é que sempre rola um conflito entre meu pênis e meu cérebro, mas infelizmente meu pênis sempre ganha. Nunca transei, e por isso estou naquele grupo esquisito de jovens de 18 anos que são virgens, mas que já fizeram de tudo, isso porque meu relacionamento mais longo durou duas semanas."

"Aos 14 anos, mais da metade dos garotos já encostou a mão nos seios de uma garota, e um quarto deles já tocou na vulva de uma delas. Metade dos jovens relataram experiências com felação e cunilíngua."

— *JOVENS SEXUAIS, MÍDIA SEXUAL: INVESTIGANDO A INFLUÊNCIA DA MÍDIA NA SEXUALIDADE ADOLESCENTE*, EDITADO POR JANE D. BROWN, JEANNE R. STEELE E KIM WALSH-CHILDERS (LAWRENCE ERLBAUM ASSOCIATES, 2002).

"Cunilíngua *s.f.* ato de buscar e dar prazer sexual com a boca e a língua na vulva da mulher."

— *DICIONÁRIO HOUAISS DA LÍNGUA PORTUGUESA* (EDITORA OBJETIVA, 2001).

JENNIFER C., 18
FILADÉLFIA,
PENSILVÂNIA

"Eu estava ficando com um cara nas últimas semanas. Gosto bastante dele, bastante mesmo, mas sei que ele está transando com outra garota. Não sou nada conservadora, mas disse pra ele que não achava legal que ele ficasse com mais alguém. Ele respondeu que se eu quisesse ter alguma coisa com ele, não podia ficar exigindo nada."

QUANDO AGARREI A PEITÕES DE MELANCIA

Uma história patética

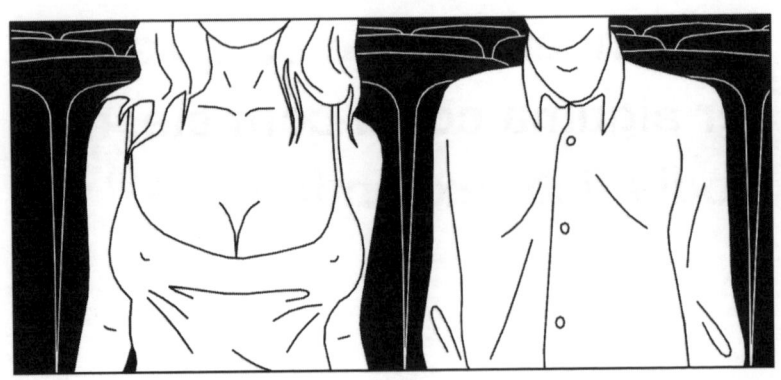

"As garotas se preocupavam (nos anos 1950) em saber como poderiam continuar respeitáveis aos olhos de um rapaz e, ao mesmo tempo, deixá-lo 'fazer o que queria'. (...) Esperava-se dos rapazes que pressionassem as garotas gradativamente, em busca de favores cada vez maiores, enquanto as garotas – ao menos aquelas que desejavam parecer 'decentes' e continuar sendo convidadas para sair e tendo relacionamentos estáveis – cediam o mínimo necessário e nada mais... Como era inevitável, tal sistema gerou perplexidade e frustração para ambas as partes."
– *CULTURA JOVEM NO SÉCULO XX, DÉCADA A DÉCADA – UM GUIA DE REFERÊNCIA*, POR LUCY ROLLIN (GREENWOOD PRESS, 1999).

"Embora este livro seja destinado à distração de garotos e garotas... parte do meu plano foi fazer os adultos lembrarem com prazer aquilo que um dia foram, como se sentiam, pensavam e falavam, e todas as empreitadas curiosas com as quais por vezes se envolveram."
– *AS AVENTURAS DE TOM SAWYER*, DE MARK TWAIN, 1876.

---

18 de janeiro de 2000

"Essa é a casa certa?" penso em voz alta, conduzindo nervosamente a minivan Dodge de 1984 pela entrada da garagem da casa da Garota. Nunca havia me metido em nenhum encontro às escuras em todos os meus 16 anos sobre a superfície do Planeta Terra, e a ansiedade causada por essa realidade cruel é no mínimo paralisante. Afinal de contas, esta noite será nada mais, nada menos do que um autêntico teste de *toda a minha personalidade*. Em nome de Deus, como eu poderia *não* estar apavorado? Perguntas e Dúvidas. Perguntas e Dúvidas:

Será que faço o tipo dela?
Será que ela faz meu tipo?
E se eu *fizer* o tipo dela?
E se ela fizer *meu* tipo? E aí?
Ou: e se eu *não* fizer o tipo dela nem ela fizer meu tipo, será que esta noite acabará se transformando em uma Sessão de Tortura terrivelmente constrangedora para nós dois?
Será que ela morde quando faz boquete?
A porta de entrada da casa se abre de repente e por ela sai a Garota: morena, 1,65 metro (exatamente a minha altura), camiseta azul

apertadinha e meu Jesus de Nazaré, olha só o *tamanho* dessas Tetas. Meu Deus do céu, como ela consegue *caminhar* com esses troços? *Uau!* Quer dizer, puta que pariu, meu Deus! Vocês serão minhas logo mais, Belezinhas. Esperem só pra ver.

– Oi – diz a Peitões de Melancia, abrindo a porta marrom e entrando no meu Amormóvel.[2] – Sou a [Srta. Peitões].

– E aí? – pergunto, tentando soar minimamente descolado e falhando com louvor. – Sou o Marty. Olha... você tá linda.

Estou falando dessas Esferas Gigantescas e Pesadas, isso sim. *Caralho!*

– Oh... – Ela fecha a porta e aperta seu cinto de segurança marrom. – Obrigada.

– Então – digo, dando ré na minivan –, você já ouviu muitos comentários sobre esse filme que a gente vai assistir?

– Não, pra ser sincera...

Ela também parece nervosa. Claro, isso é perfeitamente compreensível: ora, ela provavelmente está com as mesmas dúvidas que *eu!* Ha! Quem poderia imaginar? (Bem, é melhor essa putinha não fazer bobagem se essa putinha souber o que é melhor pra essa putinha).

– Esse seu carro é bem legal, hein. – Com requintes de crueldade e sem necessidade alguma, a Garota insulta o Amormóvel.

– Essa minivan é muito ridícula – confesso. – Quer dizer, meus pais me deram ela, então nem posso reclamar, mas as garotas acham ela esquisita e os caras acham patética, opinião sobre a qual nem penso em discutir.

– Por que você não compra seu próprio carro? – ela pergunta.

– Por que você não chupa meu próprio pau? – resmungo.

– *O quê?* – ela rosna. – *O que foi que você disse?*

– Eu disse que isso é mau. São seis horas, vamos perder os *trailers*.

– Ah... – ela diz. – Então acelera.

Obediente como sempre, aumento a velocidade da minivan de trinta para cem quilômetros por hora: a velocidade perfeita para um bairro residencial cheio de pirralhos. Logo chegamos ao cinema lotado e – depois de encontrar uma vaga de estacionamento convenientemente localizada a cento e cinqüenta milhões de quilômetros da entrada do cinema

---

[2] Em nome da atemporalidade literária, devo registrar que a *minivan* Dodge de 1984 é possivelmente o automóvel mais patético, afeminado e horrendo já criado pelas mãos do Homem. Nesta nação (Os Estados Unidos da América), onde o adolescente médio pode facilmente seduzir com fins sexuais uma adolescente média, mesmo ao dispor de um automóvel apenas vagamente impressionante, dirigir uma *minivan* Dodge de 1984 é um ato análogo a decepar seu próprio Pênis Adolescente com um Machado.

– compramos entradas e achamos lugares que, a julgar por seu estado grudento e morno, acabaram de receber uma descarga de esperma. O filme, sua comédia romântica padrão, já começou.

– Hum, [Srta. Peitões]? – sussurro depois de alguns instantes. Como era inevitável, minha voz racha toda, como se eu tivesse acabado de entrar na puberdade. – Posso abraçar você?

Por favor, meu bom Deus? Por favor, por favor, por favor?

– Você nem deveria *perguntar* – Ela fica vermelha.

Glória ao Pai! Alá Seja Louvado! Deus é nosso SENHOR!

Os noventa minutos seguintes passam rápido demais. O corpo voluptuoso da Peitões de Melancia está tão colado ao meu que sou incapaz de me concentrar em qualquer coisa além de manter minha Ereção Afobada sob controle. Misericórdia Divina, como vou gostar de lamber essas Bolas Gorduchas da Alegria até que elas sofram *erosão*.

– Então, você gostou do filme? – pergunto durante nossa caminhada de volta ao Amormóvel.

– Não é ruim – responde Peitões de Melancia, segurando minha mão.

– Gostei quando [blá, blá, blá, blá, blá, blá, blá].

– Legal... então, hã... tá a fim de ir pra algum outro lugar?

– Na verdade, meus pais me deram hora pra voltar.

– Olha, pode apostar que quando essa hora chegar eles já vão estar dormindo.

– Eu sei, eu sei. Desculpe. Preciso mesmo voltar pra casa.

– Certo, certo, tá bom, você que sabe. – Preciso represar um oceano de lágrimas.

Tomamos nossos respectivos assentos na minivan e dirijo em silêncio de volta ao bairro refinado de Anchorage, onde ela mora.

– Em qual rua eu viro? – pergunto, quando nos aproximamos de um cruzamento.

– Bem ali. – Ela aponta para uma estradinha de terra além do cruzamento.

– Ei, o que você acharia se eu perguntasse se você não está a fim que eu estacione o carro ali naquela parte escura da estrada pra que a gente possa se agarrar ou algo assim?

Tá bom, que porra foi essa que você acabou de dizer, Beckerman?, eu me pergunto. *Você é um imbecil, sabia? Completamente sem noção.*

Agora esses Balangandãs Carnudos nunca serão seus, idiota. Nunca! Nunca! Nunca!

– Você nem deveria *perguntar*. – Ela fica vermelha de novo.

– *Sério?* – Abro um sorriso cheio de expectativas suculentas e estaciono a minivan. – Quer dizer... tipo... *sério?*

– Sério. – Seu sorriso é o mais precioso par de seios gigantes. Mais precioso "sorriso", quero dizer. Ha! Ha!

– Você vai adorar. – Desafivelo meu cinto de segurança marrom e me inclino para beijar aqueles suplicantes lábios adolescentes.

– Espera... – Ela coloca as mãos em meus ombros e arruina aquele instante.

– *Espera?* – eu grito. – *A gente não tem tempo pra esperar, caralho! Meu saco tá prestes a explodir!*

– Esse é meu primeiro beijo.

Ah, não... Não, não, não, não. *Não.* Não agora. Não quando eu estou assim tão perto.

– Bem, então talvez seja melhor a gente desistir – suspiro.

– Mas eu *quero* – ela diz. – Só que...

– É seu *primeiro* beijo. Você merece alguém melhor. Sério. Tem que ser uma coisa especial.

– Ahhhhh, que fofo. – Ela chega cada vez mais perto. (Sim, Filhos da Puta: Aquelas Fábricas de Galões de Leite são *Minhas! Minhas!* Todas *Minhas,* caralho!) – Foi diferente do que eu imaginava – ela diz depois que o beijo atinge sua conclusão natural.

– Não gostou? – pergunto, questionando tanto a opinião da garota quanto minha masculinidade.

– *Gostei* sim – ela confessa. – Só achava que ia ser meio... não sei, bem... diferente.

– Não se preocupe.

Me inclino novamente e – como faria qualquer homem de verdade – não perco tempo em meter a Língua. Ela parece um pouco surpresa por essa virada no jogo e, para a infelicidade do meu sistema digestivo, não parece entender muito bem seu papel na barganha.

– Você tem que mexer – explico.

– Mexer o quê?

– Sua língua – elucido. – Você tem que mexer sua língua. Em círculos.

– Hã... Como assim?

– Sua língua estava parada. Foi nojento.

– Eu... desculpa... eu não *sabia*.

– Tudo bem. Você não sabia. Talvez seja por isso que você tenha deixado sua língua solta dentro da minha boca como se fosse um camarão molhado ou um tentáculo de polvo ou... ou *sei lá o quê*. Por Deus.

– Eu não *sabia* – ela choraminga. – Eu não...

– Tá bom – tento consolar, me inclinando novamente.

Sim, os Balangandãs Carnudos estão ali, bem na minha frente – tão firmes e ao mesmo tempo tão *macios* –, apenas esperando a Bolinada Boazuda das minhas suadas mãos Judaicas.

E agora, como é que vou dar o bote?, reflito, enquanto rodopio minha língua dentro daquela boquinha doce. *Talvez seja melhor dizer alguma coisa romântica! É, isso aí! Eu sou um gênio!*

– Posso encostar nos seus peitinhos agora? – galanteio.

– Pra casa – diz Peitões de Melancia.

– Hein? – pergunto.

– Pra casa. Me leva pra casa.

– Eu tava brincando! – minto. – Ha! Ha!

– Pra casa – ela repete. – Agora.

– Você sabe que eu não tava falando sério.

– *Não tá me escutando?* Pra casa.

– Certo, certo, tá bom, você que sabe.

E assim termina minha façanha lasciva da noite. Os Balangandãs Carnudos que partam para as regiões mais remotas do Espaço Distante, já que nenhum deles chegará a conhecer o Prazer Excrusciante dos Apertões Libidinosos de Marty Beckerman. Ah, enfim. Azar o dela.

– Por favor? – imploro.

– Não – ela diz.

– Você não pode brincar assim com as *emoções* das pessoas, caralho – choramingo. – Porra, eu gostava de você e o que recebi em troca? Fui *usado*. Eu *também* tenho sentimentos, sabia? Não sou uma porra de um pedaço de *carne*.

– Pra casa – ela repete. – Já.

ESTATÍSTICAS VADIAS

14 MIL

Número de alusões sexuais na televisão às quais o adolescente médio se expõe a cada ano.

(Fonte: Academia Americana de Pediatria.)

28

Quantidade de horas que a criança média passa assistindo televisão por semana.

(Fonte: Academia Americana de Pediatria.)

64%

Porcentagem de adolescentes americanos que têm um televisor em seus quartos.

(Fonte: *Up from Invisibility*, de Larry Gross. Columbia University Press, 2001.)

72%

Porcentagem de adolescentes americanos que acreditam que comportamentos sexuais mostrados pela televisão influenciam "um pouco" ou "bastante" os comportamentos sexuais de outros adolescentes.

(Fonte: The Kaiser Family Foundation, julho de 2002.)

223.673

Número de adolescentes americanos que passaram por cirurgias plásticas estéticas em 2002.

(Fonte: Sociedade Americana de Cirurgiões Plásticos, abril de 2003.)

"Pais que têm dúvidas sobre a vida sexual de seus filhos deveriam começar a prestar mais atenção ao que acontece no andar de cima ou no final do corredor. Novas pesquisas indicam que a maioria dos adolescentes sexualmente ativos perdeu a virgindade na casa dos pais, geralmente tarde da noite. 'Os jovens não precisam mais dirigir até [os] mirantes para manter relações sexuais', diz Sarah Brown, diretora da Campanha Nacional de Prevenção da Gravidez Adolescente. Os dados sugerem que muitas vezes os adultos estão em casa quando isso acontece."
— *THE ASSOCIATED PRESS*, 26 DE SETEMBRO DE 2002.

"COLDWATER, Mich. — Uma garota de 17 anos foi responsabilizada criminalmente por ter supostamente mantido relações sexuais sem uso de preservativos com um homem da cidade sem contar a ele que tinha AIDS. Amber Jo Sours foi acusada do crime, que prevê uma pena de quatro anos de reclusão, depois que quatro homens declararam ter tido relações com ela sem saber que ela havia contraído a doença... A jovem sorriu e gargalhou ao ser informada da acusação no tribunal na última segunda-feira... Sours vem se envolvendo com o sistema penal juvenil desde que deu à luz um filho aos 12 anos."
— *THE ASSOCIATED PRESS*, 6 DE MARÇO DE 2003.

"Mês passado, o Instituto Alan Guttmacher publicou o primeiro estudo nacional sobre as práticas sexuais dos adolescentes de 15 a 19 anos. Os pesquisadores descobriram que, enquanto 55% dos garotos dessa faixa etária afirmam ter mantido intercurso vaginal, dois terços dos garotos entrevistados dizem ter se envolvido com sexo oral, sexo anal e 'masturbação feita por uma mulher'. Mais de um em cada dez garotos já fez sexo anal, metade já recebeu sexo oral de uma garota e pouco mais de um terço já fez sexo oral em uma. Além disso, muitos desses adolescentes afirmaram não considerar o sexo oral — nem mesmo o sexo anal — como sexo. Alguns até os consideram 'abstinência'."
— SALON.COM, 10 DE JANEIRO DE 2001.

"Os alunos da Palo Alto High estão prestes a ser informados que o 'freaking' — uma dança relativamente popular que simula uma relação sexual — poderá fazer com que sejam banidos de festas realizadas na escola... A diretora Sandra Pearson planeja informar hoje aos seus 1.650 alunos que está banindo coreografias sexualmente ostensivas em resposta aos apelos de alguns pais e alunos. O 'freaking', contudo, pouco tem a ver com o twist. 'É diferente, porque algumas vezes a garota está no chão, coberta de rapazes se mexendo no ritmo da música', explicou Pearson. Às vezes, um aluno tem sua cabeça enfiada na região genital de outro. Pernas envolvem quadris enquanto pélvis se esfregam uma contra a outra. 'Não entendo qual é o problema', afirma Blake, 16. 'Todo mundo está separado por quatro camadas de roupa.'"
— THE MERCURY NEWS, 20 DE FEVEREIRO DE 2003.

"Para os adolescentes do ensino médio nos anos 1920, o comportamento romântico era de certa forma limitado pela proximidade de casa... As 'festinhas de embalo' eram os cenários mais notórios para o teste de sensações e respostas sexuais. Durante essa década, 'chamego' passou a indicar beijos ardentes e prolongados, enquanto 'amasso' descrevia espécies diversas de atividade erótica, geralmente indicando carícias e bolinação abaixo do pescoço. Nessas festas, a natureza grupal do evento traçava limites automáticos sobre o que se podia fazer."
— CULTURA JOVEM NO SÉCULO XX, DÉCADA A DÉCADA: UM GUIA DE REFERÊNCIA, DE LUCY ROLLIN (GREENWOOD PRESS, 1999).

"KINGSTON, Mass. — Um professor da Silver Lake Regional High School afirmou que, ao contrário do indicado nos relatórios policiais, os dois adolescentes que supostamente mantiveram relações sexuais dentro de um ônibus escolar no mês passado não foram incitados pelos outros passageiros. 'Pelo que me contaram, entendi que os garotos ficaram apenas olhando, porque não tinham idéia do que mais poderiam fazer', afirmou Craig Brown, um professor de matemática."
— THE BOSTON GLOBE, 11 DE JANEIRO DE 2003

SÁBADO

SÁBADO

> OI, É A ASHLEY? E, AÍ? É O MAX... MAX BRANDT. A GENTE MEIO QUE, QUER DIZER, ONTEM À NOITE NÓS DOIS MEIO QUE DORMIMOS JUNTOS OU...

> AI, MEU DEUS. TINHA QUASE ESQUECIDO DISSO... TAVA MEIO DE RESSACA QUANDO ACORDEI... MAS AÍ, TOMEI UNS ANALGÉSICOS DA MINHA MÃE.

> FEZ BEM, ACHO. TAMBÉM FIQUEI COM BASTANTE RESSACA.

> E AÍ, VOCÊ VAI PRO BAILE HOJE?

> AH, NÃO SEI. GANHEI UMAS ENTRADAS NA RIFA, MAS NÃO SEI SE CONSEGUIRIA ME DIVERTIR NUM TROÇO DESSES.

> TÁ BOM... OLHA, MIKE, PRECISO IR, TÁ? NÃO É NORMAL LIGAR PARA A OUTRA PESSOA NA MANHÃ SEGUINTE, SÓ PRA VOCÊ SABER.

– Ah... desculpa. Mas é Max. Não Mike, nem Rex, nem... Alô? Ashley? Alô?

– Pelo amor de Deus, Brett, são duas e meia da tarde. – O Sr. Hunter abriu a porta do quarto e sacudiu seu filho até que acordasse. – Quero saber até que horas você ficou acordado a noite passada.

– Pelo amor de Deus, pai – grunhiu Brett. – Me deixa dormir.

– Você tem 16 anos, Brett. Acha que o Trevor Thompson virou o orgulho desta cidade *dormindo* até as três da tarde? E o seu irmão? Você acha que ele teria conseguido aquela bolsa para a Universidade do Oregon se tivesse ficado na cama o dia todo?

– Não sei... mas agora ele passa o dia todo na cama, né?

– Cala essa boca. Você tem meia hora para limpar a neve da entrada da garagem. Sugiro que pegue no pesado agora mesmo se ainda tem alguma esperança de ir ao baile esta noite.

– E se eu *não* quiser ir pra esse baile idiota? Aí, não preciso limpar essa neve idiota, né?

– Deixe-me colocar as coisas em outros termos. Se você não limpar a neve nos próximos trinta minutos, esta noite você não vai ter jantar nem cama.

– Como se a mamãe fosse deixar você me botar pra fora de casa.
– Brett rolou no colchão. – Cadê o Max?
– Dei uma carona até a casa dele há três horas. Ele vomitou no banco de trás.
– Ah, é? Ele deve ter pego uma gripe que tá rolando na escola. Ele tava se sentindo bem mal ontem à noite.
– Nem tente me enrolar. Estou vendo as quatro garrafas de cerveja vazias no chão. – O Sr. Hunter fechou a porta do quarto. – Vinte e oito minutos para limpar a neve.

– Ela nem... nem... – Do alto do terraço, Max olhava para a rua congestionada 13 andares abaixo. – Ela nem lembra meu nome.
A porta da escadaria se abriu. Uma garota de cabelos vermelhos adentrou o terraço.
– Uau – disse. – Que vista.
– É. – Max enxugou as lágrimas do rosto. – Se você cuspir daqui de cima e o cuspe cair na cabeça de alguém, a pessoa morre na hora.
– Tá... mas por que alguém faria *isso*?
– Bem, juro pra você que *eu* nunca tentei.
– Isso é um bom sinal. – Julia sorriu. – Oi, meu nome é Julia. Acabei de me mudar pra cá. Vim de Anchorage... Sou do apartamento 1.013.
– Sério? Você veio do *Alasca*? Uau. Moro no mesmo andar. Ah, meu nome é Max.
– Oi, Max. Você estuda na Kapkovian Pacific?
– É, estudo. Pra uma escola, até que é legal. Você também vai estudar lá?
– Começo na segunda. Pra ser sincera, isso me deixa meio nervosa.
– Não precisa se preocupar. Você está no segundo ou no terceiro ano?
– Não, no primeiro. Quer dizer que eu pareço mais velha, é?
– Ah, sem dúvida. – Max sacudiu a cabeça. – Achei até que você já estava na *faculdade*.
– Engraçadinho. – Julia riu. – E aí, você vem muito aqui pro terraço?

– Às vezes. É um lugar legal pra ficar pensando em coisas.
– É mesmo? E no que você costuma pensar?
– Sobre como é ruim ser baixinho... sobre o que aconteceu nas últimas temporadas do *Arquivo X*... esse tipo de coisa, sabe.
– Por que você não gosta de ser baixinho?
– Por motivos evolucionários. Tipo assim, parece que você é menos homem porque existe menos de você. Aí, você vira o animal mais fraco na cadeia alimentar ou coisa do tipo, isso sem falar que é menos desejável como parceiro. As garotas sempre sonham com um cara alto e bonitão, não é verdade?
– Não sei. Sempre sonho que tô fugindo de extraterrestres.
– É, esquece. Mas então, de que tipo de música você gosta?
– Ah, não sei. Gosto de tudo.
– Pára com isso. Ninguém gosta de *tudo*.
– Bem... é meio constrangedor.
– O quê? Gospel? Country?
– Promete que não vai rir?
– Prometo que não vou rir.
– Tá bom... eu gosto de música velha. *Não ria*.
– Não estou rindo – Max gargalhou. – Então você gosta dos Beatles?
– Eu *amo* os Beatles. Todos meus amigos me enchem o saco por causa disso.
– Sério? Meu amigo Brett chama eles de "Bichous"... Mas e aí, qual sua música preferida?
– Bem, durante um tempão foi "Hey Jude", mas quando o George morreu de câncer eu coloquei o *Abbey Road* pra tocar e escutei "Something", foi a primeira música que escolhi, meio sem pensar, e comecei a chorar porque nunca alguém tinha feito eu me sentir tão feliz e tão triste ao mesmo tempo. E eu não conseguia parar de pensar que ele devia ter sido um cara muito amoroso pra escrever uma coisa tão bonita. E aí, pensei que espero um dia ter tanto amor dentro de mim pra escrever uma coisa tão bonita, mas não sei se vou conseguir porque na verdade não entendo muito de escrever letras de música ou coisas do tipo... ah, desculpa. Qual é sua música preferida, Max?

– Essa é fácil. – Ele sorriu. – "Julia".
– Ah... – Julia corou. – Bom gosto.
– Você já pensou que um dia os Beatles podem ser esquecidos? Quer dizer, tem milhões de pessoas que conhecem as músicas deles de cor e tudo o mais, mas pensando numa escala maior, você já imaginou que daqui a trinta, quarenta ou mil anos as pessoas nem vão saber quem *foram* os Beatles porque as músicas deles não vão mais fazer *nenhum* sentido pras pessoas?
– Não sei... *A gente* não era nascido quando eles gravaram todas aquelas músicas, mas ainda gostamos de escutar, né? Por que isso seria diferente daqui a mil anos?
– É, faz sentido. Mas não sei. Às vezes eu penso que se a raça humana for extinta todos os nossos livros e discos seriam esquecidos pra sempre, como se nunca tivessem existido. E se nunca existiram, nunca fizeram diferença alguma.
– Então você costuma pensar bastante sobre o fim do mundo?
– Só quando não quero fazer as lições de casa, na verdade.
– Bem, aposto que isso é mais saudável do que ficar pensando no assunto o tempo todo. – Julia riu. – Além disso, todas essas coisas obviamente *existem*, porque estamos falando sobre elas agora mesmo. E se *agora* elas fazem alguma diferença na vida de alguém, fazem todo o sentido do mundo, não acha?
– Uau. Julia, você é a pessoa mais profunda desse mundo... Você já esteve em algum outro país ou algo do tipo?
– Bem, eu... não quero parecer que estou contando vantagem.
– Tá... mas?...
– Bem. Itália, Espanha, França, hã, Inglaterra...
– Meu Deus do céu, isso é mesmo impressi...
– México, Islândia, Brasil, China, Japão, Austrália e Nova Zelândia. Ah, estive na Antártida também, mas não tenho certeza se isso conta como mais um país.
– Nossa. – Riu Max. – Minha lista inclui o Canadá e pára por aí mesmo. Seus pais são comissários de bordo ou algo do tipo?
– Não... eles eram empresários.
– Eles também se mudaram com você, né?
– Ah... hã... não. Quer dizer, não... não.

– Tá bom... então você mora aqui *sozinha*?

– Por favor, Max, não quero falar sobre meus pais.

– Há... tá bom... – Max mordeu o lábio inferior. – Você tem algo pra fazer hoje à noite? Porque eu tava pensando... quer dizer, sei que você não deve conhecer ninguém da escola, mas hoje é o baile de inverno da Kapkovian e eu ganhei umas entradas. Não sei se você estaria a fim de ir ou sei lá, mas eu *tenho* essas entradas e tava pensando que talvez se você quisesse...

– Claro, Max. – Julia sorriu. – Eu adoraria.

– Anda, anda, anda – disse Brett ao telefone, deitado na cama e dando socos no criado-mudo. – Atende, atende, aten...

"*Oi, é a Quinn. Deixe sua mensagem depois do bipe e eu ligo assim que der. Biiiiiiiiiiip.*"

– Oi, é o Brett. Você tá aí? Quinn? Me liga quando der, tá? Desculpa por ontem à noite, mas é que eu *sei* uma coisa sobre o Trevor e não quero que você se...

Biiiiiiiiiiip.

– Foda. – Brett suspirou e colocou o telefone no gancho.

– Ei, Brett! – Max bateu no parapeito da janela. – Você tem um terno sobrando pra me emprestar?

– O quê? Você tá indo pro *baile*? – Brett desdenhou. – Essa é boa.

– Bem, eu ganhei aquelas entradas mas não estava planejando ir, só que conheci uma garota no terraço e ela acabou de se mudar para o apartamento na frente do meu e não tenho nenhuma roupa social e já ficou tarde demais pra alugar um *smoking* e na verdade nem tenho *grana* pra alugar um e já tô ficando meio desesperado então, se você tiver um terno sobrando ou algo assim, seria legal se você...

– Tá bom, tá bom. Se acalma, cuzão. – Brett abriu o guarda-roupa. – Tá, e essa garota é bonita?

– Ela é *maravilhosa*. Ela veio do *Alasca* e já viajou pelo mundo todo e gosta dos *Beatles*.

– Ah, ela também gosta dos Bichous? – Brett estendeu um terno cinza-escuro para Max, que não tinha saído da janela. – Que lixo. Vocês nasceram um pro outro.

– Valeu, Brett. Ei, você chegou a convidar a Quinn pro baile?

– Não... Ela vai com aquele escritorzinho boiola, o Trevor Thompson?

– Putz. Não foi ele que apareceu na capa da última *Time*?

– Porra, cara, sei lá – suspirou Brett. – Deve ter sido.

– Uau. Que pena, cara. Caramba, isso não foi legal. Mas você vai encontrar outra garota, né? Quer dizer, você é *você*...

– Que se foda... Esse baile é uma bosta, mesmo. É só mais uma desculpa furada pra encher a cara e comer alguma vadia bêbada, sabe?

– Ah... Bem, acho que preciso comprar umas flores pra Julia. – Max enfiou o terno embaixo do braço. – Valeu mesmo, Brett. Você é o melhor amigo que alguém pode ter.

– Vai nessa, otário. Quer uma camisinha?

– Pelo amor de Deus, Brett. Eu *acabei* de conhecer essa garota.

– Tá, tá – Brett desdenhou. – Cê que sabe, tigrão.

Biiiiiiiip!

– Alô? – Brett atendeu o telefone.

– Oi, Brett. É a Quinn. Que merda é essa de ficar pegando no pé do Trevor? Quer parar de ter ciúme de todos os caras com quem eu saio desde que a gente se separou?

– Escuta o que eu tô dizendo, Quinn. Não sai com esse cuzão psicopata, tá bom?

– Brett, eu preciso *mesmo* terminar minha maquiagem pra poder sair. Pelo amor de Deus, ainda nem *comecei* a arrumar meu cabelo.

– Tô falando *sério,* Quinn. Você vai se dar muito mal. Você *não tem idéia* de com quem tá se metendo.

– Pára, Brett. Pelo que lembro a gente decidiu que se daria melhor como *amigos especiais,* não foi? E, como acho que tá bem óbvio, agora eu tô a fim do Trevor. Então que tal me *esquecer* de uma vez? Ligo pra você amanhã.

– *Que se foda.* – Brett atirou o telefone na parede. – *Escrota.*

Trevor pegou a mão de Quinn e a acompanhou até a entrada da garagem. Destrancou a porta do passageiro de seu BMW Z8 Roadster de 2003, cujo preço de mercado era 137 mil dólares.

– Você está realmente linda, Quinn. Não tenho palavras para dizer o quanto fico feliz de você me ver da mesma forma que eu a vejo.

– Obrigada por me convidar, Trevor. – Quinn entrou no carro. – Você também está lindo.

– Ah, eu sei. – Trevor girou a chave na ignição.

– Ai, meu *Deus*. Quanto *custa* esse carro?

– Se eu disser meio milhão de dólares, você acredita? – Trevor acelerou a BMW de zero a cento e dez quilômetros por hora em quatro segundos. – Quinn, você não se importa se a gente correr a cinqüenta quilômetros por hora acima do limite de velocidade deste seu bairro adorável, não é?

– *Ai, meu Deus!* – Quinn gritou. – *Uuuuuuuu-rrruuuu!*

– De zero a cento e sessenta em menos de seis segundos – sorriu Trevor. – Quer dar uma passada no mirante antes do jantar?

– *Esquece, Trevor. Vou chupar seu pau agora mesmo.*

– Hah. – Trevor abriu o zíper no meio de uma curva. – Boa idéia.

– Oi? Julia? – Parado no corredor que separava os dois apartamentos, Max bateu à porta. – Tá pronta?

– Só um segundo, Max. – Julia não conseguia parar de se olhar no espelho do quarto. – Já tô saindo.

– Tá bom... Trouxe seu boquete pra quando você estiver pronta.
– *O quê?* – Julia apareceu no corredor usando um vestido vermelho-escuro e sandálias prateadas. – Você trouxe *o quê?*
– Bem, eu não tinha certeza do tamanho que você queria nem se deveria ser branco ou cor-de-rosa ou sei lá como, enfim, eu não compro boquetes todo dia, então acho que você vai ter que me dar um desconto.
– Isso é um *buquê*, Max. – Julia revirou os olhos e apanhou a grinalda. – *Boquete* é uma coisa bem diferente, tá bom?
– Ah... – Max engoliu em seco. – Uau... isso, isso foi... é, sou mesmo um imbecil.
– Não, você não é. – Julia colocou a grinalda no pulso. – E então, onde vamos jantar?
– Tem um restaurante mexicano bem legal aqui perto, se você curte esse lance mexicano.
– Eles têm alguma coisa sem carne?
– Sem *carne*? Você é *vegetariana*?
– É claro – ela sorriu. – Você não é?
– Ah, sim... Vamos lá comer nossa *alface*.
Desceram de elevador até o saguão e chegaram sem demora no restaurante *El Hombre del Mar*, Autêntica Cozinha Mexicana. O restaurante recendia a carne moída e molho de pimenta; quase todas as mesas estavam ocupadas. Max abriu a porta para Julia entrar e em seguida se aproximou da garçonete hispânica que atendia no guichê de reservas.
– *Hola* – saudou a garçonete. – Mesa para dois?
– Isso – disse Max. – Somos vegetarianos.
– Por aqui. – A garçonete conduziu Max e Julia até uma mesinha quase no fundo do restaurante. – Querem beber alguma coisa antes de fazer o pedido?
– Quero apenas um copo d'água, por favor – disse Julia.
– Sim. – Max abriu o cardápio de couro sintético. – Vou querer a economia patética de seu país minúsculo e terceiro-mundista, com um toque de desnutrição e duas pitadas de trabalho infantil. *En un cubilete frío, tu perra gorda.*[3]

---
[3] Em uma caneca gelada, sua cadela obesa.

– *O quê?* – gritou a garçonete. – *O que foi que você disse?*
– Um Sprite, por favor – Max esclareceu. – *Gracias.*
– Ah... – Ela anotou o pedido em seu bloquinho. – Certo.
– O que foi *aquilo*, Max? – perguntou Julia. – Por acaso você é *racista?*
– Não, não, não. Eu... eu só tava tentando ser engraçado que nem meu amigo Brett, mas acho que não deu muito certo e peço desculpas, e a partir de agora só vou ser eu mesmo.

– *Ah, caralho, ah, meu Deus, ah, meu Deus, Quinn* – urrou Trevor, com os músculos tesos e os olhos fechados, acelerando a BMW até seu limite na auto-estrada. – Melhor a gente *nem ir* nessa merda de baile.

– Então, você não vai ao baile hoje à noite, querido? – perguntou a Sra. Hunter, colocando a travessa de aspargos e frango à parmiggiana sobre a mesa de vidro. – Ano passado você ficou tão empolgado com o baile, lembra?
– Não. – Brett dobrou um guardanapo sobre o colo.
– Você bem que podia ir de novo com a Quinn Kaysen, não é? Ano passado vocês ficaram tão bonitinhos juntos. Eles não ficaram bonitinhos juntos, querido?
– Vocês dois formam um belo casal. – O Sr. Hunter deu uma mordida no frango à parmiggiana. – Uma menina lindíssima, essa Kaysen.
– Ela vai pro baile com o Trevor Thompson. – Brett fincou o aspargo com o garfo. – Parece que agora eles só pensam um no outro e tal.
– Bem, sorte dela. – O Sr. Hunter deu outra mordida. – Eu vivo falando para você, Brett. Esse menino, esse Thompson, ele *tem futuro*. É um garoto que dá orgulho para toda a nossa *comunidade*, igual ao seu irmão. Você deveria tentar ser mais parecido com ele.
– Lembra que no jardim de infância você vivia perseguindo a Quinn no parquinho? – sorriu a Sra. Hunter. – Todas as noites os pais dela telefonavam para reclamar que você tinha tentado dar um beijo nela. E aí, teve aquele dia terrível em que ela deu um chute bem no meio das suas...

– Pelo amor de Deus, mãe – Brett resmungou. – Será que você poderia ser *menos* constrangedora?

Silêncio.

– Olha só, desculpa... mãe, desculpa, eu... mãe, mãe, por favor...

– *Nunca mais fale desse jeito com a sua mãe, diabos.* – O Sr. Hunter esmurrou o tampo de vidro da mesa. – *Ouviu bem, Brett? Me ouviu bem, porra? Olha aqui, acho bom ter me ouvido bem dessa vez, seu merdinha.*

– Tá, tenho outra pergunta. – Julia mergulhou uma tortilha na *salsa* suave. – Você acredita em amor incondicional?

– Não sei – disse Max. – O que é amor incondicional?

– Bem, não tenho certeza se isso tem a ver com aquela história de almas gêmeas, porque nem sei se acredito em almas, mas talvez seja mais algo tipo *sincronicidade*, sabe? Essa coisa de certas pessoas que parecem ter nascido pra ficarem juntas e que acabam se encontrando, apesar de todas as dificuldades.

– Acho que sim... quer dizer, às vezes eu acho que a personalidade de todo mundo é meio que uma pirâmide e tal, sabe? Todas as experiências mais antigas ficam na base e as mais novas ficam no topo. E aí, mesmo que você fique colocando cada vez mais experiências novas no fundo, sempre vai continuar sendo a mesma pessoa. E acho que se você se apaixona por alguém e essa pessoa se apaixona por você, uma parte sua vai sempre gostar dela, porque não importa o que aconteça essa parte sempre vai continuar ali, mesmo que as coisas mudem na superfície.

– Isso é bem profundo, Max. Fico feliz que você consiga pensar desse jeito.

A garçonete colocou um copo de água gelada na frente de Julia e um copo de Sprite na frente da Max. Ele retirou o canudinho e o colocou na bandeja de cerâmica.

– Não gosta de canudinhos? – perguntou Julia. – Que estranho.

– Brett diz que machos não podem usar canudinhos.

– E por que, exatamente, machos *não podem* usar canudinhos?

– Já querem fazer o pedido? – perguntou a garçonete, tirando a tampa da caneta.

– Eu quero a salada de *taco* vegetariana – pediu Julia. – Sem queijo, por favor.
– *Muy bien*. – A garçonete anotou o pedido. – E o senhor?
– Vou querer a superenchilada de frango. – Max devolveu os cardápios de couro sintético para a garçonete. – Muito obrigado.
– Uau, que vegetariano. – Julia revirou os olhos.
– Ah, eu disse que era *vegetariano*? Bem, olha só, o que eu *quis dizer* foi que eu *seria* vegetariano se tivesse *força de vontade*. Hã... desculpa a confusão e tal.
– Não tem nada a ver com *força de vontade*, Max. É uma questão de ter *nojo* da idéia de comer *animais*.
– Pelo amor de Deus, Julia, *eu* não tenho culpa se essas criaturinhas inocentes são tão gostosas.
– Então, você comeria um *cachorro* se o gosto fosse bom?
– Não! – gritou Max. – Eu *amo* meu cachorro.
– Então por que você come frango?
– Sei lá. Galinhas são burras e cachorros são legais.
– Então você baseia sua decisão sobre o que vai comer analisando se um animal é *legal* ou não antes de *ser morto*?
– Certo, certo, tá bom, você quem sabe. – Max chamou novamente a garçonete. – Moça, posso trocar meu pedido? Quero essa salada de *taco* vegetariana. Sem queijo. Não esquece da alface.

– E aí, quem estará no cardápio dessa noite? – Brett sentou em frente ao seu laptop Sony Vaio, acessou o Yahoo! Encontros e preencheu os formulários de busca.

SOU: [**HOMEM**] E PROCURO [**MULHERES**]
IDADE: [**14**] A [**18**]
DISTÂNCIA: [**30 KM**]

Clicou em "Encontrar" e aguardou o mecanismo de busca processar seu pedido. Uma lista de cinqüenta garotas apareceu em seguida, acompanhada de suas fotografias.
– Tantas vaginas, tão pouco tempo. – Brett passou os olhos pela lista e clicou na décima quinta:

"Animal sexual procura um cara divertido!"
Idade: 16
Interessada em: Amigos × Encontros × Intimidade Física
Etnia: Caucasiana (Branca)
Cabelo: Castanho-claro
Escolaridade: Ensino Médio
Religião: Católica
Interesses: Dançar × Ir ao cinema × Ouvir música × Atividades ao ar livre × Praticar esportes

– Dá pro gasto. – Brett copiou o apelido da garota no *Instant Messenger* da AOL e clicou no ícone do programa.

ATLETA_CAMPEAUM_DA_KAPKOV69: ae blz?
MININASORRIZU1987: kem eh vc??/
ATLETA_CAMPEAUM_DA_KAPKOV69: homem/16. vi sua foto lah no yahoo. mt gata!
MININASORRIZU1987: vlw...
ATLETA_CAMPEAUM_DA_KAPKOV69: pq vc tah em casa agora sabado d noite?
MININASORRIZU1987: ow o carro tah km meus pais k taum no cinema... eh 1 sako msm...
ATLETA_CAMPEAUM_DA_KAPKOV69: sozinha?
MININASORRIZU1987: soh xtudando i blablabla... tm foto??
ATLETA_CAMPEAUM_DA_KAPKOV69: jah vai.

Brett abriu a pasta "Minhas Fotos" em seu computador e incluiu uma foto digital na sua mensagem seguinte.

ATLETA_CAMPEAUM_DA_KAPKOV69: conhece?
MININASORRIZU1987: ow vc naum apareceu na pg d xports d jrnal smana psada??/?

ATLETA_CAMPEAUM_DA_KAPKOV69: isso ae.
MININASORRIZU1987: mtoOoOoOo 10... i pq vc tah em ksa??
ATLETA_CAMPEAUM_DA_KAPKOV69: minha namorada saiu c/ um otario.
MININASORRIZU1987: ow ae... q namrada hein...!!
ATLETA_CAMPEAUM_DA_KAPKOV69: eh... ex-namorada agora.
MININASORRIZU1987: bmfeito!!! ñ ker se vngar??
ATLETA_CAMPEAUM_DA_KAPKOV69: acho q sim neh. vc eh MTTT GATA!!!!
MININASORRIZU1987: tah bom... 15 min na frnt do xpim spring mall??
ATLETA_CAMPEAUM_DA_KAPKOV69: blz... flows... vo tah sem camisa.
MININASORRIZU1987: tah... =)

– *Mãe, tô saindo!* – Brett desligou o computador e correu até seu Camry. Acelerou até o *shopping* e tirou a camiseta assim que chegou ao estacionamento. Avistou uma garota ruiva sozinha na porta principal. Abriu o vidro da janela do carona. – E aí, seus pais nunca avisaram você que é perigoso se envolver com esses tarados da Internet?

– Ai, meu Deus! – A garota caiu na gargalhada. – Não *creio* que você veio mesmo sem camisa.

– Você deve tá morrendo de frio. Entra, eu não mordo.

Ela abriu a porta do carro e sentou no banco do carona.

– Você é do primeiro ou do segundo ano? – perguntou Brett.

– Segundo. – Ela fechou o vidro da janela. – E você?

– Segundo. – Ele guiou o Camry até os fundos do *shopping*. – Você curte sexo oral?

– Uau. Você é bem *decidido*, hein? – A garota ficou vermelha. – Bem, depende. De fazer ou de receber?

– De receber. Nenhuma garota *gosta* de fazer. Nem de engolir.

– E desde quando isso é *obrigatório*? Tipo, os *caras* não precisam engolir nada quando chupam a gente.

– Bem, aí embaixo não é exatamente o paraíso, sabe? Mas mesmo assim eu adoro. As garotas gostam muito de ser chupadas, e na minha opinião o orgasmo feminino deve sempre vir primeiro.

– Sério? Que fofo. Meu Deus, não consigo entender porque todos os caras *insistem* que a gente engula.

– É um lance psicológico, saca? Sempre dá pra gozar na boca da garota sem avisar, mas aí você sente um pouco de culpa. E quem é que precisa sentir *culpa* logo depois de um orgasmo?
– Decidido e honesto. – Ela riu. – Mas por que estamos falando nisso mesmo?
– Nem sei. – Brett se inclinou e beijou-a. – Talvez seja melhor a gente não falar mais nada.

Sem pararem de se agarrar, passaram ao banco de trás, tirando todas as peças de roupa necessárias durante o processo.

– Você é *tão* gostoso. – A garota deslizou uma das mãos para dentro da cueca de Brett. – Quando você apareceu sem camisa, juro por Deus que fiquei toda molhada na *hora*.

– Foi, é? – Brett forçou um sorriso, fechando os olhos. – Preciso tanto disso, juro por Deus. Você não acredita na *merda* que minha ex tá me fazendo passar.

Ela abriu seu zíper e puxou o pênis de Brett para fora da sambacanção xadrez.

– Se eu prometer que vou engolir, você me dá uns tapas na bunda antes?

– Você tá *brincando*, né? – Brett deu risada. – Você quer *apanhar*?

– Ahn-han. – Ela escorregou seu corpo por cima do colo de Brett.
– É o que eu mais gosto de fazer.

– Tá boooom... Quer que eu tire sua calcinha primeiro ou-?
Biiiiiiip!

– Só um segundo. – Brett apanhou o celular de cima do painel do carro. – *Que foi?*

– Tô ficando doida, Brett. Ai, meu Deus. Acho que tô ficando *louca pra caralho*.

– Ash? É você? Olha só, agora tô meio ocupado. Ligo pra você assim que chegar em casa, tá?

– *Não, Brett. Diz pra eu não fazer isso. Diz que eu não tô louca. Diz pra eu não me ma...*

Brett desligou o celular e puxou a calcinha rosa da garota até a altura dos joelhos.

– Onde foi que a gente parou, mesmo?

– Bem, aqui estamos nós. – Max abriu a porta do ginásio e ficou impressionado com as centenas de alunos que lotavam seu interior, todos usando *smokings* e vestidos de trezentos dólares.
– Uau... – disse Julia. – Quanta *gente*.

Balões e serpentinas pendiam das cestas de basquete nos cantos do ginásio; centenas de velas brilhavam nas mesas redondas que rodeavam a pista de dança improvisada; pais e professores bloqueavam todas as saídas, garantindo que nenhum aluno escapasse em busca de drogas ou álcool; embaixo das arquibancadas metálicas, incontáveis rodinhas de alunos bebiam rapidamente o conteúdo de garrafinhas e fumavam baseados.

– Então, quer dançar agora? – perguntou Julia.
– Que tal a gente beber alguma coisa antes?
– Tá bom. Claro. – Acompanhou Max até o balcão de bebidas, olhando fixamente para os inumeráveis casais se dedicando ao *freaking* sob a luz dos estrobos. – Você nunca imaginou que eles podem fazer parte de uma espécie completamente diferente?
– O Brett diz que eles têm medo uns dos outros por algum motivo. – Max serviu dois copos de ponche de frutas. – Mas na verdade não entendo isso muito bem, porque eu não teria medo de muita coisa se fosse alto, praticasse esportes e as pessoas gostassem de mim.
– Também acho que não ficaria tão assustada se fosse parecida com uma dessas garotas... O Brett pratica esportes, é?
– Ele faz atletismo, é corredor. Já ganhou várias corridas pra escola. Talvez seja por isso que tanta gente goste dele, mas acho que no fundo ele queria que gostassem dele pelo que ele realmente...

De repente, o DJ contratado colocou para tocar "Let It Be", dos Beatles.[4] As coreografias de *freaking* tornaram-se *lentas* coreografias de *freaking*.

– Por favor, Max. – Julia apontou para a pista de dança. – Por favoooooor.
– Há, pois é, o negócio é o seguinte... e tô sabendo que sou uma péssima companhia prum baile e que devia ter contado isso antes e peço desculpas por não ter feito isso, mas é que não consigo... Julia, eu não consigo dançar.

---

[4] Na verdade, isso nunca aconteceria, considerando-se que duas das músicas mais populares na história recente dos bailes de escola são "The Thong Song" [A Canção da Tanga] e "Back That Ass Up" [Empina Esse Rabo].

– Você tá querendo me dizer que fica muito constrangido? Isso não pode ser assim *tão* ruim.

– Não, tô querendo dizer que sou *fisicamente incapaz* de dançar. Pelo menos sem parecer um hipopótamo morrendo por causa de um ferimento grave numa das patas ou algo assim.

– Tá bom... E então por que você me convidou pra vir aqui?

– Eu... eu não sei... na hora me pareceu uma boa idéia.

– Ah, pára. – Ela sorriu e estendeu as mãos. – Prometo que não vou rir.

– Tá, tudo bem. – Nervoso, Max a acompanhou até a pista de dança repleta de balões. Julia colocou os braços sobre os ombros dele. Ele colocou seus braços nas costas dela. Rodopiaram sem nenhuma cadência particular pelos quatro minutos seguintes, esbarrando em outros casais e pisando nos pés um do outro.

– E aí, como foi? – Max perguntou assim que a música parou de tocar.

– Foi ótimo. Você nem parecia um hipopótamo moribundo.

– Maravilha... você tá muito, muito bonita esta noite, Julia.

– Ah... – Ela corou. – Tá bom.

E Max teve certeza de uma coisa:

Aquilo só podia ser amor.

– Sou uma vadia de merda. – Nua, Ashley encarava o espelho do banheiro. – Sou só uma putinha imunda. – Abriu o armário de remédios e apanhou os frascos alaranjados que continham os analgésicos, soníferos e antidepressivos receitados para sua mãe. – Eles me fodem e eu deixo que eles me fodam mesmo que eu nem goste disso, mas e aí, alguém me convida pro baile? – Abriu as tampas dos frascos e encheu as mãos com 77 cápsulas brancas e amarelas. – Bem, eles vão se arrepender. – Lágrimas corriam por seu rosto à medida que ela engolia pílula após pílula após pílula após pílula após pílula. – Eles vão se arrepender pra caralho, ah, se vão.

– Bem-vinda ao lar, Quinn. – Trevor abriu a porta de seu apartamento de cobertura e aguardou que o detector infravermelho de presença iluminasse a sala de estar. – Que tal? Um lugarzinho confortável? O paraíso perdido?

– Ai, meu Deus. – Quinn tentou absorver tudo de uma só vez: o piso de tabuão de imbuia reluzente; as janelas de vidraças fumê mostrando a silhueta noturna do centro da cidade; os sofás de couro negro de quinze mil dólares; o sistema *surround sound* importado; o televisor digital *widescreen*; as diversas obras de arte trazidas de Tóquio e do Cairo; o aquário embutido na parede, abrigando espécies em risco de extinção trazidas de todos os pontos do planeta. – Esse apartamento é *fantástico*, Trevor. Nem a maioria dos *adultos* teria condição de montar um lugar desses.

– A simplicidade é para os *fracos*, Quinn. – Trevor tirou o paletó de seu *smoking* e o colocou sobre o sofá de couro modular. – A maioria dos adultos também não teria o mesmo bom gosto.

– Como você *conseguiu* isso, Trevor? Ano passado você era só mais um *garoto* e agora é todo *confiante* e *responsável*. Parece aquele livro que a Srta. Lovelace mandou a gente ler, *O grande Gatsby* ou sei lá como é o nome. Seus pais resolveram lhe adiantar a herança, foi?

– Minha mãe já morreu, Quinn. – Trevor caminhou até a cozinha e abriu um gaveteiro de bordo. – Todo o meu dinheiro se originou do *boom* tecnológico do final dos anos 1990. Claro, os direitos autorais de *Adolescentes investidores* também são importantes. Era de se esperar que a queda do mercado *prejudicasse* as vendas de um livro sobre investimentos, mas as pessoas estão mais interessadas do que nunca em consultoria financeira. Estão *apavoradas,* Quinn. E a recessão econômica não é a única culpada. Existem outros fatores, como as doenças, o terrorismo, a guerra interminável, o ódio mundial aos Estados Unidos. Tudo que fiz foi capitalizar em cima desse medo sem limites. Você está cercada pelas recompensas da ingenuidade alheia.

– Mas o que houve com sua mãe? Quer dizer, se você não se incomoda em falar disso.

– Quer beber alguma coisa, Quinn? – Trevor encostou a mão na garrafa branca de rum de coco Malibu sobre o aparador de cedro. – Temos conhaque, scotch, bourbon, Malibu, schnapps de pim...

— Ah, eu *adoro* Malibu – sorriu Quinn, sentando no sofá de couro negro. – Pode misturar com alguma coisa pra mim?

— Mas é claro, Quinn. – Trevor serviu cinco doses de Malibu em um copo e misturou-as com um pouco de refrigerante de lima-limão que tirou da geladeira. Em seguida, adicionou 12 miligramas de gamahidroxibutirato de um frasco escondido no bolso de seu *smoking*. Serviu outro copo com água da pia da cozinha e voltou à sala de estar. – Um Malibu com Sprite para a princesa e um copo de gim para o rei.

— Você tá bebendo *gim* puro? – riu Quinn, bebericando o Malibu. – Uau, Trevor, isso tá mesmo uma delícia. Nem dá pra *sentir* o álcool.

— Que bom ouvir isso, Quinn. – Trevor sentou no sofá de couro negro, ao lado de Quinn. – Não sei o que você está planejando, mas essa noite eu pretendo *me acabar*.

— Ah, nem se preocupe comigo. – Quinn engoliu o rum com refrigerante. – Não é à toa que o Brett sempre me chama de "Quinn Duas-Doses".

— Por Deus, gata, porque ainda perde *tempo* com esse atletinha inútil? Você se separou dele para que a gente pudesse ficar juntos, lembra?

— Somos amigos desde o *jardim-de-infância*, Trevor. Quando a gente era pequeno, ele vivia tentando me segurar pra ficar me beijando, mas aí um dia eu chutei ele bem no meio das pernas e daí nunca mais...

— Isso explica muita coisa. – Trevor tomou um gole da água, fingindo que o gosto era forte. – *Ahhh*, Quinn, estou ficando tão *louco*.

— Ai meu Deus, eu *também*. – Quinn bebeu o que restava do Malibu. – Mas tá muito gostoso.

— Beba o quanto quiser, Quinn. – Trevor caminhou até a cozinha, trouxe a garrafa branca e encheu novamente o copo de Quinn. – Não precisa ter vergonha de pedir mais.

— Você é um amor, Trevor. – Ela tomou um gole maior do que pretendia; o excesso de rum escorreu por seu queixo e pingou em seu vestido de noite branco. – Ai, meu Deus, acho... acho que tô começando a ficar bem... beeeeeem...

— Está tudo bem com você, Quinn. – Trevor encheu novamente

o copo da garota. – Olha isso aqui. – Trevor bebeu de um gole só toda sua água de torneira e em seguida encostou o copo de rum na boca de Quinn. – Quem está se acabando aqui sou *eu*. Você está indo bem.
– Tá... tá tudo... piscando. – Quinn perdeu o equilíbrio e quase caiu do sofá de couro negro.
– Quer conhecer o quarto? – Trevor enfiou um dos dedos por dentro do vestido de noite branco de Quinn, roçando no contorno de sua calcinha da Pike & Crew. Apanhou o controle remoto na mesinha de centro de vidro e colocou *Californication* do Red Hot Chili Peppers para tocar em seu *cd player* com capacidade para quinhentos discos.
– Ai, eu *amo*... amo essa música – disse Quinn, incapaz de abrir os olhos. – Você... você gosta dessa... dessa... múúúúúú-úúsiiiica?
– Claro que gosto, Quinn. – Trevor ergueu o corpo de Quinn do sofá e carregou-a até o quarto, onde a depositou sobre a cama *king-size*. Encheu o pescoço dela de beijos, desfazendo os laços nas costas de seu vestido de noite. – Vou te comer até cansar, Quinn. – Passou os dedos pelas coxas da garota e por dentro de sua calcinha branca. – Mas acho que antes vou dar uns beijos no meio das suas pernas, se você não se incomoda. – Puxou a calcinha de Quinn até os joelhos, desceu até ficar de frente com os pêlos castanhos claros dela e encheu a vulva e o clitóris de saliva. – Você sabe que só estou fodendo você pra me vingar, né? – Ficou por cima da garota, abriu o zíper das calças de seu *smoking* e em seguida, sem esforço algum, inseriu sua ereção dentro do corpo inconsciente de Quinn. – Mas tudo bem. Você só está fodendo comigo porque sou famoso.

– Uau, Julia, essa noite foi mesmo divertida – disse Max, parado no corredor que separava os dois apartamentos. – Quando a gente se conheceu eu nem tava pensando em ir, pra ser sincero.
– Também me diverti bastante, Max – disse Julia. – Posso conhecer seu cachorro, bem rapidinho? Tenho tanta saudade do meu.

– Na verdade, ele não tá aqui agora. – Max destrancou a porta do seu apartamento. – Ele meio que viajou com meus pais.

– Ah... – Julia sorriu. – E pra onde seus pais foram?

– Escrevi sobre isso na minha agenda, se você quiser ler.

– Claro... Você tem uma agenda?

– Só uso quando acho que alguma coisa é importante o suficiente pra merecer que eu escreva sobre ela. – Max abriu a porta. – Tá com sede?

– Tem suco? – perguntou Julia, entrando no apartamento.

– Claro, já trago. – Entrou na cozinha e voltou com um copo.

– Muito obrigada. Seu diário está no quarto?

– Isso. Mas eu chamo de agenda, porque o Brett disse que machos não têm diários.

– Ah, sim... – Julia entrou no quarto com Max. – Uau, nunca conheci um quarto de garoto que fosse assim tão arrumado.

– Não repare a bagunça. – Max tirou a agenda da estante. – Como a única mulher que costuma entrar aqui é minha mãe, nem me preocupo em manter as coisas tão organizadas.

– Você tá brincando, né? – Julia sentou na cama, olhando para o pôster dos Beatles na época do *Abbey Road*. – Onde você conseguiu esse pôster, Max? É tão *legal*.

– Numa loja de discos usados lá no centro. – Max folheou a agenda até chegar na última anotação. – Mas apagaram o cigarro do Paul McCartney. Parece que acharam que isso ia dar um mau exemplo pros jovens ou coisa do tipo.

– Que bizarro. – Ela pegou a agenda e leu o que ele havia escrito. – Ai, meu Deus, Max. Que *triste*. Ele tem câncer mesmo?

– Tem... o lugar mais próximo que faz radioterapia em cães fica no Colorado. Sei que é meio bobo gastar tanto dinheiro com um bicho de estimação, mas como eu não tenho irmãos ele meio que ocupou esse lugar pra mim. Tô com muito medo.

– A gente tinha uma cadela labrador quando eu era pequena. Ela viveu 14 anos, o que acho que é bastante prum cachorro, mas o dia mais triste da minha vida foi quando ela... Juro por Deus, por dois dias eu nem consegui sair do meu quarto.

Silêncio.

– Ano passado, na aula de biologia, tinha uma garota bem esquisita – Julia sorriu. – Ela passava o tempo todo no laboratório e nunca falava com *ninguém*. Aí, um dia, o gato siamês dela morreu e a garota trouxe o bicho pra sala de aula pra *dissecar*.

– Caramba! – riu Max. – Isso é doente.

– Até o *professor* ficou assustado.

NOSSA... HÃ, ENTÃO, SUA CAMA JÁ ESTÁ ARRUMADA NO APARTAMENTO NOVO?	NÃO, A CAMA SÓ CHEGA AMANHÃ. ACHO QUE VOU COLOCAR UNS CASACOS E MINHA MOCHILA NO CHÃO E DORMIR POR CIMA.	QUE NADA. OLHA SÓ, EU DURMO NA CAMA DOS MEUS PAIS E VOCÊ PODE DORMIR NA MINHA, AÍ NÃO PRECISA FICAR DORMINDO NO CHÃO.
SÉRIO? VOCÊ É UM FOFO, MAX.	OLHA, JULIA, NÃO SEI SE É CEDO DEMAIS PRA DIZER ISSO, MAS QUERO QUE VOCÊ SAIBA QUE FIQUEI... FIQUEI MUITO FELIZ QUE VOCÊ SEJA MINHA NOVA VIZINHA. É ISSO AÍ.	TAMBÉM FIQUEI FELIZ, MAX. FIQUEI MUITO FELIZ.

– Meu nome é Trevor Cagalhão Thompson. Sou um bosta legal pra caralho. – Deitado na cama com sua guitarra Fender Squire vermelha e branca no colo, Brett pegou o telefone e ligou para Max. – Fala, seu cuzão. Como foi a merda do baile?

– Ah, foi bem legal. Tava cheio de gente e eu até tentei dançar.

– Tá, mas você comeu a garota ou não? Ela tocou uma musiquinha na sua flauta de carne? Porra, até eu consegui ser chupado por uma garota da internet que adora ficar com a bunda em carne viva.

– Agora ela tá na minha cama e eu tô na cama dos meus pais, porque o apartamento dela ainda não tem colchão.

– Ave Maria, Max – suspirou Brett. – Boa sorte com sua tentativa grandiosa de ser uma bicha louca, tá bom? – Desligou e telefonou para Ashley. Depois de 13 toques, ninguém atendeu. – Que porra é essa, Ash? – Apertou a tecla de memória e esperou mais 15 toques.

– ...do... por favor... me ajuuuuuuuda... reméééééééédios, tomei reméééééééédiosssssss...

– Ash? – Brett bateu o telefone no gancho, correu para fora de casa e enfiou a chave na ignição do Camry. – *Vamolá, desgraça, ainda tem gasolina.*

Saiu às pressas do carro e correu contra o vento gelado até chegar na casa de Ashley, a 17 quadras de distância. Abriu a porta da frente, que não estava trancada.

– *Ash! Ash! Cadê você?*

Subiu a escadaria de madeira e entrou no quarto de Ashley, que estava vazio. Depois procurou-a no quarto dos pais, no escritório, no quarto de hóspedes e no banheiro. Ashley estava nua, deitada no frio do piso de linóleo, coberta de vômito, com as mãos no assento da privada.

– Meu Deus do céu – suspirou Brett. – Não, Ash, você... você não... ah, meu Deus. – Olhou para os frascos de plástico cor de laranja na pia e para a inscrição VADIA no espelho, escrita com batom. – Pelo amor de Deus, Ash, você *não fez* isso. – Correu de volta para o quarto e ligou para a emergência usando o celular que estava carregando na penteadeira de carvalho de Ashley.

– Emergência, em que posso ajudar?

– Tem, tem uma *garota* que, ah, meu Deus, acho que ela tomou uns remédios e desmaiou, não sei nem se ela tá *respirando*, ah, meu Deus, ela não tá, ela não tá, ela...

– Onde você está, senhor?

– É na... ah, meu Deus, é na... não consigo, não tô...

– Só um momento, vou localizar o seu celular por GPS. Mantenha a vítima de bruços, com o rosto para baixo, e monitore sua respiração até a chegada dos paramédicos. Você está entendendo minhas orientações?

– Sim, ai, meu Deus, muito obrigado. – Brett correu de volta para o banheiro e tomou o corpo mole de Ashley nos braços. – Sua garotinha idiota. – Carregou o corpo até o quarto, lutando para conter as lágrimas. – Sua maldita garotinha idiota de 15 anos.

ESTATÍSTICAS VADIAS

Porcentagem de garotas de 14 anos, sexualmente ativas, que tiveram relações contra sua vontade: **70**
Porcentagem de garotas de 15 a 17 anos, sexualmente ativas, que tiveram dois ou mais parceiros sexuais: **55**
Porcentagem de garotas de 15 a 17 anos, sexualmente ativas, que tiveram seis ou mais parceiros sexuais: **13**
[Fonte: Instituto Alan Guttmacher.]

Proporção de mulheres americanas que serão estupradas durante sua vida: **uma em cada três**
[Fonte: FBI.]

Idade média das vítimas de violência sexual nos EUA: **18**
[Fonte: Centro Nacional das Vítimas e Centro de Pesquisa e Tratamento de Vítimas de Crimes.]

Número diário de americanas que engravidam com menos de 20 anos de idade: **2.800**
[Fonte: Instituto Alan Guttmacher.]

"Eu nem bebo, mas não tenho nada contra transar com garotas bêbadas. Tipo assim, quando ela diz 'sim' está querendo dizer 'sim', e quando está bêbada demais para dizer 'não'... bem, aí está basicamente dizendo 'sim'."

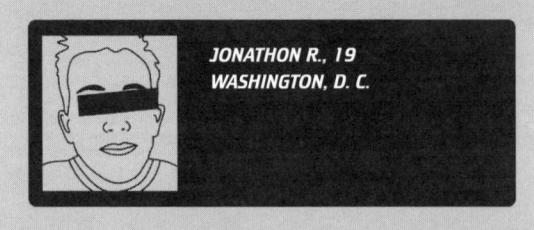

JONATHON R., 19
WASHINGTON, D. C.

"Os fabricantes do videogame campeão de vendas *Grand Theft Auto* estão sendo processados em mais de [90 milhões de dólares] depois que dois adolescentes [de 14 e 16 anos, de Newport, Tennessee] afirmaram estar imitando cenas violentas do jogo quando mataram um homem... Pontos, munição e novas armas são concedidos [no jogo] quando se completam missões que incluem roubar carros, atirar em pedestres, traficar drogas e espancar prostitutas."

— *THE INDEPENDENT* [INGLATERRA], 18 DE SETEMBRO DE 2003.

ESTATÍSTICAS VADIAS

70%

Porcentagem de adolescentes americanos do sexo masculino que jogaram *Grand Theft Auto*.

34%

Porcentagem destes adolescentes que se envolveram em brigas durante o ano passado.

30%

Porcentagem de adolescentes americanos do sexo masculino que nunca jogaram *Grand Theft Auto*.

17%

Porcentagem destes adolescentes que se envolveram em brigas durante o ano passado.

[Fonte: *Reuters*, 16 de setembro de 2003.]

ESTATÍSTICAS VADIAS

62%

Porcentagem de adolescentes americanos que passam pelo menos uma hora por semana jogando videogames.

25%

Porcentagem de adolescentes americanos que passam pelo menos seis horas por semana jogando videogames.

[Fonte: *Reuters*, 16 de setembro de 2003.]

3º

Colocação dos americanos educados nos anos 1950 e 1960 no ranking mundial de conhecimentos gerais.

14º

Colocação dos americanos educados nos anos 1990 no ranking mundial de conhecimentos gerais.

[Fonte: Serviço de Testes Educacionais/ Universidade de Stanford.]

18%

Porcentagem de americanos de 21 anos que já conduziram veículos sob efeito de narcóticos.

[Fonte: *The Associated Press*, 17 de setembro de 2003.]

"DETROIT — De acordo com o *Ann Arbor News*, as autoridades estão investigando se podem processar um paciente de 15 anos do Hospital Infantil C. S. Mott, da Universidade de Michigan, por ter contratado um serviço de acompanhante durante sua recente internação no hospital. A polícia acredita que o adolescente ligou para um serviço de acompanhantes e contratou uma garota para visitá-lo na noite de domingo. Segundo relatos, a mulher foi até o hospital, onde ela e o garoto mantiveram relações sexuais — muito embora o adolescente, de acordo com a polícia, ainda não tenha idade legal para o ato."
— *MSNBC*, 2 DE ABRIL DE 2003.

"Na semana passada, quando a polícia prendeu dez pessoas no Brooklyn e em Manhattan sob a acusação de envolvimento com pornografia infantil on-line, atacou-se a face virtual do mercado dedicado aos corpos jovens. Psicólogos, assistentes sociais e a polícia afirmam que o outro lado do mercado, feito de carne e osso, também está crescendo. Durante os últimos quatro anos, percebeu-se um crescimento alarmante no número de garotas com menos de 18 anos se prostituindo nas ruas, em boates e através de serviços de acompanhantes. 'A idade média está caindo rapidamente, e não é mais incomum encontrarmos garotas de 12 anos que, mesmo com tão pouca idade, já estavam sendo exploradas sexualmente há um ou dois anos', diz Rachel Lloyd, diretora do Girls Educational & Mentoring Services (GEMS) de Manhattan. Ninguém sabe ao certo quantas garotas são forçadas ao mercado sexual em Nova York..."
— *THE VILLAGE VOICE*, 17 DE JULHO DE 2002.

"'Transas potencialmente boas são um preço baixo a pagar pela liberdade de poder gastar dinheiro no que eu quiser', diz Stacey, 17, que, depois de sair do colégio, gostava de passar o tempo no Mall of America, um imenso *shopping center* em Minnesota. No último verão, Stacey foi abordada por um homem que disse que ela era muito bonita e perguntou se podia lhe comprar algumas roupas. Ao aceitar, naquela noite ela voltou para casa com duzentos e cinqüenta dólares em roupas. Stacey, que mora com os pais em um bairro de classe alta, começou fazendo *strip-tease* para homens em quartos de hotel e logo passou para atividades mais íntimas. Publicou anúncios em um serviço local, oferecendo 'uma noite de diversão' para homens 'ricos e generosos', ao custo de quatrocentos dólares."
— *NEWSWEEK*, 10 DE AGOSTO DE 2003.

A INESQUECÍVEL NOITE EM QUE (QUASE) LEVEI UMA PUTONA IMUNDA AO MEU BAILE DE FORMATURA

Uma fábula de esperança, uma saga de redenção

> EI, PAI!
>
> ME CONSEGUE DUZENTOS E CINQÜENTA PAUS?

> TENTA ACHAR UMA PUTA MAIS BARATA, FILHO.
>
> VAI POR MIM.

"Para os adolescentes mais velhos [nos anos 1950], o baile de formatura permanecia o evento romântico mais público e ritualizado – e também o mais caro... Como parte de seu ingresso simbólico no mundo adulto através da formatura, os adolescentes se vestiam com roupas mais adultas e formais, escutavam músicas mais adultas, usavam orquídeas como símbolos de maturidade sexual e, em geral, comportavam-se com decoro adulto – ao menos publicamente. A competição pelo par que seria levado ao baile também era intensa, e comparecer ao baile sem um par era considerado um enorme fracasso."
– *CULTURA JOVEM NO SÉCULO XX, DÉCADA A DÉCADA: UM GUIA DE REFERÊNCIA*, DE LUCY ROLLIN (GREENWOOD PRESS, 1999).

"Porque verdadeiros e justos são Seus julgamentos; pois Ele julgou a grande Prostituta, que corrompera a terra com sua fornicação, e das mãos dela vingou o sangue de Seus servos."
– *APOCALIPSE*, 19:2.

Segunda-feira, 4 de dezembro de 2000

Mais ou menos seis e meia da tarde.

– Então o baile é sábado à noite – Mamãe pergunta, do outro lado da mesa.

– Acho que sim – respondo, dando uma boa mordida no meu sanduíche de geléia com manteiga de amendoim e depois engolindo tudo com a ajuda de um copo generoso de gim com suco de laranja que minha mãe pensa conter apenas o último. Ha! Ha! Preciso de ajuda!

– Você ainda não tem um par? – Mamãe pergunta.

– Não. Não vou.

– Acho que você se divertiria *tanto* se fosse, Marty. Você precisa sair mais de casa. Mas quem, qual garota você podia convidar?

– Eu não *vou*, mãe.

– Que tal aquela sua amiga, a Jessica? Ela iria com você, não iria?

– Eu não *vou*.

– Ou aquela filha da minha colega? É Lizzie, o nome dela?

– Mãe, eu não vo...

– Ou que tal a Melissa? Ela é um amor. Não acha ela um *amor*?

– *Mãe*! – grito. – Eu não *quero* ir nesse baile idio... há... humm... bem, agora que você me fez pensar no assunto, acho que tive uma idéia.

– Ah, que bom – diz Mamãe, visivelmente aliviada. – Quem?

– Uma *prostituta* imunda, Mamãe!

– Você era uma criança tão simpática – Mamãe suspira. – Você sabe disso, não é? Você era um amor de criança.

– Não vou transar com essa prostituta, mãe. Só pretendo levar ela pra comer, depois dançar... Fazer ela se divertir um pouco, sabe?

– Por que você não convida uma *amig*a para o baile, Marty? Isso seria *gentil* de sua parte, não seria? Uma de suas *amigas*?

– Olha, mãe, *seria* sim. Seria mesmo, mas nenhuma das minhas amigas é uma prostituta imunda, e estou bem decidido a levar uma prostituta imunda pro baile. Sendo assim, acho que preciso correr e arranjar uma prostituta imunda antes...

– *Certo*! – Mamãe esmurra a mesa com as mãos fechadas. – Faça *logo* o que você *quiser*. Isso vai deixar você *feliz*, não é? Quer sempre fazer as coisas do *seu jeito*. Vai ficar *feliz*, não é? Não *vai*?

– Olá! – Papai surge de repente na porta, carregando sua maleta depois de mais um longo dia no escritório.

– Seu *filho* quer lhe fazer uma *pergunta* – Mamãe anuncia. – Por que você não *responde* a pergunta do seu *filho*?

– Sim? – diz Papai. – O que foi, meu filho?

– Bem, pai, quero levar uma puta pro baile. Já disse pra mãe que não vou transar com ela nem nada, estou falando da puta, há, não da mamãe, claro, só vou levar ela pra jantar e depois mostrar ela pra todos os meus amigos e a gente vai se matar de rir e... há... bem, é isso aí. Sabe?

(*Silêncio duradouro e constrangedor*).

– Vai fundo – Papai ri.

– É arriscado se meter com esse *tipo* de gente! – Mamãe choraminga.

– Marty, você não *conhece* essa gente. Eles podem ser *perigosos*. Como você sabe que não vão *atirar* em você? Está me *ouvindo*? Você não tem idéia com o que está se metendo, Martin Seth Beckerman. Você não faz *idéia* das coisas com as quais está se envolvendo.

– Hã, mãe – eu digo. – Você não vai começar a chorar, né?

"acompanhante adj.2g.s.2g. (...) 1.1 B que ou quem acompanha, assiste e protege doente, idoso, menor, incapaz etc."
— DICIONÁRIO HOUAISS DA LÍNGUA PORTUGUESA (EDITORA OBJETIVA, 2001).

"Serviço de Acompanhantes Gosto Refinado
• Serviço 24 Horas
• Serviço Interno ou Externo
• Festas Particulares
• Despedidas de Solteiro
• Acompanhantes de Ambos os Sexos
• Atendemos Casais
• Descontos para Turistas e Executivos
As Mulheres e os Homens Mais Elegantes e Irresistíveis do Alasca
Ligue já: 569-NHAM"
— ANÚNCIO NAS PÁGINAS AMARELAS DO ACS ANCHORAGE/MAT-SU VALLEY, SISTEMA DE COMUNICAÇÃO DO ALASCA, 1999.

Terça-feira, 5 de dezembro de 2000

Mais ou menos quinze para as onze da noite.

— Gosto Refinado — anuncia a voz melosa. — Meu nome é Julie.

— Oi, Julie — digo, já me sentindo um pervertido incorrigível —, aí é cinco-meia-nove-NHAM?

— Sim. Como podemos lhe ajudar?

— Bem, Julie, estou atrás de um par pro baile de formatura na noite de sábado. Só estou interessado em jantar e dançar, nada mais. Quer dizer, não que eu realmente possa *pagar* por outra coisa, porque bem, olha só, isso seria *ilegal* e tenho certeza que um negócio honesto como o de vocês nunca...

— Tudo bem, querido. Mas *ainda assim* cobramos uma taxa de duzentos e cinqüenta dólares por hora. Algum problema?

— *Duzentos e cinqüenta por hora?*

— Sim, mas não tenha *dúvida* de que valerá a pena, porque as garotas que trabalham para mim são *estonteantes*. Pode acreditar, você *não* vai estar gastando dinheiro à toa. Minhas garotas são *dez* vezes melhores do que qualquer outra que você *poderia* levar para o baile.

– Tá, tudo bem, mas... meu Deus do céu, duzentos e cinqüenta?
– É o preço, querido. É pegar ou largar.
– Ei, pai! – grito para o andar de cima. – Me consegue duzentos e cinqüenta paus?
– Tenta achar uma puta mais *barata*, filho – meu pai berra de volta. – Vai por mim.
– Tá certo – concordo. – Ei, Julie? Há, desculpa, mas acho que não... Julie? Alô? Ei, Julie? Alô? Há, Julie?

Antes de prosseguirmos, gostaria de ressaltar que, tecnicamente, existe uma distinção entre serviços de acompanhantes e bordéis, e que esta distinção permite que os primeiros sejam perfeitamente legais (e autorizados a funcionar) em todo o país, enquanto os últimos são proibidos em quase todos os cantos dos Estados Unidos. Veja bem, isso fica por conta de uma brecha na legislação. Permite-se que acompanhantes sejam pagas por seu Tempo e sua Companhia, fazendo com que a decisão de envolver-se em atos sexuais com os (sempre dispostos) clientes seja uma *escolha* da acompanhante. De qualquer modo, este repórter não está de modo algum sugerindo que o trabalho de qualquer acompanhante de qualquer serviço de acompanhantes seja, na verdade, acompanhar o ingresso dos homens ao interior de sua Buceta Imunda de Acompanhante, pois essa declaração seria inexata e, muito provavelmente, difamatória. (E verdadeira).

Sábado, 9 de dezembro de 2000
(Noite do Baile)

Mais ou menos sete e meia da noite.

Assim, depois de quatro dias de procura trabalhosa e de pechinchas intermináveis, finalmente consegui encontrar a um preço razoável um par disponível para meu baile de formatura em um dos *cinqüenta e dois* serviços de acompanhantes legalmente reconhecidos em Anchorage.[5] Embora o nome *verdadeiro* da acompanhante e de seu estabelecimento

---
[5] Insira aqui sua própria piada no estilo "Alguém precisa fazer *alguma coisa* para esquentar aqueles esquimós malucos durante o inverno".

obviamente não possam ser aqui revelados, ambos receberão um pseudônimo adequado e incrivelmente pueril: sendo assim, o serviço de acompanhantes em questão será chamado de "Ou Vai ou Rachas" e meu par para a noite será batizada de "Potrancuda".

– *Ohhhhhhhh!* – chilreia minha mãe quando emerjo do quarto vestido em um terno marrom meio folgado, com uma gravata combinando. – Sabe, Marty, ainda não é tarde demais para mudar de idéia sobre isso de levar a prostituta. Você pode ir *sozinho*, não é? Não tem nada de errado em ir *sozinho*, não é?

– Pelo amor de Deus, mãe – suspiro, abrindo a porta da frente. – Vejo você mais tarde, prometo. E se eu não estiver em casa na hora marcada, é só dar uma olhada no rio. Eu vou ser o corpo morto e frio flutuando de bruços rumo ao oceano.

– Meu *nenê!* – Mamãe urra, descendo as escadas correndo para me dar um último abraço. – Ai, meu *nenê*.

– Não *encosta* em mim! – ordeno, me libertando do frágil domínio de minha mãe e correndo até minha minivan Dodge de 1984. Logo em seguida, já estava cortando à toda a gélida noite do Alasca.

Mais ou menos dez para as oito da noite.

Depois que anoitece, a Avenida não é exatamente o que você chamaria de lugar *agradável*, a menos que você encontre algum prazer na convivência com vagabundos bêbados e/ou drogados, cercas de arame farpado, automóveis abandonados e serviços de acompanhantes de quinta categoria com nomes do tipo Clube da Fantasia, Casa das Gatas ou Armadilha Alasquiana. Ainda assim, deixando de lado o temor covarde que me invade em tal lugar soturno e imundo, me aproximo da entrada da Ou Vai ou Rachas e entro. Vou parar em um saguão minúsculo, ladeado por cadeiras enferrujadas e dominado por uma sinistra porta metálica negra.

"Dai-me forças, Senhor", imploro, ofegante. "*Ai, meu Jesus... Ai, meu Deus, eu quero a minha mãe. Desculpa, mãe. Estou muito, muito arrependido, mas agora nunca vou poder lhe dizer isso e eu não quero morrer, meu Deus, tenho só 17 anos e não sei de nada e não quero morrer, não quero morrer, não quero mo...*"

– Olá – diz a senhora asiática e enrugada de 80 anos que adentra o saguão. – Pode abrir olhos?

– Ah, *merda* – suspiro, enxugando um litro de suor frio da minha testa. – Oi, eu telefonei mais cedo e falei que gostaria de contratar uma garota pra levar ao meu baile de formatura.

– Ah, sim – diz a velhinha, me acompanhando através da porta e me apresentando a uma sala consideravelmente mais aconchegante do que sua antecâmara pavorosa. Sofás felpudos e cor-de-rosa estão por todos os lados, acompanhados por espelhos enormes que cobrem as paredes e dúzias de velas vermelhas acesas. Para coroar o cenário, encontro a Potrancuda no meio da sala, lambendo os dedos que parecem sujos de chocolate.

– Uau – eu digo, absorvendo o conforto daquela atmosfera de bordel.

– Essa bom? – pergunta a senhora, apontando para sua funcionária. É uma garota asiática de vinte e muitos anos, usando batom vermelho carregado e um minivestido de decote gigantesco colado no corpo.

– Oi. – Digo à Potrancuda.

– Oi. – A Potrancuda sorri.

– Onde leva menina? – pergunta a velhinha, em uma tentativa risível de falar o Idioma Sagrado do Homem Branco.

– Bem – respondo –, antes de mais nada vamos jantar.

– Ah, sim, onde leva menina jantar?

– Para ser sincero, eu estava pensando no McDonald's,[6] se não tiver problema.

– *O quê?* – A Potrancuda parece ganir. – *Você tá pagando cento e cinqüenta dólares pra me levar ao McDonald's?*

– Bem, você parece uma garota de classe, e aí, eu pensei, que diabos, uma garota de classe merece uma refeição de classe, é ou não é? Vamos, querida?

– Táxi eu chamo! – A velhinha cambaleia rapidamente até seu escritório.

– Você nunca esteve num lugar como esse, não é? – A Potrancuda senta em um dos sofás cor-de-rosa e acende um cigarro Camel.

– É, nunca. – Sento no sofá e pego um cigarro do maço da Potrancuda. – Nem sei a diferença entre serviço interno e externo, pra ser sincero.

---

[6] No caso terrivelmente improvável de que este livro seja lido pelas gerações futuras, como fazemos hoje em dia com a *Odisséia* de Homero e a *Bíblia*, devo esclarecer que no ano de Nosso Senhor de 2003, a McDonald's Inc. é de longe a maior cadeia de restaurantes do Planeta, com mais de trinta mil lojas em 121 países. De acordo com o livro *Fast Food Nation: The Dark Side of the All-American Meal* [Nação Fast Food: O Lado Negro da Típica Refeição Americana], de Eric Schlosser, mais de 90% das crianças americanas saboreiam pelo menos um lanche gorduroso e nojento do McDonald's por mês, e o americano médio "janta" por lá de três a quatro vezes por semana. Sem sombra de dúvida, trata-se do "restaurante" mais vagabundo da História da Humanidade.

— Ah, é simples. — Ela acende meu cigarro. — Serviço externo é quando a gente vai pra algum lugar com alguém, e no serviço interno a gente fica aqui mesmo e vai lá pros fundos.

— Certo... mas me diz um negócio, como é que você, tipo, entrou nesse ramo?

— Comecei com 18 anos. Sei lá. Eu tinha uma amiga no ramo, e ela ganhava tipo uns mil por noite e aí eu...

— *Caralho!* — eu grito. — *Puta merda.*

— Pois é — ri a Potrancuda. — Era uma grana boa, e aí minha amiga me colocou em contato com um pessoal de Seattle. Sei lá... A maioria das garotas trabalha com isso porque sofreu abusos quando era criança ou se envolveu com drogas no colégio ou sei lá o quê, mas eu tô no ramo porque *realmente* gosto muito da grana.

— Beleza... Quer dizer, todo mundo faz o que pode pra ser feliz, né?

— É por aí. — A Potrancuda dá uma longa tragada no cigarro.

— Chegou táxi — diz a velhinha, voltando do escritório. — Paga agora?

— Sem problemas. — Tiro cento e cinqüenta dólares da minha carteira e estendo as notas para a imigrante enrugada. A Potrancuda me acompanha até o táxi alaranjado e xadrez que está à nossa espera, e logo chegamos ao McDonald's do Arctic Boulevard. Como sempre, o aroma de *fast food* frita e morbidamente prejudicial à saúde permeia a atmosfera como um perfume barato.

— Bem-vindos ao McDonald's — diz o funcionário adolescente com ar abatido escondido por trás da máquina registradora. — Qual seu pedido?

— O que você deseja, querida? — pergunto à Potrancuda.

— Quero só uma porção com quatro Chicken McNuggets — ela responde. — Não tô com muita fome.

— Uma porção de quatro Chicken McNuggets para a McDama — repito ao McSubordinado. — Vou querer a McMesma Coisa, por favor.

— Por que você tá pagando pra me trazer no McDonald's? — pergunta a Potrancuda assim que recebemos nossos McNuggets com McFritas.

— Isso não é importante — digo. — Importante é o segredo que vou contar pra você agora.

— Tá bom... — diz a Potrancuda. — O que é?

— Meus pais tão aqui. Quero apresentar você pra eles.

(Silêncio duradouro e constrangedor).

– Isso é alguma piada? – pergunta a Potrancuda.

– Não. – Aponto para a mesa onde estão sentados minha mãe e meu pai. – Eles tão bem ali.

– Você... você planejou tudo isso...?

– Quase tudo – respondo, acompanhando-a até a mesa. – Mãe, pai, apresento a vocês meu par para o baile, a [Srta. Potranca]. Querida, estes são meus pais.

– Ah, sim, como é bom ver nosso filho com uma garota decente – comenta meu pai. – Por algum tempo ficamos preocupados, achando que Marty talvez fosse homossexual, mas agora temos certeza que ele é um garanhão. Alá seja louvado.

– Ah... – A Potrancuda engole em seco.

– Oi – diz Mamãe, visivelmente aliviada por me encontrar com vida.

– Coma um pouco – digo, apontando para a bandeja com a McLavagem engordurada (mas tão saborosa). Tímida, a Potrancuda mordisca as fritas.

– Pronto, já chega – diz Mamãe. – Coitada da garota, está ficando nervosa.

– Bem – meu pai se levanta e veste seu casaco. – Gostei de conhecer você. Divirta-se na formatura de nosso filho.

– Tá – diz a Potrancuda, ainda tonta. – Obrigada.

– Então... – digo assim que meus pais deixam o local. – Por quanto tempo você ainda pretende ser acompanhante e tal?

– Ah, eu sofri um acidente de carro em Seattle, precisei levar pontos na mão e colocar uns pinos nas costas, e isso me deixou com umas contas pra pagar. Mas já tá quase tudo pago. No futuro quero abrir meu próprio negócio.

– Seu próprio serviço de acompanhantes? – pergunto.

– É, as garotas vão trabalhar pra mim.

– Sabe, sonhar não é pecado.

A Potrancuda assente com a cabeça.

– Aposto que a maioria dos seus clientes são um bando de médicos e advogados ricos e de meia-idade, loucos pra trair as esposas e tal, né?

– Ai, *Deus* – ela resmunga. – Acertou na *mosca*.

Quando nossos McNuggets estão completamente devorados, a Potrancuda tira um celular de sua bolsa vermelha e chama um táxi para nos levar até o baile.

– Você não acha que o preço é meio salgado? – pergunto assim que ela desliga. – Quer dizer, não quero parecer pão-duro nem nada, mas você acha mesmo que faz algo que *vale* cento e cinqüenta dólares por hora?

– O *que* você tá insinuando?

– Você acha mesmo que cento e cinqüenta dólares é um preço razoável?

– Lá em Seattle o padrão era *duzentos* e cinqüenta. Tem uma amiga minha em São Francisco que ganha *quatrocentos* por hora. O que eu ganho aqui é uma *miséria*.

– Bem, então acho que fiz um bom negócio. – Mordo minha última batata frita. Os vinte e cinco minutos seguintes transcorrem em silêncio. O táxi ainda não chegou.

– Pera aí – diz a Potrcancuda. – Esse aqui não é o McDonald's do *Arctic*, é?

– É sim – respondo. – E daí?

– Merda. Falei pro taxista pegar a gente no McDonald's do centro.

– Ah, meus *parabéns* – desdenho, compreendendo de imediato as implicações dessa grandiosa cagada: minha hora com a Potrancuda está quase encerrada, e se eu ainda quiser que ela me acompanhe ao baile de formatura precisarei pagar *mais* cento e cinqüenta dólares por tamanho privilégio.

– Foi sem querer – ela diz, antes de ligar novamente para o serviço de táxi. Dez minutos mais tarde, um táxi nos leva de volta para a entrada da Ou Vai ou Rachas, onde nos despedimos secamente. Ela entra e eu caminho de volta para minha minivan Dodge de 1984, no mínimo decepcionado com os acontecimentos daquela noite.

Isso até eu encontrar o buquê branco que comprara mais cedo, largado no banco do carona da minivan. É uma lembrança insuportável de como as coisas poderiam ter sido diferentes. Tomado de vergonha e remorso, bato mais uma vez na porta metálica e negra da Ou Vai ou Rachas.

– Sim? – pergunta a velhinha, claramente surpresa por me ver novamente.

– Tenho um presente para minha convidada – explico, mostrando a pulseira floreada.

– *Ohhhhhhhhhhhhhhhh* – se esgoela a velhinha. – Entra *agora*! Entra *agora*!

Acompanho a velhinha até o *lounge* cor-de-rosa e vermelho onde a Potrancuda está flertando com seu próximo cliente, um homem barbudo e sujo no mínimo três vezes mais velho do que eu.

– Ei, esqueci de dar isso aqui pra você – digo, estendendo o buquê.
– *Ohhhhhhhhhhhhhhhhh* – geme a Potrancuda, estendendo a mão.
– Você volta? – pergunta a velhinha.
– Há... – eu digo. – Não.
– *Ohhhhhhhhhhhhhhhh* – geme a velhinha. – Por que não volta?
– Desculpa. – Me preparo para sair. – Não quero compromisso.
– *Ohhhhhhhhhhhhhhhh* – geme a velhinha.
– *Ohhhhhhhhhhhhhhhh* – geme a Potrancuda.
– *Ohhhhhhhhhhhhhhh* – geme a velhinha.
– *Ohhhhhhhhhhhhhhhh* – geme a Potrancuda.
– *Ohhhhhhhhhhhhhhh* – geme a velhinha.
– *Ohhhhhhhhhhhhhhhh* – geme a Potrancuda.

Vagabundas de merda.

LISA C., 16
FARGO, DAKOTA DO NORTE

"O álcool dá uma desculpa pra você usar no dia seguinte. Por exemplo, se você fica com um cara muito feio, pode dizer que fez isso porque estava bêbada, e aí não tem problema. Tipo, na minha primeira vez, eu estava muito, muito bêbada e não tinha noção do que estava acontecendo. O cara só ficou me mandando fazer as coisas, tipo 'Tira as calças'. E foi uma merda; o pau dele era minúsculo. Assim, não dava pra sentir nada!"

GREG M., 19
BALTIMORE, MARYLAND

"Ontem à noite eu estava no quarto de uma garota no alojamento e ela ficava reclamando que não tinha homens suficientes na escola. Aí, eu disse pra ela que também estava com problemas pra encontrar garotas e bem que a gente podia sair juntos algum dia, mas aí ela respondeu que nunca sai com baixinhos. Aí, ela disse que se eu tivesse alguma bebida no meu quarto ela podia até deixar que eu tirasse a blusa dela."

"Grávida de seis meses, Tinesha Bost, 16, de Charlotte, na Carolina do Norte, disse a sua mãe que estava indo à mercearia numa noite de fevereiro de 2000, e nunca mais voltou. Naquela mesma noite, mais tarde, a polícia encontrou seu corpo flutuando de bruços em um lago próximo. Depois de ser alvejada por um tiro, ela foi jogada no lago pelo namorado, que aparentemente achava que ter outro filho seria um incômodo."
— *JANE MAGAZINE*, ABRIL DE 2003.

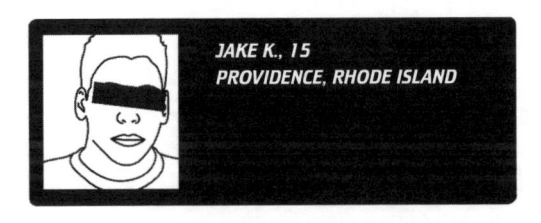

JAKE K., 15
PROVIDENCE, RHODE ISLAND

"No baile de primavera do ano passado, uma garota pediu pra eu dançar com ela, aí desabotoou as calças na pista de dança e enfiou minha mão lá dentro. Consegui meter dois dedos, então acho que ela gostou."

JESSICA A., 19
PORTLAND, OREGON

"Muitas garotas não gostam de estar no controle de sua própria sexualidade. Se eu quiser ter um relacionamento, vou ter, e se quiser trepar, vou trepar. E se eu quiser ficar bêbada a ponto de não lembrar as merdas que fiz na noite anterior, vou ficar."

DOMINGO

DOMINGO

...A PACIENTE FOI ENCONTRADA EM COMA... ...DESINTOXICAÇÃO GASTROINSTESTINAL...	...MILIGRAMAS DE ACETAMINOFENO... ...PARECE ESTÁVEL, SEM EXIBIR SINAIS DE...	...ACHO QUE VOU TER UMA CONVERSINHA COM...
BOA TARDE, SENHORITA IVERSON. VOCÊ FAZ ALGUMA IDÉIA DE ONDE ESTÁ?	HOS... HOSPITAL? MUITO BEM, SENHORITA IVERSON.	OS PARAMÉDICOS PRECISARAM FORÇÁ-LA A INGERIR CARVÃO PARA EXPELIR AS TOXINAS EM SEU TRATO GASTRO-INTESTINAL. PARECE QUE VOCÊ TEVE UMA NOITE DAQUELAS.

– Ah... então eu vou ficar bem?

– Seus sinais vitais estão bons. – O Médico sacou uma fotocópia de dentro de sua abarrotada pasta de papel pardo. – Mas há a questão de continuar o tratamento. Posso sugerir uma mudança temporária de ambiente, senhorita Iverson? Talvez você precise passar um período em um lugar onde possa falar sobre o que tem pensado nos últimos tempos.

– O que você quer dizer com isso? Por que eu iria querer mudar de *ambiente*?

– Precisamos de sua assinatura para confirmar a baixa nos Serviços de Internação. – O Médico estendeu para Ashley o documento e uma caneta. – Estarei disponível para realizar sua avaliação inicial ao fim do dia. Seu quarto estará pronto assim que anoitecer.

– Avaliação? Que avaliação? Não tô *entendendo*.

– Os Serviços de Internação consistem em programas que duram de três semanas a 15 meses, senhorita Iverson. Em média, o processo integral de avaliação leva de três a cinco dias, ao final dos quais se recomenda a melhor opção de tratamento em seu caso específico.

– Olha, e se eu *não* assinar esse contrato?

– Não é um *contrato*, senhorita Iverson. É simplesmente uma permissão de custódia que a coloca sob os cuidados do hospital. Assim que nossos médicos avaliarem que seu tratamento foi bem-sucedido, você poderá ir embora.

– Tá bom, mas será... quer dizer, será que não seria melhor eu falar com meus pais ou algo assim antes de assinar qualquer tipo de...

– Se a permissão de custódia não estiver assinada no momento em que você tiver alta da Emergência, o Centro Médico Grace Alliance será obrigado por lei a remeter seus registros para o Departamento Estatal de Serviços da Criança e da Família. Você tem consciência de que uma tentativa de suicídio é uma *ofensa legal*, senhorita Iverson?

– Olha, eu não *preciso* disso, tá bom? Ontem à noite eu me senti meio esquisita, só isso, porque era o baile de formatura e *ninguém* tinha me convidado e aí eu... dá pra *entender*? Eu não sou *louca*, porra.

– Nossa Ala Juvenil tem uma reputação incomparável na reabilitação de adolescentes, senhorita Iverson. – O Médico fez um gesto na direção do formulário. – A secretaria já aprovou o uso do plano de saúde de seus pais para cobrir os gastos diários de mil dólares. Você tem todas as razões do mundo para se considerar uma pessoa de sorte.

– *Parabéns* pela cagada, Maxwell. – Brett entrou no saguão do apartamento carregando seu skate, com um cigarro apagado na boca. – A culpa deve ser toda sua.

– Culpa do quê? – Max esfregou os olhos. – Que *horas* são?

– Uma e meia. Você deve ter se cansado bastante *não* comendo sua namorada ontem à noite.

– Ela não é minha namorada, Brett... ela *não* tá mais aqui, né?

– E eu sei lá, porra. Ah, a propósito, a Ashley tentou se matar ontem à noite.

– Peraí... você... você tá falando *daquela* Ashley? Tipo, *aquela* Ashley-que-não-lembrava-meu-nome? Como assim, a culpa é *minha*? Você também transou com ela, né?

– Sim, cinco *meses* atrás. E ela *não* tentou se *matar* depois.

– Diz que você tá brincando, Brett. Por favor, me diz que você não tá falando sério.

– Os caras da emergência me disseram que ela teria *morrido* se eu não tivesse encontrado ela caída no chão do banheiro. E por Deus, eu só tava tentando saber se ela tava a fim de um caralho branco e grosso na noite do baile. Quer dizer, mas que porra foi essa, sabe?

– Tá, mas e agora? Ela ainda tá no hospital, já voltou pra casa ou o quê?

– Os médicos disseram que ela vai ficar bem. Acho que ela ainda deve ficar internada por algumas semanas em alguma ala de débeis mentais. Ou por alguns anos. Ou sei lá.

– Meu Deus, Brett. Você não acha mesmo que eu tenho alguma coisa a ver com isso, né? Você não acha mesmo que eu tenho alguma culpa por ela querer se matar, né?

– Naaah, não se preocupa com isso, cara. Ei, vamos tomar um *milk-shake* no McDonald's? Vai fazer você se sentir menos culpado por ter feito a Ashley tentar o suicídio e tal.

– Eu... eu acho que devia ficar ensaiando o que vou falar sobre *Admirável mundo novo* na aula da Srta. Lovelace. Como vale vinte por cento da nota, acho que é melhor eu ficar aqui pensando direitinho no que vou dizer.

– Amanhã a gente tem prova oral da *Lovelace*?

– Sim, a gente precisa escolher um livro escrito nos últimos cem anos e fazer alguma relação com Shakespeare. Lembrou?

– Ah, enfim. – Brett desdenhou. – A Lovelace não pode me sacanear, cara.

– Do que você tá falando? Tá dizendo que ela não pode reprovar você só porque é campeão de atletismo ou algo assim?

– Não, Maxwell, os professores não costumam fazer esse tipo de coisa. A Lovelace não pode me sacanear porque a gente *já* fez sacanagem. A putona me mostrou um tipo superespecial de prova oral durante nossa excursão particular ao motel Holiday.

– Certo, Brett, tá bom, vai nessa. – Max riu. – Eu acredito em algumas coisas que você conta, mas não em loucuras do tipo transar com nossa professora.

– Depois ela ficou choramingando que podia perder o emprego e ir pra cadeia, mas que eu sou um garoto tão bonito e blá blá blá blá blá. Juro por Deus. Eu até precisei *abraçar* a mulher, porra.

– Você se acha demais, Brett. Quer dizer, você teria contado pra mim ou pelo menos tirado uma onda com outra pessoa. Você tá inventando isso aí.

– Cara, você *acha* que eu comento com você todas as garotas que eu pego? Caralho, não quero que você fique todo invejoso nem nada, sabe? E além disso, eu me senti meio culpado depois que acabou. Enfim, ela é nossa professora, porra!

– Ai, meu Deus, Brett. Como é que a gente pode ficar falando essas coisas? A Ashley acabou de tentar se matar.

– A Ashley vai ficar bem, não se preocupa com essa putinha de merda. Amanhã vou visitar ela no hospital. Depois digo pra você como foi.

– Pode dizer pra ela que eu me arrependo muito de ter feito ela tentar se matar? Porque eu nunca quis que ela fizesse isso e queria poder mudar tudo e nunca ir naquela festa idiota nem ficar bêbado nem...

– Pára, Maxwell. Por favor. Você não tem culpa nenhuma se essa garota é uma doida melodramática, tá bom? E não esqueça do seguinte: ficar com a consciência pesada é um atraso de vida.

Brett fechou a porta e apertou o botão do elevador no corredor. Quando deu um passo à frente...

– Sou o Brett, amigo dele. Talvez ele tenha falado de mim.
– Ah, você é aquele que odeia os Beatles, né?
– Odeia os *Beatles*? Eu adoro "Homeward Bound".
– Há... "Homeward Bound" é uma música do Paul Simon.
– Sim, eu sei. O Paul Simon não era dos Beatles?
– Não – riu Julia. – O Paul dos Beatles era o *McCartney*.
– Ah, isso aí. É, acho que você me pegou no flagra, né?
– Tudo bem... Faz muito tempo que você anda de skate?
– Agora já faz uns quatro ou cinco anos. Mas isso aqui é um *longboard*, na verdade. Não serve pra fazer manobras mas dá pra descer ladeiras muito rápido, se meter no tráfego e coisas assim. Mas olha só, a neve derreteu hoje cedo e eu tava pensando em ir num morro lá perto de casa pra ver se consigo me matar. Quer tentar também?
– Não sei... às vezes não tenho muita coordenação. Quase nunca, na verdade.
– Pára com isso, Jules. Você mal começou a viver.
– Não, não, de jeito nenhum, não é uma boa idéia. Obrigada, assim mesmo.
– Ah, vamos, prometo que você não vai se arrepender. Juro por Deus.
– Tá... tudo bem, posso tentar *uma* vez. Mas se eu acabar quebrando o pescoço sem querer a culpa vai ser toda sua.
– Maravilha – sorriu Brett. – Já deu pra ver que você vai ser uma grande *skater girl*.
– Só um minuto, antes preciso largar esses livros. – Julia destrancou a porta e entrou em casa. – Pode entrar, se quiser. Mas acho que não tem muita coisa pra ver.
– Uau, adorei essas caixas. – Brett deu uma olhada na sala sem móveis. – É uma bela decoração, parabéns. Muito moderna. Muito *encaixotada*.
– Ainda estou desfazendo a mudança. – Julia corou. – Na verdade, eu tive que dormir na cama do Max ontem à noite... quer dizer, a gente não dormiu *juntos* nem nada.
– É claro que não. – Enquanto Julia caminhava pelo corredor, Brett apalpou a camisinha em seu bolso. – Cadê seus pais?

– Ah, eles ainda estão em Anchorage. Eu... eu tô meio que tentando morar sozinha por um tempo. Aquele papo de emancipação, sabe?

– *Anchorage*? Caralho... Mas e aí, o que tem nessa sacola?

– Ah, eu comprei *Uma ilha de paz* e *O jogo do exterminador* porque ainda não li nenhum dos dois e todo mundo diz que são ótimos, e também *The Perks of Being a Wallflower** pro Max porque é meu livro predileto e acho que ele vai gostar muito. Na verdade, foi o primeiro livro que me fez chorar... Qual foi a melhor coisa que você já leu, Brett?

– Bom, você já ouviu falar do *Super Surubão Asiático Mensal*? Não, não, tô brincando... mas sobre o que é esse tal de *Wallflower*?

– É sobre um garoto chamado Charlie, acho que ele tem uns 13, 14 anos, e não tem nenhum tipo de controle sobre as emoções. Aí ele passa por todas as situações que acho que um monte de jovens também vivem quando estão crescendo, e você vê como alguém que não consegue parar de chorar reage a tudo que as pessoas evitam se isolando. Foi publicado pela editora da MTV. Olha, eu acho sinceramente que a MTV é meio que um símbolo de tudo que tá errado neste país, mas o livro é muito bom, bom mesmo.

– *Editora* da MTV? – Max gemeu, cobrindo o rosto com as duas mãos. – Meu Deus, o mundo tá mesmo indo pro inferno.

– É claro que você vai receber acompanhamento personalizado durante as primeiras 24 horas – disse o Médico, acompanhando Ashley pelos corredores da Ala Juvenil do Centro Médico Grace Alliance.

– Em geral, as roupas dos pacientes baixados são devolvidas em três dias. Os sapatos, em cinco.

– Isso quer dizer que vou ter que usar esses *pijamas* por *três* dias?

– Mil perdões. Isso é importante para reprimir o impulso de fuga.

– Impulso de fuga? O que é impulso de *fuga*?

– Como você deve imaginar, muitos de nossos novos pacientes sofrem de forte aversão ao tratamento clínico. Alguns chegam a tentar fugir, o que fica bem mais difícil quando não se tem roupas nem sapatos.

---
* *As vantagens de ser escanteado*, de Stephen Chbosky. Ainda não publicado no Brasil. (N. do T.)

Ashley deu uma olhada nos pôsteres multicoloridos afixados nas paredes do corredor: NENHUMA FAÇANHA FOI REALIZADA SEM ENTUSIASMO! e VOCÊ PODE FAZER TUDO QUE DECIDIR FAZER!

– Você descobrirá muito em breve, senhorita Iverson, que esta instituição funciona com um sistema que recompensa o bom comportamento e pune a insubmissão. O bom comportamento gera um aumento das liberdades. Espero que não precisemos discutir as conseqüências da insubmissão.

– Pra que servem todos esses quartos? – perguntou Ashley, passando os olhos pelo corredor.

– À nossa esquerda estão as unidades administrativas desta ala: consultórios médicos, salas de reuniões, salas de funcionários e postos de enfermagem. À direita ficam os alojamentos dos pacientes, a cantina, a sala de TV, os chuveiros e os toaletes de uso comum. Temos também uma Sala de Higiene completamente monitorada, para quem precisa se barbear fazendo uso das giletes especialmente permitidas.

– A gente não tem nossos próprios *banheiros*? Isso é *podre*.

– Se você acha isso ruim, senhorita Iverson, espere só até entrar na faculdade.

Ao final do corredor, uma enfermeira conduzia três garotas de aparência muito abatida – com os antebraços e pulsos cobertos por ataduras – para dentro da Sala de Higiene.

– Aquela garotas se cortaram, foi? – perguntou Ashley. – Antes de virem pra cá?

– A maioria dos pacientes desta ala são automutiladores, senhorita Iverson. Geralmente coloca-se a culpa em um histórico de abuso sexual e a negligência familiar, mas outros fatores também podem contribuir. Estima-se que dois milhões de americanos sofram desse distúrbio.

– Isso é *nojento*. Quer dizer, por Deus, isso é como se *fatiar* e tal. Como alguém pode fazer *isso* consigo mesmo?

– É uma excelente pergunta, senhorita Iverson. Você terá a oportunidade de discuti-la com seus colegas de internação amanhã, durante a Terapia de Grupo.

O Médico destrancou a porta de um dos quartos dos pacientes.

– ...ai, meu Deus, ai, meu Deus, baby, me fode, me fode, fode minha buceta, fode essa minha buceta. – Deitada de pernas abertas sobre o colchão, debaixo de um adolescente desajeitado com a pele desfigurada e descascando, estava uma garota quase esquelética.

– É a última vez que você apronta uma dessas. – O Médico agarrou o braço esquerdo do garoto, coberto de cicatrizes profundas, e tentou puxá-lo para fora do colchão. "Vai voltar para a solitária. Imediatamente.

– Vou... vou... ai, meu Deus, vou gozar – gemeu o garoto, sem dar atenção ao Médico em cujo terno acabou ejaculando. – Ah... ai, meu Deus, ai, meu Deus, vou gozar, baby, vou... vou... annnnnnnnnnnnhhhhhh.

– Nenhum privilégio – gritou o Médico. – Solitária, Solitária, Solitária! – Ainda se contorcendo, o jovem foi arrastado porta afora e pelo corredor.

– Desculpa o showzinho e tal. – A garota sentou na cama e vestiu uma calcinha verde-água. – A enfermeira só ia aparecer daqui a cinco minutos... mas enfim, as primeiras impressões são sempre um lixo, né?

– Você... você vai ser minha colega de quarto ou algo assim? – Ashley perguntou. – Quer dizer... hã... oi, meu nome é Ashley.

OI, EU SOU A CARNÃO. BEM-VINDA À ALA DOS MALUCOS. AQUELE ALI ERA O PEREBA, MEU NAMORADO.	NEM PENSE EM ENCOSTAR NELE. FATIO SUA GARGANTA NA MESMA HORA, SUA PUTINHA. TÁ BOM?	AH... OLHA, NEM SEI SE VOU FICAR MUITO TEMPO POR AQUI, PORQUE NEM SOU LOUCA NEM NADA E...
... SÓ TÔ ESPERANDO MEUS PAIS APARECEREM PRA ME BUSCAR...	... ENTÃO ACHO QUE NÃO VOU TER MUITA CHANCE DE OLHAR PRO SEU NAMORADO OU NEM DE PENSAR EM OLHAR PRA ELE OU...	POR DEUS, EU SÓ TAVA BRINCANDO. PATRICINHA É SEMPRE IGUAL. VOCÊS SE LEVAM MUITO A SÉRIO, SABIA? E VOCÊ ACHA QUE EU SOU LOUCA, PORRA?

– Acho... acho que não gosto muito daqui. – Ashley tentou ajustar as calças do pijama listrado. – O médico disse que só vão devolver minhas roupas na quarta e essas calças não param de cair e isso é um *saco* e, porra, eu só quero ir pra *casa*.

– Suas calças ficam caindo? Foi por isso que você veio pra cá ou foi porque sua loja preferida não tá vendendo calças folgadas neste fim-de-semana?

O trio composto pelas garotas com ataduras e a enfermeira cruzaram a porta pelo lado de fora.

– Meu Deus – disse Ashley. – Elas parecem... sei lá, uns *zumbis*.

– Quando alguém começa a se cortar de novo, todo mundo imita.

– Carnão vestiu uma camiseta surrada do NOFX e olhou pela janela gradeada. – É a única coisa que me assusta nesse lugar, pra ser sincera. Isso, os eletrochoques e quando forçam você a comer. Mas você se acostuma com essas merdas depois de um tempo, sabe?

– E você *promete* que vai dar tudo certo? – Julia colocou um dos pés sobre o skate e manteve o outro plantado no asfalto. Olhava com imenso pavor para a ladeira íngreme, margeada de ambos os lados por casas de dois andares.

– É *claro* que vai dar tudo certo. – Brett colocou uma das mãos sobre o ombro de Julia. – Só tente não se matar antes de chegar lá embaixo, tá bom?

– Isso não é *engraçado*, Brett.

– Desculpa. Você vai conseguir.

– Tá... se você acha mesmo que vai dar certo...

Julia tirou o outro pé do chão e colocou-o sobre o skate. As rodas de plástico começaram a girar sob seus pés.

– *Ai, meu Deus!* – Julia pulou do skate antes mesmo de descer um metro.

– *Vamolá*, Jules. Você pode ir *bem* mais longe.

– Fiquei com *medo*. Não *gosto* de ficar com *medo*.

– E se eu descer correndo do seu lado? Aí se você cair ou for atropelada por um caminhão gigante, vou estar ali pra segurar você ou amortecer sua queda. Tá bom?

– É... tá... – Julia voltou ao skate. – Mas eu não quero ser atropelada por um caminhão gigante.

As rodas giraram.

– *Tô conseguindo!*
– *Você tá conseguindo!*
– *Tô conseguindo!*
– *Você tá conseguindo!*
– *Tô conseguindo!*
– *Você vai bater!*
– *O quê?* – Julia avistou a lixeira de aço de dois metros e meio de largura que a esperava no final da ladeira. – *Aaaaah! Brett! Me ajuda!*
– *Peraí.* – Brett envolveu Julia pela cintura e atirou seus corpos na direção da calçada, caindo de costas para amortecer a queda da garota. O skate voou seis metros no ar e se estatelou de cabeça para baixo no asfalto.
– Ai, meu Deus – Julia choramingou. – Ai meu Deus ai meu Deus ai meu Deus ai meu Deus ai...
– Tá tudo bem, Jules – riu Brett, abraçando-a com mais força. – A gente vai *sobreviver*.

"O tema principal de *Admirável mundo novo* é que a felicidade nem sempre é sinônimo de liberdade, e que às vezes pode até mesmo ser sinônimo de escravidão", Max rabiscou em sua ficha de sete por 13 centímetros. Depois riscou o texto e escreveu *Max* ♥ *Julia*.
Alguém bateu na porta do apartamento. Max foi atender.
– E aí, meu camaradinha? – Trevor estava no corredor, usando uma camisa da Pike & Crew e óculos de sol vermelhos da Oakley. – Como é que tá?
– Trevor Thompson? Como assim? Por...
– Quinn me contou onde você mora antes de engolir mais uma dose de GHB, aí achei que seria legal pegar a BMW e fazer uma visitinha. – Trevor convidou-se para entrar no apartamento e fechou a porta.
– Olha só, Max, tá a fim de aparecer numa festa matadora que vai ter lá no meu apartamento terça à noite? As garotas que têm namorado vão usar vermelho, as que podem topar alguma coisa vão usar amarelo e as que certamente querem ser comidas vão usar verde. Suas chances são mais do que ótimas.

– Hã... eu... eu... peraí, *como* você sabe quem eu sou?
– Você *é* o melhor amigo do Brett Hunter, não é?
– É, bem, acho que sim. Você conhece o Brett?
– A gente já aprontou juntos algumas vezes. – Trevor colocou uma das mãos no ombro de Max. – Escuta, Max, por acaso você fuma?
– Cigarro? Não. Por quê?
– Cigarro *não*, cara. *Bagulho*.
– Isso é tipo maconha? Porque maconha eu também não fumo.
– Tudo bem. Eu só estava indo pro Mirante fazer minha cabeça. Se você quiser vir também, considere-se convidado. Nem precisa fumar comigo.
– Ah, é que eu tava preparando uma apresentação pra aula de literatura de amanhã. Mas acho que posso fazer um intervalo.
– Você está na turma da Lovelace, né?
– Isso, acho que é minha matéria favorita... Escuta, mas você ainda precisa se matricular em literatura, mesmo já tendo publicado um livro?
– Preciso dos créditos pra me formar. – Trevor acariciou o cachimbo de maconha no bolso de suas calças. – Não que eu realmente *precise* de um diploma de ensino médio, considerando que eu já acumulei uma bela fortuna prum cara de 18 anos, mas meu agente insiste em dizer que eu preciso manter uma imagem estúpida de adolescente americano padrão. Aparentemente, isso significa que devo terminar os estudos.
– Se você conhece o Brett tão bem assim, deve saber que ele é bem apaixonado pela Quinn, né?
– Se você está insinuando que eu devo me sentir culpado porque a ex-namorada dele só o enxerga como amigo, Max, você está falando merda. – Trevor abriu a porta do apartamento e passou para o corredor. – No amor e com as vagabundas, vale tudo.
– Ele ficou bem chateado com isso tudo. Talvez vocês dois nem sejam assim tão chegados, mas acho que eu nunca faria isso com um amigo e também não acho que o Brett faria isso comigo.
– Max, Max, Max. – Trevor sacudiu a cabeça. – Você já chegou a considerar a idéia de que sua amizade com ele cria uma espécie de *cegueira*? Você *sabe* que ele engravidou a Ashley Iverson cinco

meses atrás, né? Você *sabe* que ele a deixou sozinha na clínica de aborto, né?

– Permita que eu lhe explique o transtorno de personalidade *borderline*, senhorita Iverson. – Sentado na poltrona vinho de couro, o Médico cruzou as pernas. – É claro que ainda é cedo para fazer um diagnóstico mais concreto, mas a personalidade *borderline* é um dos transtornos mais comuns em nossas pacientes.

– Tá... – Ashley se contorceu no divã de couro. – Mas eu não acho que tenha alguma coisa errada com a minha personalidade.

– Sofrer de um transtorno não significa que tem algo 'errado' com você. Significa apenas que um indivíduo precisa tomar certas precauções para se ajustar à sociedade e ter uma vida bem-sucedida. O transtorno de personalidade *borderline* aponta para um indivíduo instável em sua percepção de si mesmo, o que o acaba impedindo de desenvolver relacionamentos estáveis e duradouros. Por outro lado, o transtorno de personalidade *histriônica* descreve um indivíduo cuja autoconsciência é obsessiva, fazendo com que se comporte de forma teatral em situações impróprias e busque incessantemente a aprovação alheia. Se você combinar os dois com o transtorno de personalidade *dependente*, uma falta desesperada de autoconfiança, teremos um perfil exato da adolescente típica. Não concorda, senhorita Iverson?

– Você não *tem* idéia de como é – Ashley rosnou.

– Perdão. Então por que você não me conta como é?

– Você... você precisa sorrir mesmo quando não tá feliz, e todo cara que você conhece só quer uma coisa de você, mesmo que não diga nada. – Ashley desviou o olhar para o chão. – E você precisa fazer eles *pensarem* que vão conseguir o que querem, porque eles só falam com você por causa disso e você *quer* que eles falem com você porque eles são *garotos* e você *gosta* deles e isso tudo é *natural*, sabe? Aí, você passa o dia inteiro na frente do espelho tentando ficar perfeita pra que eles gostem de você e venham falar com você numa festa ou algo assim e aí é como se você nem tivesse *escolha* porque você só quer que eles *gostem* de você, mesmo que seja meio óbvio que eles só querem tirar sua roupa, mas você deixa eles

fazerem isso mesmo assim porque só quer que alguém... ai, meu Deus, por que eu tô *contando* essas coisas pra você?
 O Médico rabiscou algumas anotações em seu bloquinho com capa de couro.
 – Você já se envolveu em relações sexuais?
 – Por Deus, eu tô na *nona* série. – Ashley revirou os olhos. – Desculpa, eu não queria parecer arrogante... há, eu também meio que fiquei grávida uma vez, mas aí fiz um aborto e tal e, no fim das contas, foi como se não tivesse acontecido nada.
 – Muito interessante. Você poderia me falar um pouco sobre o garoto envolvido neste caso?
 – Ah... eu... eu não tenho muita certeza. – Ashley fechou os olhos.
 – Não tenho muita certeza de quem foi, na verdade.

– Essa mudança me assusta um pouco, pra ser sincera. – Julia estava sentada no banco do carona do Camry de Brett, que dirigia para fora da cidade. – Na verdade, acho que eu tô completamente apavorada com essa mudança.
 – Você vai se acostumar rapidinho com essa cidade. – Brett colocou o disco *Against the Grain* do Bad Religion no som do carro. – Quando eu era pequeno geralmente dormia no andar de cima, num quarto entre o quarto dos meus pais e o do meu irmão, sabe? Mas aí, quando eu tinha uns 10 ou 11 anos, fiquei umas semanas numa colônia de férias. Quando voltei pra casa tinham mudado tudo que eu mais gostava pro andar de baixo. Parece que meu pai queria que o escritório dele ficasse no andar de cima e aí achou que currar minha infância seria uma boa idéia e tal. Eu me neguei a dormir no quarto novo por uns seis meses inteirinhos. – Brett guiou o carro até o acostamento da estrada, perto de algumas árvores. – E aí toda noite eu levava meu travesseiro e meu cobertor pro andar de cima e dormia no chão do meu antigo quarto, até que me dei conta que era meio legal ter o andar de baixo só pra mim, sabe? Foi uma bênção disfarçada.
 – Talvez estar aqui também seja uma bênção disfarçada. – Julia olhou pela janela. – Ou talvez ter conhecido você e o Max tenha sido a verdadeira bên...

– Que *porra* foi essa? – Brett gritou assim que a BMW de Trevor passou a toda vindo da direção oposta. – Era o *Maxwell* dentro daquele carro? Fumando um *bong*?*

– Não sei, eu tava olhando pela outra janela. O que é *bong*?

– Eu nunca devia ter tomado aqueles cogumelos no verão passado, *ainda* tô alucinado. – Brett desafivelou seu cinto de segurança e abriu a porta do carro. – O Mirante fica bem ali, depois daquele morro. Vem, você vai adorar.

– Tá. – Julia soltou seu cinto de segurança e saiu. – Que som era esse que você colocou?

– Bad Religion. – Brett começou a subir o morro, em meio às árvores. – É tipo assim, minha banda predileta. Depois dos Beatles, claro.

– Você nem sabia que o Paul McCartney *era* dos Beatles. Você achava que era o Paul *Simon*. Engraçadinho.

– Eu sou *engraçadinho*? – Brett riu. – Ai, meu Deus, eu não sou *engraçadinho*.

– Você tá ficando vermelho. Olha só.

– Tá, tudo bem, eu *tô* ficando vermelho. Se você contar isso pro Max, estará automaticamente excomungada do Clube das Pessoas Descoladas o Bastante pra Falar com o Brett.

– Você acha mesmo que eu sou descolada? Uau. É a primeira vez que alguém me diz isso.

– Pára com isso, Jules. Você é o máximo. – Brett entrou em uma clareira de onde se podia enxergar a praia cercada de rochas e o Oceano Pacífico se estendendo até o horizonte. – Aqui é o Mirante. Na 2ª Guerra, o exército usou essa praia como campo de treinamento pra invadir os nazis. Agora o pessoal se droga e trepa por aqui nos fins de semana, o que me parece tão divertido quanto salvar o mundo livre.

– Uau. Uau. Uau. – O olhar de Julia estava fixo no horizonte. – Que coisa mais *linda*.

– Como é que você se emancipou no primeiro ano do ensino médio?

– Ah, são meus pais. Eles são meio... – Julia olhou para o chão. –

---

* Espécie de narguilé simplificado, geralmente de vidro ou plástico, muito usado para fumar maconha ou haxixe. (N. do T.)

Bem, eu não contei isso pro Max, mas eles têm alguns problemas porque bebem demais. Aí se meteram num acidente de carro que apareceu no *Anchorage Daily News* e precisaram ficar um tempo se tratando do alcoolismo. Um monte de advogados ficou tentando me fazer morar com uma família adotiva, mas o advogado dos meus pais disse que se eu provasse ser capaz de morar sozinha, podia voltar a ficar com eles quando fossem liberados... e o pessoal da minha escola sabia de tudo. Eu tinha que sair de lá.

– Putz... Não sei o que dizer, Jules. Tá tudo bem com você?

– É bom saber que alguém tá ajudando eles. – Julia olhou para cima. – Tudo vai ficar bem, assim que eles voltarem pra casa. Tudo vai voltar a ser como era antes de ir por água abaixo e eu precisar cuidar deles quando ficavam gritando e depois deitar enrolada na minha cama pedindo pra Deus fazer tudo aquilo desaparecer, mas nunca desaparecia.

– Quando eu tinha uns 13 ou 14 anos, não sabia que os caras produziam sêmen a vida inteira. Eu achava que cada testículo tinha uma reserva de 15 ou vinte ejaculações. – Brett fez uma careta. – Aí, toda vez que eu batia punheta, caía no chão do meu quarto e ficava rezando pra produzir mais sêmen, porque não queria ser estéril e nunca ter filhos, sabe? Aí, acabei me dando conta que minhas ejaculações não tavam acabando, e foi aí que parei de acreditar nesse Deus sacana. Tá me ouvindo, seu porco imundo?

– Tá bom... – Julia riu. – Bem... hã... fico feliz que você ainda esteja funcionando direitinho.

OLHA, MAX, SERIA BEM LEGAL CONTINUAR ME DIVERTINDO COM VOCÊ, MAS PRECISO MESMO VOLTAR PRO MEU APARTAMENTO, SENÃO A QUINN VAI ACORDAR...

...TÔ BRINCANDO, MEU CAMARADINHA. HA! HA! SE CUIDA. A GENTE SE VÊ NA FESTA, TERÇA À NOITE.

UAU... TÔ BEM ACABADO. O BRETT ME CONVIDOU MIL VEZES PRA FUMAR MACONHA, MAS EU NUNCA ACEITEI. AÍ O CARA MAIS FAMOSO DA ESCOLA APARECE DO NADA NA MINHA CASA...

...E AÍ, PARECE MEIO NORMAL SIMPLESMENTE FUMAR *MACONHA*. ESSES FORAM OS MELHORES M&MS QUE JÁ COMI NA VIDA, POR SINAL.

OLHA, MAX, SEI QUE NÃO SOU EU QUEM PRECISA DIZER ISSO, JÁ QUE ELE...

...É UM DE SEUS MELHORES AMIGOS, MAS VOCÊ PRECISA ENTENDER QUE O BRETT HUNTER NÃO PASSA DE UM ANIMAL QUE VIVE ATRÁS DE PRAZER. SÓ ISSO.

ELE É PERIGOSO, TÁ ME ENTENDENDO?

– Olha... eu... eu acho que o Brett já aprontou algumas, mas no fundo ele é um cara bem legal. Não consigo acreditar que ele tenha deixado a Ashley sozinha na clínica de aborto.

– Depois não diz que eu não avisei, Max. – Trevor deu a partida na BMW. – Você não acha plausível que ele ande com você só pra se sentir melhor a respeito de si mesmo? Já ouvi falar que o Brett fica pegando no seu pé na frente dos amigos de *verdade* que ele tem. Você parece um carinha decente. Não ia gostar nada que ele também metesse uma faca nas suas costas.

– Por Deus, isso aqui é um *tédio*. – Deitada no leito do hospital, Ashley folheia um exemplar de *O apanhador no campo de centeio* que tirou da Estante de Leitura. – O que vocês *fazem* por aqui o dia todo?

– Ah, quase sempre a mesma coisa. – Carnão brinca com uma unha quebrada. – Café da manhã às nove. Terapia de grupo às dez. Almoço ao meio-dia. Terapia à uma. Remédios às duas. Atividades vespertinas das três às...

– Esquece. – Ashley joga o livro no chão e cobre o rosto com um travesseiro. – Quero ir pra *casa* logo.

– Eu também escrevia poesia. Nada de mais: 'a vida é uma merda', 'foda-se o mundo', essas porcarias de quem acha que é gótico, mas depois dos eletrochoques não consigo mais escrever. Os médicos disseram que isso ia ajudar meus neurotransmissores a ficarem equilibrados, mas agora não consigo nem *escrever* direito. Sei lá, acho que perdi um pedaço do *cérebro* ou algo assim.

– Faz *muito* tempo que você tá aqui?

– Quatro anos. – Carnão puxou a unha quebrada e começou a chupar o sangue de seu dedo. – Entrei no dia do meu aniversário de 12 anos.

– Quatro *anos*? O médico disse que o programa durava só 15 *meses*, não foi?

– É, mas o programa se *repete*. – Carnão revirou os olhos. – Terapias de grupo, aulas, palestras sobre automotivação, essa merda toda se repete sem parar até que você sente mais vontade de se matar do que sentia quando entrou aqui. E durante todo esse tempo

você fica cercada de *outras* pessoas que também querem morrer, e ainda assim eles esperam que você *melhore.*
— Mas você não *quer* melhorar? Como conseguiu ficar *quatro* anos aqui dentro?
— Ah, pára com isso. Vocês, patricinhas da Pike & Crew, são as putinhas mais doentes do mundo. O que você fez, tomou os remédios da mamãe? Bebeu os produtos de limpeza? Seu namorado trocou você por Tiffany, a Animadora de Torcida Boqueteira do Espaço Sideral?
— Remédios — Ashley sussurra. — Os remédios da minha mãe.
— Típico — desdenha Carnão. — Maluquinha de merda.

— Muito obrigada por sair comigo hoje, Brett. — Julia destrancou a porta de seu apartamento. — Achei tudo bem divertido, menos aquela hora em que achei que ia morrer andando no seu skate.
— Ei, *eu* não sou culpado pela lei da gravidade. Além disso, essas experiências de quase-morte são bem divertidas nas primeiras dez vezes. Nas primeiras 12. Ou 15.
— Bem, me desculpa se não compartilho seu *desejo de morrer.* — Julia riu. — Então você já passou muitas vezes por esse tipo de experiência?
— A melhor de todas aconteceu numa excursão de biologia do primeiro ano. Nosso professor escolheu uns dez alunos e levou a gente pra uma ilha a uns três ou quatro quilômetros da costa, sabe? Depois que a gente chegou e desfez as malas, caminhamos até a praia e encontramos um cara esquisitão que começou a dar em cima da minha namo... da minha ex-namorada, a Quinn. Convidou ela pra ir na cabana dele, dizendo que tinha cigarros e cervejas, essas merdas. Aí, o cara foi embora e eu disse pra Quinn que tinha certeza que ele ia esfaquear todo mundo mais tarde. Foi só uma piadinha inofensiva, sabe? Aí, de noite a gente voltou pra praia porque é quando a maré fica baixa e dá pra ver as medusas e os polvos nas pedras. Tinha uma garota meio cega na minha turma, e como ela tava se atrapalhando com a bengala, o professor disse pra eu levá-la de volta pra cabana. Quando a gente chegou, o Assassino tava fuçando lá dentro. Juro por Deus.

Aí a gente se escondeu no matinho. Quando o cara desligou todas as luzes, a *ceguinha* disse que era pra gente ir pra *varanda*, porque tinha aprendido nas aulas de defesa pessoal pra mulheres cegas que devia ficar num lugar iluminado quando estivesse correndo perigo. Aí, eu disse praquela cegueta monga: "Não, a gente *não* vai até onde tem luz. A gente vai *encontrar* o resto do pessoal e avisar que tem um *Assassino* na nossa *cabana*". Mas aí a maré tinha subido e a gente não encontrou ninguém, e quando a gente tinha saído eles tavam tão longe que bem que poderiam ter sido cercados pela água. E aí, eu fiquei lá, tremendo de medo, achando que o professor de biologia e todos os meus amigos tinham morrido, isso sem falar na garota por quem eu era apaixonado, tendo que cuidar daquela cegueta de merda e sentindo tanto frio que estava prestes a ter hipotermia. Aí fiquei tentando me convencer que o melhor seria voltar pra cabana e enfrentar o Assassino, de homem pra homem, porque aí pelo menos eu ia morrer *quentinho*, né? Mas a gente acabou encontrando um sobrado velho no outro lado da ilha. Eu entrei, usando a bengala da garota cega como arma, e, bem, quando cheguei no topo da escadaria, toda escura e barulhenta, o desgraçado do Assassino apareceu bem do meio das sombras. E aí ficou lá, *rindo* da minha cara, até que estendeu a mão cheia de calos, tremendo, e disse: "Vocês esqueceram de apagar as luzes da cabana, garotos. Aí fui lá e apaguei. De nada".

– Ai, meu Deus, Brett – Julia suspirou depois de um tempo. – Então tudo acabou bem? E o resto do pessoal? O que *aconteceu* com eles?

– Ninguém se afogou. Eles tavam assando *marshmallows* o tempo todo.

– Ai, meu *Deus*. – Julia riu. – Essa história é *fantástica*, mas você não devia falar desse jeito maldoso sobre pessoas que não enxergam.

– Ah, Jules, você que sabe... mas e aí, você tem namorado lá no Alasca?

– Há... não. – Julia corou. – Não tenho, não.

– Tá bom... olha, Julia, achei você especial, especial mesmo.

Eu já disse isso pra um monte de garotas e nunca tava sendo sincero, mas você não tem *nada* a ver com elas. Sei que isso parece banal, mas acho que você consegue me entender, né? Você é diferente mesmo, e de um jeito bem legal.

– Ah... obrigada... as garotas devem se atirar em você o tempo todo.

– Elas são um monte de cópias carbono umas das outras. Até mesmo a Quinn. Ela também é só mais um clone, mais uma colegial produzida em série. Mas você é *diferente*, Julia. Eu *sei* que você é diferente.

– Às vezes eu queria ser que nem elas. – Julia baixou os olhos e ficou olhando para o chão. – Às vezes é tão difícil ser feliz quando você não é uma delas.

– Teve uma vez que a Quinn ficou tão bêbada que não conseguia nem ficar de pé. Aí ela me contou que todo dia, antes de ir pra escola, fica duas horas se olhando no espelho, tentando esticar bem o sorriso pra que parecesse feliz o dia todo. Isso não é felicidade.

Silêncio.

– Meu Deus... – riu Brett. – Eu vivo sonhando que acontece um tiroteio na nossa escola, que nem lá em Columbine, e aí é claro que eu me transformo num ninja invencível e vou abatendo um por um dos atiradores. No final, a Quinn cai nos meus braços porque eu sou um herói.

– Agora vocês são só amigos? O que aconteceu?

– Ah, ela ficou toda apaixonada por um charlatão de merda chamado Trevor Thompson, só porque ele é *muito* rico e *muito* bonito e *muito* famoso. Ela nem sabe da vez em que ele sacaneou a Ashley Iverson quando ela tava grá...

– Peraí, o Trevor *Thompson* é da sua *escola*? Meu Deus, esse garoto me irrita demais. Quer dizer, tá bom, ele ganhou um montão de dinheiro e acho que pode fazer o que quiser com isso, mas eu *pessoalmente* acho que nunca conseguiria *viver* se não doasse tudo pras pessoas que realmente precisam.

– Uau... você é a pessoa mais legal que eu já conheci, *mesmo* sendo meio comunista. E você ainda tem esses olhos verdes lindos.

– Ah... você é uma graça... – Julia corou quando os lábios de Brett se aproximaram dos seus. – Você também é uma pessoa bem legal.

– Quinn, querida, finalmente voltei para casa. – Trevor abriu a porta de sua cobertura e desabotoou sua camisa. – Posso dizer que foi um dia bem comprido, mas fico feliz por poder voltar para perto do seu rostinho lindo e dos seus beijos delicados. – Trevor caminhou até a cozinha e encheu um copo com água mineral com gás. – É claro que amanhã vou precisar tratar de negócios: mais uma daquelas viagens com tudo pago pra falar com a imprensa de Nova York. Mas não tenho dúvidas que você ainda estará me esperando quando eu voltar.

Trevor entrou no banheiro e tirou um frasco com 14 miligramas de gamahidroxibutirato do armário sob a pia.

– Que tal fingir beijar os lábios que estava a esperar? – Trevor entrou no escuro do quarto e sentou em um canto da cama. Quinn estava deitada, nua e amarrada, com saliva escorrendo da boca e sêmen seco espalhado nos seios. – Que tal abraçar seu travesseiro e fingir que ainda estou aqui para cuidar de você? Que tal, Quinn?

Biiiiiiiiiip!

– Bem quando as coisas tão esquentando... – Trevor atendeu o telefone sem fio. – Sim?

– Olá, Trevor, aqui quem fala é a Sra. Kaysen. Quinn deixou seu número conosco ontem à noite, antes do baile, e... bem, espero que você não esteja ocupado no momento.

– Não é incômodo algum, Sra. Kaysen. – Trevor esvaziou o frasco translúcido na água com gás. – Como vai?

– Bem, eu e o pai da Quinn estamos muito preocupados. Ela não voltou mais para casa desde ontem. Achamos que ela só tinha ido para uma festa, mas o tempo está passando e ela ainda não voltou para casa. Por favor, Trevor, espero que você não ache que estou lhe acusando de alguma coisa, eu e o pai da Quinn sabemos que você é um garoto maravilhoso, mas se você faz alguma *idéia* de onde nossa filha *possa* estar agora...

– Puxa, Sra. Kaysen, tudo que sei é que ontem à noite ela saiu da festa com uns garotos mais velhos lá da escola. Espero que a polícia encontre ela logo. – Trevor abriu a boca de Quinn e fez a água com gás escorrer garganta adentro. – Espero que não dê muito trabalho pegar os desgraçados que fizeram isso.
– Que fizeram isso o quê? Você acha que alguém *machucou* a Quinn? Você acha que alguma coisa *aconteceu* com ela?
– Hoje em dia nunca se sabe, Sra. Kaysen. – Trevor fechou os lábios de Quinn com um beliscão, ergueu sua cabeça e apanhou a filmadora digital. – Com esse monte de estupradores e crioulinhos à solta pela noite, é difícil saber o que *pode* acontecer.

– Olha só, *baby*, acabei de fugir da *Solitária*. – Pereba entrou de fininho no quarto da Ala Juvenil e fechou a porta. – Só faltam uns minutos pra enfermeira aparecer e ver se tá tudo bem, mas eu queria tanto ver você que não consegui me controlar.
– Fofurinha! – Carnão gritou em falsete, atravessando o quarto até abraçar Pereba. – Fofura, essa aqui é a Ashley, minha nova colega de quarto. Ela é meio patricinha, mas gostei dessa puta o suficiente pra deixar que continue viva.
– Oi, eu sou o Pereba. Tá gostando da *prisão*?
– É... tá tudo legal. – Ashley tentou não olhar para aquele rosto cheio de cicatrizes. – Como é que... hã... você ganhou esse nome?
– Os garotos da escola me apelidaram assim quando eu fiz 14 anos. Aquelas espinhas de merda nunca curavam, aí eu basicamente lavei minha cara com gasolina que tirei do cortador de grama do meu pai.
– Ai, meu Deus – disse Ashley. – Você fez isso *mesmo*? Quer dizer, eu também já tive umas espinhas e sempre dá muita vergonha, mas eu nunca... meu Deus...
– Você não tem idéia. – Pereba sentou na cama ao lado de Carnão e enfiou a mão dentro de sua saia xadrez. – Eu tive *algumas* espinhas na cara por *cinco anos*, caralho. Você tem idéia do que é ter *vergonha* da própria cara por *cinco anos seguidos*?
– Tá tudo bem, *baby* – gemeu Carnão. – Você ainda é meu monstrinho sexual. Ai, isso, bem aí, bem aí, assim mesmo.

– Falei com o zelador. Ele vai ajudar a gente com as raspadinhas. Amanhã à noite, sem falta.

– Peraí, não entendi direito – disse Ashley. – Vocês vão fazer *raspadinhas*?

– Arrã. – Carnão sorriu, de olhos fechados. – Raspadinhas turbinadas.

"*Twenty-first century digital boy, don't know how to live but I've got a lot of toys.*" Brett estacionou o Camry na entrada da garagem ao som do *Against the Grain* do Bad Religion. "*My Daddy's a lazzy middle class intellectual, Mommy's on Valium, so ineffectual, oh yeah, ain't life a mistery?*" Tirou a chave da ignição e abriu a porta do carro.

"Por favor, estejam dormindo. Por favor, meu Deus, que eles estejam dormindo".

Destrancou a porta da casa escura e subiu as escadas às escondidas, até chegar na cozinha.

VOCÊ NÃO DEIXOU NENHUM BILHETE DIZENDO ONDE ESTARIA. SUA MÃE E EU PASSAMOS A NOITE LIGANDO PRA HOSPITAIS.	DESCULPA... EU NÃO PRETENDIA VOLTAR TARDE. EU TAVA NO APARTAMENTO DE UMA GAROTA E ACHEI QUE VOCÊS DEVIAM ESTAR DORMINDO, AÍ, NÃO QUIS LIGAR E ACORDAR VOCÊS.	O QUE VOCÊ ESTÁ PENSANDO? NÃO DEIXOU NENHUMA INDICAÇÃO DE ONDE ESTARIA E CHEGA EM CASA DEPOIS DA *HORA COMBINADA*? DEPOIS DA UMA DA MANHÃ?
PELO MENOS ELE ESTÁ BEM... PELO MENOS NOSSO NENÊ ESTÁ BEM.	ME DÊ AS CHAVES DO SEU CARRO... DEVOLVO ASSIM QUE VOCÊ APRENDER A TER UM MÍNIMO DE *RESPEITO* E *ATENÇÃO* COM SUA FAMÍLIA.	O CARRO É MEU. COMPREI COM MEU DINHEIRO.

– *Me dê essas chaves agora mesmo!* – O Sr. Hunter estendeu a mão trêmula. – *Me dê essas chaves agora mesmo, me ouviu bem?*

– Tá bom, seu ditador escroto. – Brett atirou o chaveiro. – *Por que você não enfia um laço na minha cabeça de uma vez?*

– *Nunca mais fale comigo desse jeito, seu desgraçado. Tudo que eu mandar você fazer, faça com um sorriso no rosto. Entendeu?*

– Por favor, parem de *brigar* – gritou a Sra. Hunter, chorosa. – Brett, por favor, escute seu *pai*.
– *Viu o que você fez?* – gritou o Sr. Hunter. – *Viu que sua mãe está chorando por sua causa?*
– Você é louco, pai. Até a mãe concorda. Você tem medo dele, né, mãe? Ele é completamente *maluco*, você *sabe* disso e tem *medo* dele, é ou não é?
– Seu *irmão* nunca falou comigo desse jeito – disse o Sr. Hunter. – Seu *irmão* nos enche de *orgulho*.
– Pai, sabia que seu pau é minúsculo? – Brett bateu pé até o quarto e fechou a porta com estrondo. – Ai meu Deus ai meu Deus ai meu Deus não não não não não não não... eu... eu... eu não vou fazer isso só pra... ai meu Deus, não vou fazer isso só pra que ele se arrependa. – Brett agarrou o urso de pelúcia que tinha desde criança e o abraçou contra seu peito trêmulo. – Ai, meu Deus, eu não quero me matar, eu não quero me matar, eu não quero me matar, eu não quero me ma...

"Na última primavera, os diretores da Universidade da Califórnia em Berkeley suspenderam uma disciplina chamada Sexualidade Masculina depois de investigarem denúncias de fotografias de genitália dos alunos, orgias entre a turma e saídas de campo para boates de strip-tease. Os estudantes receberam a visita de uma *dominatrix*, assistiram a filmes pornográficos e discutiram tópicos como 'Por que nos masturbamos?' E as fotografias de genitália? 'Ninguém foi forçado a participar', insiste o professor Morgan Janssen. Em vez disso, uma câmera *Polaroid* foi colocada no banheiro de um encontro da turma, acompanhada de um aviso no espelho com a seguinte inscrição: 'tire uma foto do seu pau e coloque na sacola'. A maioria dos 18 alunos tirou a fotografia. Depois disso, os estudantes tentaram descobrir quem era o dono de cada pênis. E a orgia? 'Aconteceu depois da aula e envolveu no máximo cinco pessoas', afirma Janssen."
— *ROLLING STONE*, FEVEREIRO DE 2003.

"A porcentagem de alunos da American University que usam álcool e outras drogas é maior que a média nacional, de acordo com a Pesquisa de Base sobre Álcool e Drogas realizada pelo gabinete do reitor. Oitenta por cento dos participantes declararam ter consumido álcool em pelo menos uma ocasião durante o último mês, comparado com a média nacional de 72 por cento. Quarenta e três por cento bebem mais de cinco vezes por semana."
— *THE AMERICAN UNIVERSITY EAGLE*, 25 DE NOVEMBRO DE 2002.

BEN B. 19, ALBANY, NY

"Uma vez, quando eu tinha 15 anos, eu estava jogando basquete com um cara um pouco mais velho que já estava na faculdade. Ele me contou que uma vez estava transando com uma garota no quarto dela, na cama de cima do beliche e aí a colega de quarto dela apareceu e disse que também queria se divertir. Aí, ele foi comendo uma garota de cada vez, indo e voltando de uma pra outra até gozar em cima da que estava no beliche de cima. E, porra, eu tinha 15 anos quando ele me contou isso. Foi um negócio meio 'Puta merda!', saca?"

"Embora a American University abrigue muitos casais, alguns alunos acham que a época da faculdade não é a hora de ser monógamo. 'Você está tentando crescer rápido demais. Não funciona', diz Michelle Black, estudante do segundo ano. Alguns estudantes são alertados quando começam a se envolver muito seriamente com outro aluno. 'As pessoas não percebem quando cruzam certos limites de envolvimento. Isso não é saudável', disse o calouro Michael Witney. ... O 'ficar' acaba mais vantajoso que o namoro tradicional, porque, quando está em um relacionamento, o aluno precisa dedicar parte de sua rotina diária à outra pessoa."
— *THE AMERICAN UNIVERSITY EAGLE*, 10 DE OUTUBRO DE 2002.

"Membros de uma fraternidade da Universidade de Maryland, College Park, podem ser indiciados criminalmente depois que uma autópsia concluiu que um aluno que pleiteava ingresso na organização morreu de intoxicação alcóolica. (...) Os investigadores afirmaram que as acusações do caso podem ir de maus-tratos a homicídio culposo. (...) A morte de Daniel Reardon, 19, foi a segunda a ocorrer nas fraternidades da universidade nos últimos seis meses."
— *THE ASSOCIATED PRESS*, 27 DE MARÇO DE 2002.

"Existe um código de silêncio no *campus* entre os membros de algumas fraternidades. (...) Em 1988, o *Tampa Tribune* contou a história de uma jovem que foi estuprada por quatro membros de uma fraternidade da Florida State University. Eles a abandonaram nua no saguão da sede de uma fraternidade vizinha, com as letras da fraternidade inscritas na parte interna das coxas. Nenhum dos [150] membros da fraternidade testemunhou contra seus 'irmãos'."
— *THE UCLA DAILY BRUIN*, 8 DE OUTUBRO DE 1999.

"No início da madrugada de 27 de fevereiro, Lisa Gier King e outra mulher trabalharam como *strippers* em uma festa da fraternidade Delta Chi na Universidade da Flórida, em Gainesville. (...) King alegou que mais tarde foi estuprada por um membro da fraternidade (...) enquanto dois ou mais outros homens assistiam, colaboravam e gravavam o estupro em vídeo. (...) King afirmou que [os membros da fraternidade] 'quebrariam seu pescoço' se ela resistisse. (...) De acordo com as integrantes do NOW* que assistiram à fita, King parece estar sendo sufocada enquanto um dos membros da fraternidade pergunta 'O que você quer? Sua circulação de volta?' Os homens batizaram a fita como 'O Estupro de uma Puta Branca Pobretona e Viciada em Crack'."
— *THE NATIONAL NOW TIMES*, OUTONO DE 1999.

"Os membros de fraternidades masculinas ocupam um espaço sagrado na cultura americana. Assim como os recém-casados, as bailarinas e as crianças precoces, eles têm certos privilégios. Nós perdoamos seus erros com sorrisos condescendentes e toleramos seu universo paralelo composto de presunção exagerada, dogmatismo vazio e uma certeza arrogante de sua importância no plano geral das coisas. Colaboramos para manter seus rituais autocongratulatórios e suas travessuras a uma distância segura da dura realidade do mundo real. (...) Nossa cultura é tão apaixonada pela juventude e tão comprometida com a preciosidade da experiência de estar na faculdade, que raramente paramos para nos perguntar que tipos de homens são criados dentro dessas Biosferas de Alienação autogovernadas."
— SALON.COM, 17 DE ABRIL DE 2003.

"Hoje em dia, muitos jovens só vivenciam um único encontro formal: seu baile de formatura. (...) um [estudante] afirmou que sua geração surgiu em meio a uma fase de transição. Uma geração atrás, havia um conjunto de regras de cortejo. Daqui a vinte anos, continuou, haverá outro. Mas agora não existem regras. Apenas ambigüidade. Ambigüidade e fluidez são, de fato, os traços-chave do cenário social atual."
— *THE WEEKLY STANDARD*, 23 DE DEZEMBRO DE 2002.

---

* *National Organization for Women*, Organização Nacional das Mulheres (N. do T.)

MARTY BECKERMAN ENTRA NA FACULDADE

Participa de numerosas atividades sadias e chega inclusive a aprender uma coisa muito especial a respeito de si mesmo durante tal processo embriagado e orgiástico

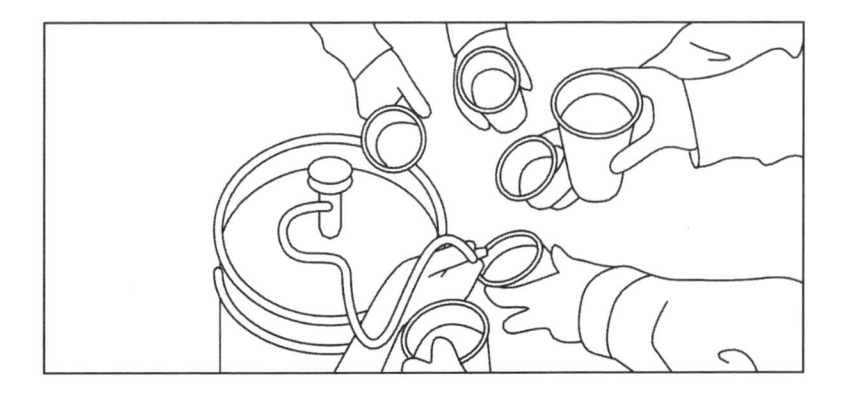

Nota do Autor

As fraternidades de Washington, D. C., descritas no texto a seguir possuem nomes reais, mas que infelizmente precisarão ser omitidos no presente volume. Essa decisão foi tomada a contragosto, é claro, mas é com toda a sinceridade que o Autor declara preferir não ter de lidar com todos os possíveis problemas legais envolvidos, nem ser sodomizado por 36 horas consecutivas no piso duro e frio de um porão, nadando em uma poça abundante de vômito de garotos de fraternidade, sem receber nenhuma espécie de nutriente além dos níveis insignificantes de proteína absorvível encontrada no Sêmen Humano Fresco.

Veja bem: logo depois que este texto foi publicado na capa do *New York Press* em 14 de dezembro de 2001, o autor começou a receber uma série de cartas e telefonemas de membros de fraternidades da American University, todas na linha "Marty Vai Morrer", "Você vai ficar de quatro, jornalista boiola" e "Ei, Beckerman, aqui é o Jack da Phi ▬ ▬ e só queria avisar que a gente vai estourar sua cabeça com um taco de beisebol assim que você aparecer na rua, então fica esperto."

Considerando-se que o Autor ainda é aluno da American University enquanto escreve esta nota, não seria muito prudente de sua parte identificar mais claramente essas fraternidades. Entretanto, o Leitor pode estar certo – conforme dita o Primeiro Mandamento Sagrado do Antijornalismo – de que todos os eventos e citações incluídos neste texto são transcrições exatas e inteiramente factuais. Agradeço sua compreensão.

– Não é uma festa *de verdade* se você não misturar umas *letras gregas*, caralho! – declara Beefy, sacudindo seus braços inchados ao redor de alguns de seus irmãos de fraternidade completamente bêbados, espirrando cerveja barata para todos os lados. – Tão ligados no que *eu* tô dizendo, seus porras?

– Tá *mais* que certo, seu porra – responde o camarada à esquerda de Buddy, com um sorriso chapado cravado em seu rosto terrivelmente gorducho.

– Phi ▬ ▬ pra sempre! – berra o Outro Irmão, reafirmando verbalmente sua lealdade aos seus maravilhosos amigos em dia com as mensalidades e a todas as coisas bonitas representadas por sua união fraterna.

A sólida casa de dois andares que serve de sede à fraternidade está insuportavelmente tomada por corpos suados. Completamente lotada, é um ambiente de terrível desconforto (a menos que você seja bissexual). Pelo menos duzentas pessoas se fazem presentes neste inferno miserável, todas bebendo cerveja vagabunda servida em um tonel nos fundos da casa ou gelatinas alcóolicas multicoloridas: copinhos plásticos de gelatina de frutas misturadas com uísque em vez de água. Caixas de som com aproximadamente o dobro da altura da minha querida vovó vomitam *rap* em uma altura inescrupulosa, e os cômodos estão tomados por jovens de ambos os sexos dedicados ao ritual bêbado e ancestral do *freak dancing* – também conhecido pela população adulta como Esfregação Desenfreada. (O que é realmente interessante quando você pára para pensar, já que escrevi "minha querida vovó" e "Esfregação Desenfreada" na mesma frase).

– Você é calouro? – pergunta uma morena estonteante, dando um tapinha/beliscão no meu ombro e sorrindo ao ter consciência de que eu, assim como qualquer outro cara que ela já tenha conhecido, gostaria muito de inserir meu Esfomeado Pênis Adolescente em sua Fantástica Vagina Adolescente. E sim, sua camisa lavanda sem mangas *certamente* ficaria justa até em uma partícula de oxigênio. As curvas. As *curvas*!

– Sou – respondo, tomando um golão daquela cerveja terrível e fingindo gostar daquilo, como um Homem de Verdade. – Sou tão calouro que *dói*... hã, seja lá o que isso queira dizer.

– Ohhhhhhhhhh – ela se empolga. – O primeiro ano é *tão* bonito. Quer dizer, na primeira vez que você acorda do lado de alguém e não consegue lembrar o nome daquela pessoa nem o que *fez* com ela na noite anterior, você... sei lá, você se sente tão *livre*, sabe?

Obrigado, meu Senhor Jesus Cristo. Muito, mas muito obrigado.

"Grande parte da vida social do *campus* [nos anos 1920], em estabelecimentos de ensino de grande ou pequeno porte, era controlada por fraternidades e irmandades femininas. Ser escolhido por uma boa fraternidade – que, por exemplo, incluísse entre seus membros os garotos mais ricos e com maior desenvoltura social – era um obstáculo incrível para muitos calouros; obter ingresso era encontrar um grupo pronto de amigos e camaradas. (...) Se a pessoa era bonita, extrovertida, usava boas roupas e tinha um carro, era fácil ser aceita."
– *CULTURA JOVEM NO SÉCULO XX, DÉCADA A DÉCADA: UM GUIA DE REFERÊNCIA*, DE LUCY ROLLIN (GREENWOOD PRESS, 1999).

"Plattsburgh, NY – Chama-se tortura aquática – forçar candidatos ao ingresso em fraternidades a ingerir enormes quantidades de água com a ajuda de um funil. A polícia do norte do estado de Nova York afirma que foi essa a causa da morte do universitário Walter Jennings. Ontem, 11 membros de uma fraternidade foram indiciados pela morte do rapaz de 18 anos, um calouro no Plattsburgh State College. A polícia afirma que sua morte foi causada por um inchaço cerebral resultante de intoxicação por água."
– *THE ASSOCIATED PRESS*, 10 DE MAIO DE 2003.

E assim, foi com *infinito* otimismo que troquei a Terra Desolada do Ártico chamada Anchorage, no Alasca, pelos salões acadêmicos da American University, localizada na ensolarada e infestada de horror Washington, D. C. Faz apenas dois meses e meio desde minha despedida chorosa de pais, amigos e amantes, mas preciso admitir que já aprendi muitas coisas importantes aqui na faculdade: por exemplo, a extraordinária tolerância do meu corpo à vodca de terceira categoria depois de passar quarenta e cinco minutos fumando maconha com a ajuda de um *bong*.[7] E aprendi também algumas coisas sobre *outras* pessoas: coisas que indicam que a maioria das outras pessoas é *absolutamente* estúpida. E *cara*, quando digo que elas são estúpidas estou falando *muito* sério.

E isso é meio estranho, porque você poderia imaginar que sua opinião geral sobre a Raça Humana *melhoraria* depois de viver em um *campus* universitário. Quer dizer, se você reúne milhares dos Melhores e Mais Espertos Jovens dos Estados Unidos na companhia de professores experientes e sábios de todas as partes do mundo, espera que disso resulte ao menos algo *semi*-respeitável, é ou não é? Não é? Eu esperaria. Esperava. Mas parece que nem sempre as coisas são como você espera. Parece que esta geração está *realmente* Condenada.

E eu não sou nenhum hiperpuritano escroto que tem ataques de moralismo sempre que alguns garotos bebem ou trepam nos fins de semana.[8] Se você quer saber minha opinião, acho que encher a cara e fazer amor são provavelmente as duas melhores coisas do *mundo* ao lado de ler histórias em quadrinhos e andar de skate, e meu único remorso verdadeiro nesta vida é nunca ter feito o suficiente de nenhuma delas. Mas a faculdade não deveria ser *apenas* mais quatro anos de ensino médio

---

[7] Ha! Ha! Brincadeira, mãe!

[8] É meio difícil ser um hiperpuritano escroto quando você bolinou pela primeira vez os seios de uma garota quando estava dentro de uma biblioteca escura em uma Casa do Senhor. Que Cristo abençoe para sempre os encontros anuais da juventude judaica que incluem atividades como dormir em grupo no interior do templo. Delícia.

para fortões alcoólatras, seus pênis em miniatura e as vagabundas bêbadas aleatórias que os adoram (os pênis em miniatura); não deveria ser *apenas* um lugar onde você é apresentado à gelatina feita com álcool e às trepadas de fim de semana entre jovens sedentos de sexo cuja imagem mútua não passa de pedaços suculentos de carne (equipados com genitália funcional); e não deveria ser *apenas* uma continuação do mesmo melodrama adolescente e dos joguinhos de popularidade e das tentativas de comer todas as garotas da equipe de animadoras de torcida. Não deveria *mesmo*.

Exceto, é claro, pelo fato de que *é* apenas isso. De acordo com uma grande pesquisa feita entre universitários e publicada em *Sexo no campus: a verdade nua e crua sobre a vida sexual dos universitários*, 76% já tiveram relações sexuais com um parceiro bêbado ou chapado, 46% já tiveram casos de uma noite só, 43% traíram namorados/namoradas estáveis, 36% tiveram relações sexuais com pessoas de quem "não gostavam", 32% tiveram relações sexuais com pessoas que "nunca mais querem ver", 29% mentiram sobre si mesmos para levar alguém para a cama e 30% dos universitários do sexo masculino embebedaram uma garota ou a fizeram fumar maconha para diminuir sua resistência a investidas sexuais. (Não vamos esquecer que estamos falando de garotos de 18 anos).

A propósito, um estudo da UCLA mostrou que enquanto 83% dos calouros de 1968 entraram na faculdade para aumentar seus horizontes e "desenvolver uma filosofia de vida mais completa", menos de 40% dos estudantes de hoje citam o crescimento pessoal ou o aprendizado como razões para terem entrado na faculdade. Isso provavelmente diz alguma coisa incrivelmente profunda sobre nossa geração emocionalmente vazia, mas... ah, que se foda. Aqui vai uma historinha sacana sobre minha tentativa de fazer uma garota sentar na minha cara no fim de semana passado. Divirtam-se!

– Mas... mas e se o seu colega de quarto entrar? – pergunta a Garota, deitada na minha cama macia e tentando inutilmente adiar o Glorioso Inevitável. As luzes do quarto estão apagadas e a cada segundo que passa fica mais óbvio que Nossa Luxúria Mútua não pode, não *deve*, mais esperar. Isso não é nada mais que o Destino, queridos leitores: o Doce Destino *Sexual*.

– Meu *colega de quarto*? – Rio, envolvendo as costas quentes da Garota em meus braços e puxando-a para mais perto de mim. – Ah, não se preocupa com *ele*. Deve estar no meio do mato rezando pro seu precioso *Deus Judeu* ou algo assim. Estamos sozinhos, minha cara. Só eu e você, mais ninguém.

– Mas... mas eu tenho um namorado lá na minha cidade, ele...

– Ah, querida, ele deve estar traindo *você* agora mesmo. E fala sério, você está na *faculdade*. Não acha que é hora de *esquecer* um pouco sua cidade?

– Eu... é, acho que sim... mas não sei se não é cedo demais pra... bem, você sabe...

– Olha, respira fundo e relaxa, tá? Tudo que vou fazer é usar minha ansiosa língua hebraica para massagear cada centímetro quadrado do seu corpo maravilhoso por uns quarenta e cinco minutos. Depois a gente faz amor gostoso por umas sete ou oito horas. Por Deus, isso não parece assim tão ruim, né?

– Bem, quando você coloca as coisas *nesses* termos... – Seus lábios úmidos e macios ficam a milímetros dos meus. (Mais perto... mais perto... *contato*). – Bem... hã... – ela diz depois de um minuto de adoráveis acrobacias linguais e arrancamento-de-roupas. – Você quer *mesmo*... como foi mesmo que você disse?

– Ah, claro que sim. – Beijo e chupo a barriga da Garota até chegar ao seu umbigo macio e bronzeado, desabotoando cuidadosamente seus *jeans* justos e lentamente, muito lentamente, abrindo aquele zíper inoportuno e inú...

– AI-MEU-DEUS! – berra de repente meu colega de quarto Judeu Ortodoxo, abrindo a porta e cobrindo sua boca Judia Ortodoxa, tomado por Puro Pavor Judeu Ortodoxo.

– Caralho! – eu grito. – Cara, a gente precisa *mesmo* criar algum jeito de inventar um código com meias na porta pra que esse tipo de merda *nunca* aconteça.

– Você *sabe* que minhas convicções religiosas me impedem de trazer garotas para o quarto – explica pela milionésima vez meu colega de quarto Judeu Ortodoxo. – Então olha só, se *você* vai trazer garotas pra cá, vou bater *três* vezes na porta e aí depois *vou* entrar, porque este quarto é tão *meu* quanto *seu*. Sendo assim, nada de ficar *pelado*, tá bom?

– Há... Marty? – pergunta a Garota, escondida sob meus lençóis, seminua e visivelmente humilhada. – Acho que é melhor eu voltar pro meu alojamento agora.

Que se foda. Que tudo se exploda de uma vez.

"[A faculdade] é um período agridoce para a maioria dos pais — especialmente quando o filho vai estudar em uma cidade muito distante. Nesse momento, os adultos precisam relaxar. É um período ambivalente para muitos adolescentes, que estão empolgados por finalmente estarem sozinhos mas, no fundo, têm medo de enfrentar o desconhecido sem a ajuda da mão firme e familiar de Papai e Mamãe."
– "AS DURAS LIÇÕES QUE VOCÊ APRENDE SOZINHO", DE BILL MAXWELL, THE ST. PETERSBURG TIMES, 22 DE AGOSTO DE 2001.

"Os pais, na companhia de seus cheques e cartões de crédito ilimitados, foram colocados neste mundo para pagar nossas despesas, incluindo a bebida... Seus pais ou são um lixo ou odeiam você."
– "HÁ LUGAR PARA A SUPERFICIALIDADE E O MATERIALISMO NA PENN STATE?", DE FRANK LAU, THE DAILY COLLEGIAN.

Mais um fim de semana, mais uma festa: desta vez não acontece em uma sede de fraternidade, mas no térreo de um edifício residencial de 15 andares a cinco quarteirões do *campus* principal da American University. É um lugar onde cada apartamento custa dois mil dólares por mês. Dezenas de estudantes da AU estão apinhando o local, a maioria deles na fila para pegar cerveja. Quem comanda o tonel é um cara de fraternidade de cabelo ruivo, usando calças militares, uma camisa vermelha e um boné virado para trás. Seu nome é Jack, e hoje – pelo menos para muitos membros do corpo discente da AU – ele é o único homem que importa no Planeta Terra.

– *Jack!* – berra uma garota quase no início da fila, pulando e sacudindo os braços (e os Peitos!) para todo lado. – Jack! Jack! *Por favor*, Jack! *Por favor!*

– Jack! – grita um cara fortão e enorme. – *Ei, Jack!*

– Eu *te amo*, Jack! – esgoela-se outra garota. – Jack, eu *te amo!*

– É, eu também amo você, meu amor – diz Jack, olhando *diretamente* para o *top* preto da Abercrombie & Fitch usado pela garota, enquanto enche seu copo de plástico vermelho até transbordar. As mãos e os

pulsos da garota ficam cobertos de espuma de cerveja. Ela sorri. *É claro* que ela sorri.
- Jack, Jack, aqui, Jack!
- Jack! Ei, *Jack!*
- *Por favor,* Jack. *Por favor!*
- *Aqui,* Jack! *Aqui!*

Sem parar, sem parar, sem parar,
Sem parar, sem parar, sem parar,
SEM PARAR, SEM PARAR, SEM PARAR,
Por muito, muito mais tempo do que você *acreditaria*.

"Scott S. Krueger, calouro de 2001, morreu noite passada no Centro Médico Diaconisa Beth Israel, de acordo com as agências de notícias. Na última sexta-feira à noite, Krueger foi encontrado inconsciente em seu quarto na Phi Gamma Delta, aparentemente vítima de intoxicação alcóolica depois de beber demais em um evento da fraternidade. Ele permaneceu em coma por três dias antes de morrer. (...) De acordo com Robert M. Randolph, pró-reitor de Graduação e Assuntos Estudantis, 'eles (os candidatos) haviam acabado de saber quem eram seus padrinhos'."
— ASSESSORIA DE IMPRENSA DO MASSACHUSETTS INSTITUTE OF TECHNOLOGY, 30 DE SETEMBRO DE 1997.

"SEJA HOMEM E ENCARE ESSA:
FRATERNIDADE SIGMA CHI"
— PÔSTER DE RECRUTAMENTO.

Membros de fraternidades – ou "Gregos", como por algum motivo eles costumam se chamar – existem há mais tempo do que você imagina. A mais antiga fraternidade dos Estados Unidos, a Phi Beta Kappa, foi fundada em 1776 no College of William and Mary de Williamsburgh, na Virgínia. A Alpha Delta Phi foi formada em 1836, a Delta Kappa Epsilon, em 1846 e a Sigma Alpha Epsilon, em 1856. Essas instituições foram criadas para estimular algum senso de soliedariedade e irmandade entre os estudantes do sexo masculino, e também para fornecer apoio emocional em momentos de extrema necessidade. Como quando eles ficavam sem bebidas alcóolicas ou algo assim, por exemplo.

– Emmanuel! – diria a um de seus irmãos o típico membro de fraternidade da era colonial. – A mim, parece não haver mais álcool neste sítio!

– Oh, Hector! – gargalharia Emmanuel, vigorosamente, fornecendo a Hector um pouco de apoio emocional terrivelmente necessário.

Enfim, em algum ponto dessa história as fraternidades tornaram-se Sociedades Secretas em miniatura, completas a ponto de incluírem convenções internacionais, apertos de mão ocultos e Ritos de Passagem quase homoeróticos. Os irmãos de uma fraternidade passaram a viver juntos, aprender juntos e amar juntos (por assim dizer), e seu duplo apelo de Sigilo e Tradição atraiu muitos jovens. No início do século XX, o sistema grego se espalhara (ha! ha!) por quase todas as universidades dos Estados Unidos, e fazer parte de uma dessas fraternidades tornou-se o mais alto símbolo de status ao qual um jovem poderia aspirar.

O que, por incrível que pareça, *não é* um exagero de minha parte. De acordo com o Conselho Interfraternidades da Universidade de Minnesota, quarenta dos últimos 47 juízes da Suprema Corte foram membros de fraternidades, isso sem mencionar 43 dirigentes das cinqüenta corporações mais bem-sucedidas dos Estados Unidos e quase todos os presidentes e vice-presidentes deste país desde 1825, incluindo nosso atual Imbecil-Chefe.[9]

Nos últimos anos, contudo, as fraternidades vêm desenvolvendo uma reputação geralmente negativa de serem "Clubes de Cafajestes", graças ao destaque cada vez mais intenso dado pela mídia aos casos de bebedeiras desenfreadas, maus-tratos e violência sexual tão característicos das fraternidades deste país. Na mente de muitas pessoas astutas, ser grego é ser Escória Suprema da Humanidade.

"As fraternidades são uma extensão do ensino médio para as pessoas que não conseguem superar aquela vida de fofocas, picuinhas estudantis e conformismo", escreveu Jeremy Gray, colunista do *University of California Guardian*. "Pelo menos esse era o caso quando eu fazia parte de uma delas. (...) As fraternidades servem para indivíduos inseguros, que precisam sentir-se parte de alguma coisa. (...) Quando você reúne centenas de gregos vestidos com seus moletons acolchoados, a cena é de dar medo."

Obviamente, muitos membros dos círculos gregos se ofendem com estes estereótipos dominantes (e justificados). O Escritório de Assuntos Gregos da Kansas State University, por exemplo, declara com firmeza: "a visão difundida de que a experiência Grega é custosa, superficial e materialista é terrivelmente ignorante e infundada".

---
[9] Um sujeito que admitiu ter sido alcoólatra até pouco depois dos quarenta anos de idade. Adeus, Raça Humana!

"Um certo fascínio pelas formas femininas não deveria ser considerado um problema social", escreveu Ido Ostrowsky na edição de 9 de novembro de 1999 do *UCLA Daily Bruin*. "Essa sexualidade irrestrita sempre será uma marca registrada da vida em fraternidade e da vida em geral. Mas, infelizmente, os partidários das fraternidades vêm cedendo frente aos críticos austeros que tentam impor seus pontos de vista puritanos. (...) Vamos cair na real: o verdadeiro encanto das fraternidades é a vida social – o acesso às festas e às gostosas das irmandades femininas."

E mesmo que ninguém fique surpreso ao ouvir falar que os membros de fraternidades são um bando de desgraçados violentos e hipersexuados, que dão festas com o único propósito de embebedar garotinhas para em seguida penetrar suas Mais Cobiçadas Partes Pudendas...

"Rodeio: em termos gerais, trata-se de um termo ligado a uma prática comum de fraternidades, na qual um homem que está tendo relações com uma mulher de quatro diz algo com a intenção de ofendê-la terrivelmente e, em seguida, agarra seu cabelo ao mesmo tempo em que tenta manter a penetração por oito segundos, antes que ela consiga 'escapar'."
– UM VERBETE DO GLOSSÁRIO DE *SEXO NO CAMPUS: A VERDADE NUA E CRUA SOBRE A VIDA SEXUAL DOS UNIVERSITÁRIOS*, DE LELAND ELLIOTT E CYNTHIA BRANTLEY (RANDOM HOUSE, 1997).

...o que não costuma ser dito com muita freqüência (principalmente graças às noções básicas de decência humana) é que *essas garotas vão para essas festas porque estão loucas para ficarem bêbadas e treparem, igualzinho aos próprios membros das fraternidades*. Veja bem, de acordo com uma pesquisa de campo conduzida por este repórter ao se infiltrar em diversas festas de fraternidades com o intuito de observar as linhas gerais do comportamento dos convivas (e, no processo, encher-se de diversas substâncias químicas que poderiam ou não ser tranqüilizantes caninos), podemos dizer com a mais profunda confiança que o Ciclo Vital de uma Ficada Universitária é invariavelmente o seguinte:

ESTÁGIO LARVAL DO DESENVOLVIMENTO:
Cara de Fraternidade aborda Garota Caloura que está sentada no sofá ou perto da pista de dança na companhia de Amigas Sumariamente Vestidas. Ele é bonito e gentil, usa uma camisa ou um blusão caro e parece muito interessado nela. Risos de montão.

ESTÁGIO FUNGOSO DO DESENVOLVIMENTO:
Garota Caloura, depois de aceitar a Bebida Alcóolica Compulsória de Cara de Fraternidade – geralmente rum com Coca-Cola ou gelatina com álcool – percebe que Cara de Fraternidade é mesmo um fofo. Garota Caloura e Cara de Fraternidade começam a flertar, tocando/dançando/apertando/esfregando enquanto se preparam para o previsível Estágio Copulativo do Desenvolvimento.

ESTÁGIO COPULATIVO DO DESENVOLVIMENTO:
Depois de passar de cinco a dez minutos cortejando Garota Caloura, Cara de Fraternidade habilmente sugere que passem a Quarto Mais Próximo e/ou Matinho para "conversarem a sós". Tal deslocamento é seguido por uma cópula feroz que dura vários segundos.

"A vida do homem: solitária, miserável, indecente, embrutecida e curta."
– THOMAS HOBBES (1588–1679).

"E já que estou pensando nisso, por que *exatamente* os caras das fraternidades se chamam de Gregos? Será que é porque os antigos atenienses consideravam as relações entre homens jovens e adultos a mais alta forma de amor? Me ajudem aí, caras. Estou confuso."
– MARTIN BECKERMAN (1983–20??).

No fim das contas, contudo, é fácil demais colocar toda a culpa do Declínio e Queda da Academia nas costas dos membros de fraternidades. Sim, é claro que os Gregos propagam e glorificam o conformismo como valor social supremo dentro do *campus*, mas isso é apenas um *sintoma* da doença, não sua verdadeira causa. O tumor maligno de nossa geração *não* é a gratuidade da embriaguez em massa, as trepadas sem sentimentos nos fins de semana ou a completa homogenia estética, mas o fato de não termos mais nada *além* disso para almejar. Falando metaforicamente, temos feito todas as nossas refeições no McDonald's e não nos damos ao trabalho de *fazer algo* para nos livrar dos quilos incalculáveis de lodo gorduroso coagulados dentro de nossas artérias. Comer no McDonald's talvez seja mesmo algo divertido e delicioso para se fazer de vez em quando, mas quem torna isso seu estilo de vida não passa de um porco asqueroso.

E mesmo se essa analogia não fizer *nenhum* sentido, o que estou querendo dizer é que a existência humana é mais do que um interminável passeio no Orgasmossel da Adolescência Contemporânea. Sim, todo um reino quimérico de gratificação psicossexual está à nossa disposição no *campus*, dia e noite, mas será que isso significa que devemos estar *sempre* enchendo nossos corpos de substâncias duvidosas e friccionando nossas zonas erógenas como se fôssemos *selvagens* orgiásticos e primitivos?

Simples: Provavelmente Não. Como disse quando ainda era vivo J. Edgar Hoover, o ex-diretor ultraconservador do FBI que sonhava em virar mulher, "lamento informar que nós do FBI não temos competência para agir em casos de intimidade orogenital, a menos que isso cause alguma obstrução ao comércio interestadual".

É bem possível que nunca se tenha dito algo tão verdadeiro.

ESTATÍSTICAS VADIAS

79%

Porcentagem de jovens de 13 a 18 anos que freqüentaram algum curso de educação sexual.

69%

Porcentagem de jovens de 13 a 18 anos que se opõem ao financiamento estatal de programas pró-abstinência sexual.

42%

Porcentagem de jovens de 13 a 18 anos que acreditam que as escolas públicas não abordam o sexo de forma adequada.

47%

Porcentagem de jovens de 13 a 18 anos que acreditam que os pais não abordam o sexo de forma adequada.

73%

Porcentagem de jovens de 13 a 18 anos que acreditam que as enfermarias das escolas deveriam distribuir camisinhas.

63%

Porcentagem de jovens de 13 a 18 anos que não consideram "pactos de virgindade" uma maneira eficaz de impedir adolescentes de ter relações sexuais antes do casamento.

[Fonte: *Time*/MTV, 7 de outubro de 2002.]

JESSICA A., 19
PORTLAND, OREGON

"Geralmente deixo os caras me comerem porque enchi o saco de ficar chupando os paus deles."

"Graças a uma verba federal de dois milhões e trezentos mil dólares que será concedida ao longo de três anos para a Secretaria Municipal de Saúde, os professores de diversas escolas de ensino médio planejam dar início este mês a um currículo que enfatiza a abstinência sexual antes do casamento. O material fornecido pelo governo para as novas aulas segue o formato da "abstinência total" – isto é, proíbe qualquer discussão de métodos anticoncepcionais, exceto para apontar as falhas em sua eficácia. (...) Por fim, o programa tentará convencer os adolescentes de que existe uma 'segunda virgindade'. (...) 'Acho que o sexo é uma coisa boa', afirmou uma jovem de 17 anos, atualmente grávida de seu segundo filho. Para ela, a idéia de aulas sobre abstinência sexual parece 'meio idiota'."
— *THE WASHINGTON CITY PAPER*, 25 DE OUTUBRO DE 2002.

"Wilmington, Delaware – Brian Peterson Jr. e sua namorada, Amy Grossberg, comparecerão junto ao tribunal nesta terça-feira para serem indiciados por homicídio em primeiro grau pelo assassinato de seu filho recém-nascido. O bebê foi encontrado em novembro, na lixeira de um motel de Newark, em Delaware. Peterson e Grossberg, ambos de 18 anos, já estão presos, porque as leis estaduais de Delaware não concedem direito à fiança para acusados por crimes que podem implicar pena de morte. A autópsia determinou que a causa da morte da criança foi uma fratura no crânio".
— CNN, 20 de janeiro de 1997.

"PISE FUNDO NA ESTRADA DO SEU HOMEM: Quando você estiver a fim de perder o fôlego e balançar as estruturas, escolha o caminho do menor esforço e ataque no melhor estilo é-agora-ou-nunca: esqueça tudo e vá direto para as áreas mais quentes do seu homem. (...) Aceite a dica de Christa, 25: 'Quando estou mesmo louca, dou um empurrão nele, arranco suas calças e o devoro como se fosse um animal'."
— *COSMOPOLITAN*,* FEVEREIRO DE 2002.

"Será que conto que não sou mais virgem?"
— CHAMADA DE CAPA DA *SEVENTEEN*,* NOVEMBRO DE 1999.

---

* No Brasil, *Nova*. (N. do T.)

* Revista para meninas, semelhante à brasileira *Capricho*. (N. do T.)

ESTATÍSTICAS VADIAS

86%
Porcentagem de garotas de 12 a 15 anos que lêem *Seventeen*.

13%
Que lêem *Cosmopolitan*.

56%
Porcentagem de garotas de 16 a 19 anos que lêem *Seventeen*.

31%
Que lêem *Cosmopolitan*.
[Fonte: Pesquisa Simmons sobre Adolescência.]

US$ 135 MILHÕES
Importância do contribuinte recomendado por George W. Bush ao Congresso para o orçamento anual do programa federal de encorajamento da abstinência sexual.
[Fonte: *Time*, 7 de outubro de 2002.]

LEORA TANENBAUM
AUTORA DE "VADIA!: COMO CRESCER SENDO UMA GAROTA COM MÁ REPUTAÇÃO", SEVEN STORIES PRESS, 1999

[CITAÇÃO RETIRADA DE UMA ENTREVISTA CONCEDIDA À SALON.COM EM 21 DE JULHO DE 1999.]

"Acho que as garotas estão recebendo mensagens sexuais dúbias e contraditórias. Por um lado, devem ser sexualmente ativas e curiosas. Ao mesmo tempo, ouvem que não devem ter desejo sexual, que isso é coisa de vadia. (...) Muitas garotas não conseguem dizer *não* porque acham que *não* deveriam dizer *sim*. Se disser *sim*, você é uma vadia. Se disser *não*, é uma santinha ou uma careta."

SEGUNDA

SEGUNDA

– *Não quero ir pra escooooooola.* – Sem abrir os olhos, Max estendeu o braço em busca do despertador escandaloso. – Não quero... ir pra... *unnnnnnnnngh.*

Rolou da cama, puxou o fio do despertador da tomada atrás da penteadeira e se arrastou até seu computador Dell Dimension XPS.

Há cinco mensagens não-lidas em sua Caixa de Entrada, declarou a barra de ferramentas do Microsoft Outlook Express, listando *e-mails* com assuntos do tipo: "Sinta-se Homem Novamente!", "Vagabundas Asiáticas, Bucetas Amarelas!", "Putinhas Adolescentes Engolem sua PORRA agora MESMO!", "GARANTIA de Aumentar Seu Pênis" e "Arrombe as Ovelhas Fofinhas Com Seu Caralhão".

"*Ovelhas?*" Max deletou os *spams* e caminhou até o banheiro. "*Ovelhas fofinhas? Que diabo foi isso?*"

Tirou as calças do pijama e ligou o chuveiro.

Biiiiiiiip!

Suspirando, saiu do banheiro e começou a tremer por conta da mudança abrupta de temperatura. Enrolou uma toalha na cintura e caminhou até a porta de casa.

– Desculpa, cheguei meio antes da hora. – Julia estava no corredor. – É que fiquei nervosa por ser meu primeiro dia na escola e... ah... hã... ei, Max?

– O quê? Que foi?

– Tá... tá caindo.

– Caindo?... – Olhou para baixo e topou com a toalha aberta, revelando uma visão completa de sua genitália gotejante. – Ai... ai, meu Deus.... – Enrolou a toalha e ficou terrivelmente vermelho de vergonha. – Tá bom, agora minha vida tá oficialmente acabada.

– Não se preocupa, eu nem vi nada. – Julia tentou manter a compostura. – Quer dizer, eu *vi* alguma coisa, mas... hã... não foi *tanto* assim. Que dizer, não tô dizendo que o seu troço é pequeno nem nada assim, porque sei que os caras são sensíveis a esse respeito, mesmo que na verdade eu nunca tivesse visto um na minha frente até trinta segundos atrás, e por isso acho que não tenho muito como fazer comparações, mas o que tô mesmo querendo dizer é que a culpa é minha por ter aparecido cedo demais e ah, esquece isso, eu nem tô aqui e isso não tá acontecendo.

– Quer entrar? – Max tomou o caminho do banheiro. – Eu tava quase escovando os dentes e tal. Só vai levar uns minutinhos.

– Tá... – Julia entrou no apartamento. – Ah... hã... ontem conheci seu amigo Brett.

– Desculpa, o que você disse? – perguntou Max, por trás da porta fechada. – Não escutei.

– Ah... ah, nada. Nada mesmo.

– Que aulas você tem hoje?

– Deixa eu ver, espera só um pouquinho. – Julia pegou o horário no bolso de trás das calças. – Economia, biologia, educação física, pré-cálculo e Shakespeare.

– Shakespeare é com quem? Com a Lovelace?

– Isso, Lovelace. Por que, a aula dela é legal?

– É que hoje mesmo eu vou fazer uma apresentação sobre *Admirável mundo novo* na aula dela.

– A gente tá na *mesma* turma? Que legal, Max. Eu tava ficando preocupada porque não ia conhecer ninguém em nenhuma das turmas. E eu fico meio assustada quando fico sozinha, especialmente quando tô cercada de gente que não conheço ou quando é meio tarde da noite e fico achando que os alienígenas vão me abduzir.

– Olha, não acho mesmo que você precisa ficar tão nervosa porque é seu primeiro dia de aula. Max saiu do banheiro vestido com um blusão cinza e calça *jeans*. – Nossa escola é um lixo.

– Querido... querido, acorda. Hora de ir para a aula. – A Sra. Hunter parou ao lado da cama de Brett e cutucou o ombro dele. – Vamos, Brett, você precisa acordar agora.

– Unnnnnnnngh, mãããããe? – Brett rolou na cama e enfiou a cabeça entre os dois travesseiros. – Só um segundo, deixa só eu me asfixiar.

– Vamos, Brett, você precisa acordar e sair da cama. – A Sra. Hunter puxou o cobertor e os lençóis. – Este semestre você não pode ficar se atrasando de no...

– *Opa, opa!*. – Brett agarrou o cobertor e ficou tapando seu corpo abaixo da cintura.

– Você já dormiu mais do que deveria. – A Sra. Hunter continuou puxando o cobertor. – Vamos, Brett, preciso ir logo para o trabalho. Por favor, não crie problemas.

– O que está havendo aqui? – O Sr. Hunter surgiu na porta do quarto. Caminhou até a cama e arrancou os lençóis de cima de Brett, revelando a rigidez de sua ereção matinal debaixo de sua samba-canção da Pike & Crew. – Seja homem e tira esse rabo da cama agora mesmo, porra.

– Pelo amor de Deus, pai. – Brett rolou para fora do colchão. – Me poupa desse teatrinho de ex-militar, tá bom?

Brett caminhou até o banheiro, trancou a porta, escovou os dentes e entrou no chuveiro, sentindo calafrios enquanto a água gelada ia ficando morna.

Rebolando no meu colo boquete a Quinn esfregando a bucetinha apertada na minha cara gozando passo a língua no grelo dela enfio os dedos dentro da xerequinha fudendo a Quinn com os dedos agora a Ashley amarrada na cama bem molhadinha de perna aberta pingando toda tô fudendo aquela bucetinha loira ela tá gemendo se retorcendo comendo meu pau tá fazendo ela gozar Animadora de Torcida Da Festa Que Eu Tranquei no Armário tá lambendo tudinho colocando minhas bolas na boca lambendo chupando dou uns tapas na bundinha dela em cima do meu colo enfio toda a mão na buceta dela ela tá engolindo porra a Quinn tá engolindo minha porra a Ashley tá engolindo minha porra a Garota da Internet tá engolindo minha porra a Julia tá...

– Não... ela não. – Tirou a mão do pênis, respirou fundo e continuou a se masturbar pensando em Quinn até ejacular no piso.

"Atenção, por favor. Gostaríamos de ter sua atenção. Devido ao aumento das precauções de segurança, qualquer bagagem desacompanhada será imediatamente inspecionada assim que for descoberta. Para a segurança de todos, pedimos a gentileza de manterem seus itens pessoais ao seu lado o tempo todo e não aceitarem qualquer item suspeito de estranhos. Obrigado mais uma vez por sua presença no Aeroporto Internacional de Seattle-Tacoma. Desejamos a todos uma viagem segura."

"Esse é o negócio mais porcamente gerenciado dos Estados Unidos". Sentado em uma poltrona de couro negro, Trevor olhava para a aeronave DC-10 no lado de fora. "Não existe desculpa para o capitalismo malfeito."

"Atenção para o embarque imediato do vôo Um-Dois-Zero-Quatro direto para o JFK. O embarque se iniciará pelos passageiros da primeira classe, fileiras de um a cinco, e pelos passageiros acompanhados de crianças pequenas ou com necessidades especiais que necessitem de apoio adicional."

"Morte Aos Fracos". Trevor levantou da poltrona, recolheu as bagagens de mão, tirou o cartão de embarque dobrado do bolso de trás da calça e se aproximou do guichê de embarque.

– Senhor, no momento precisamos de alguns documentos adicionais – declarou a atendente da companhia aérea, sentada atrás do guichê. – Identidade civil ou militar, cartão de seguro-social, passaporte americano ou...

– Claro, claro. – Trevor tirou a carteira do bolso e mostrou sua carteira de motorista. – Tudo que possa ajudar a manter nossa nação segura nestes tempos bicudos.

– Certo, agora preciso que o senhor passe aqui ao lado para uma revista aleatória. – A atendente apontou para o segurança afro-americano em uma mesa próxima à entrada do portão de embarque. – Agradeço sua paciência.

– Desculpe, madame, mas talvez a senhora tenha esquecido que sou um dos passageiros de *primeira* classe. – Trevor colocou uma das mãos sobre o guichê. – Um dos passageiros que *pagou a porra dos quatrocentos dólares adicionais*.

– Senhor, de acordo com os novos regulamentos da FAA em resposta aos eventos trágicos do 11 de setembro, todos os vôos que deixam este aeroporto são agora obrigados a...

– Escuta aqui, minha cara, sei que você só está cumprindo seu dever, e isso não tem nada de errado, mas vou lhe fazer uma pergunta sensata, tá certo? Vou perguntar bem lentamente. Por acaso, eu *pareço* um *terrorista filho da puta imundo*, comedor de *hummus* e adorador de Alá?

– Algo errado, senhor? – O segurança se aproximou do guichê, arma na cintura. – Se o senhor simplesmente se deixar ser revistado, embarcará sem demora.

– Só estou citando a Quarta Emenda, certo? – Trevor acompanhou o segurança até a mesa de revista. – E acho bom que esse troço não levante vôo sem mim.

– Posso revistar o interior de sua bagagem, senhor? – perguntou o segurança, já abrindo o zíper da bagagem de mão de Trevor. – Por favor, tire os sapatos e coloque-os sobre a mesa, um de cada vez.

– Não se preocupe, Batman. – Trevor descalçou seus sapatos de couro importado. – *Desta* vez não tenho uma bomba nuclear nos sapatos.

– Nada de piadas, Sr. Thompson. – O segurança inspecionou os sapatos. – Qualquer piada será levada a sério por conta dos eventos trágicos do on...

– Onze de setembro, tá, tá, tanto faz. – Trevor revirou os olhos. – Por Deus, cara, alguns milhares de *pessoas* morrem e de repente os negros não podem mais rir ao pensar em brancos explodindo em *pedacinhos*? Que merda, talvez os terroristas tenham mesmo *vencido*.

– Por favor, Sr. Thompson, desabotoe as calças. – O segurança colocou um par de luvas de látex. – Sua cintura precisa ser revistada em busca de materiais perigosos.

– Ah, não, isso não, porra. – Trevor recuou da mesa de revista. – Nenhum negro vai enfiar as mãos dentro das *minhas* calças enquanto eu *não* estiver na prisão.

– Se o senhor pretende embarcar naquele avião lá fora – disse o segurança, já se aproximando da virilha de Trevor –, sua cintura *precisa* ser revistada em busca de materiais perigosos.

– Essa escola parece bem diferente da minha lá em Anchorage. – Julia acompanhava Max pelos corredores lotados da Kapkovian Pacific. – Acho que parece mais *fria*.

– Como assim? Max carregava um caderno enorme em uma das mãos e um exemplar de *Admirável mundo novo* na outra. – Achei que todos os colégios fossem parecidos em qualquer lugar.

– Ah, é que eu freqüentava um colégio alternativo. Como eles oferecem todas as séries do ensino médio, já fazia um tempo que eu estudava lá.

– Era tipo um colégio interno, essas coisas? Porque o Brett diz que todo mundo que estuda em colégios internos fica viciado em cocaína e sexo selvagem.

– Não, é uma escola pública. Mas você precisa ser sorteado pra entrar, porque só trezentos alunos são admitidos de cada vez. Aí, a gente tinha uma reunião com os professores no começo de cada semestre pra decidir o que a gente queria estudar, e se a gente cumprisse os créditos do currículo mínimo, com matérias tipo história e ciências, podia inventar nossas próprias aulas. E ninguém era revistado com detectores de metal atrás de armas, como fazem aqui. Isso não me parece ajudar alguém a se sentir mais confortável pra aprender.

– Então, você tá me dizendo que sua antiga escola era basicamente o paraíso na Terra, é isso? Uau. Acho que todo meu currículo giraria ao redor de jogar videogames.

– Na verdade, no último semestre uns garotos receberam crédito por jogar videogames – riu Julia. – O objetivo oficial deles era medir o declínio da prática esportiva nos adolescentes jogando *Legend of Zelda* e *Street Fighter vs. X-Men* o tempo todo, mas não acho que eles foram muito longe na pesquisa.

– Então, nossa escola parece *fria* porque não nos deixam estudar a bela arte dos jogos eletrônicos em troca de créditos acadêmicos?

– Não, não é por *isso*. É que nossa escola tem um monte de murais e paisagens nas paredes, porque os garotos mais criativos têm permissão pra pintar qualquer espaço em branco. É uma escola meio hippie, pra ser sincera.

– Não me leva a mal, Julia – disse Max, se aproximando da porta de uma sala de aula –, mas bem-vinda ao inferno.

– Brant? Brant? – repetiu a Srta. Lovelace, lendo a chamada. – Max Brant?

– Presente, Srta. Lovelace. – Max levou Julia até o fundo da sala de aula, onde duas mesas ainda estavam vagas.

– Seu sobrenome é Brant? – perguntou Julia.

– Ciardi? Julia Ciardi? – chamou a Srta. Lovelace.

– Aqui – disse Julia. – Quer dizer, presente. Presente.

– Sim, é Brant – Max cochichou. – O seu é Ciardi? Belas iniciais.

– Meus professores lá em Anchorage não faziam chamada. Aqui tem que dizer "presente", "aqui" ou tanto faz?

– Acho que tanto faz. – Max abriu sua pasta-arquivo e pegou as notas de sua apresentação. – Então você não tinha que fazer *nada* na sua antiga escola, né? Dava pra *não* ir pra aula?

– Bem, se sua média geral não fosse no mínimo C, você era mandado de volta pra uma escola pública normal. – Julia fingiu não notar o *Max* ♥ *Julia* rabiscado em uma das notas.

– Hunter? Brett Hunter? Certo, o Brett não veio hoje. Iverson? Ashley Iverson? Ah, claro, ela não virá à aula por algum tempo. Certo. Kaysen? Quinn Kaysen? A Quinn não veio? Trevor, você está aí? O Trevor também não? Humm... o que houve, pessoal? Teve alguma festona de arromba ontem à noite ou hoje é o Dia Nacional de Matar Aula e ninguém se prestou a me avisar?

– Não, a festona foi sexta à noite – disse Max, mais alto do que gostaria.

Os alunos que estiveram na festa de Ashley tentaram conter as gargalhadas. Um dos alunos, Mickey Branquelo – um traficante de maconha amador –, olhou para trás e encarou Max como quem pensa "que otário".

– Obrigado pelo esclarecimento, Sr. Brant – disse a Srta. Lovelace.
– Agora, como espero que todos estejam lembrados, chegou a hora de apresentar seus relatórios. Vocês tinham que encontrar um livro que tivesse alguma relação com Shakespeare e apresentá-lo aos seus colegas. Temos apenas 45 minutos. Quem quer começar?

– Qualé, tia, tá com pressa? – Mickey Branquelo ficou em pé. – Já tô indo aí pra botar moral.

– Que ótimo, Michael. Contudo, gostaria de não ter que repetir que "pra botar moral" não é exatamente um termo de uso corrente.

– Fala sério, tia, manera aí. Respeito é pra quem tem, tá ligado? – Mickey Branquelo tirou um exemplar do *Dicionário Webster's de Espanhol* do bolso de trás de suas calças. – Aê pessoal, se liga, esse esquema aqui é um dicionário da língua *Espanhola*, certo? Eu não sei *falar* espanhol e também não consigo *ler* esse esquema aqui. Também não consigo entender nadinha do que o meu colega *Shakespeare* escreve, certo? Então é isso aí, putaiada, pode crer, essa aí foi minha apresentação e tal. Porque *pooooooorra,* aê...

– Obrigada, Michael – suspirou a Srta. Lovelace. – Que adorável tratado acerca da universalidade cultural da estrutura de enredo e dos temas de Shakespeare. Creio que não preciso dizer que você receberá uma nota adequada ao seu fantástico desempenho. Isso eu posso garantir. Agora, alguém *mais* gostaria de apresentar sua escolha de um livro *relacionado* com *Shakespeare*, e fazer isso sem uso de um linguajar ofensivo e patriarcal?

Silêncio.

– *Nenhum* aluno desta turma preparou uma apresentação? Olhem aqui, garotos, não estou ganhando milhões para aparecer aqui todas as manhãs. Sabem, eu poderia ter estudado medicina ou me tornado uma editora de livros, mas *não*, eu quis ser *professora* para *ensinar* alunos que eu imaginei que *poderiam* estar interessados em, ah, nem sei, *qualquer coisa*.

– *Max, Max, levante a mão* – cochichou Julia. – Acho que ela vai ter um colapso nervoso.

– Hã, Srta. Lovelace? – Max ergueu a mão. – Hã, hã, é...

– Sim, Max? – A Srta. Lovelace colocou as duas mãos na testa. – O que foi?

– Eu meio que preparei uma apresentação de *Admirável mundo novo*, mas não levantei a mão porque ninguém mais levantou.

– Bem, obrigado por se apresentar como voluntário – disse a Srta. Lovelace. – O palco é todo seu.

Max levantou, caminhou até a frente da sala de aula, abriu seu *Admirável mundo novo* e leu em voz alta: "Orgia-folia, Ford e diversão, beije as garotas e torne-as uma só. Garotos e garotas em paz se unirão; orgia-folia é a libertação."

Fechou o livro. Os outros 25 alunos riram, nervosos.

– Não sei quantos de vocês já leram *Admirável mundo novo*, mas posso dizer que é basicamente um livro escrito em 1932 por Aldous Huxley que fala sobre um futuro onde todo mundo é feliz. Todas as doenças foram curadas e os únicos pobres são uns selvagens que moram nas montanhas. Todo mundo só precisa se preocupar em arranjar alguém pra sair no fim de semana e em não fazer feio em seus jogos de minigolfe futurista. O único problema é o seguinte: mesmo que todo mundo esteja feliz por fora, por dentro suas vidas são infelizes. Todo mundo toma uma droga chamada Soma sempre que sente medo ou solidão. Todos os livros de autores como Shakespeare foram banidos porque nem sempre têm finais felizes. Tipo em *Romeu e Julieta*. Ou em *Hamlet*. Todo mundo é livre pra fazer o que quiser, mas as vidas deles são vazias, sem nenhum tipo de paixão ou honestidade. Os adolescentes do futuro de *Admirável mundo novo* são iguaizinhos aos de hoje em dia, e gostam bastante de se divertir pelados sempre que conseguem uma chance.

A turma inteira caiu na gargalhada. A Srta. Lovelace ficou vermelha como um pimentão.

Max colocou o livro sobre a mesa da professora.

– No futuro mostrado no livro de Huxley, as pessoas são ensinadas desde pequenas a acreditar que "todo mundo pertence a todo mundo". Acreditam que o amor é causado por interações bioquímicas primitivas, e nada mais. "Castidade significa paixão", diz o Controlador Mundial ao fim do livro. "E paixão significa instabilidade. E instabilidade significa o fim da civilização. Não é possível ter uma civilização duradoura sem um belo estoque de vícios agradáveis." Olha, não quero entrar muito fundo em questões pessoais, mas reconheço muitos de vocês da festa da Ashley Iverson no úlitmo fim de semana. Por isso, acho que ninguém vai ficar muito surpreso em saber que, de acordo com uma fonte altamente confiável, que sabe tudo sobre esse tipo de coisa, pelo menos 19 alunos dos 26 desta turma não são mais virgens. Pra falar a verdade, eu mesmo perdi meu cabaço umas noites atrás, e me sinto na obrigação de dizer que é mesmo um admirável mun...

– Maxwell Brant! – gritou a Srta. Lovelace. – Sua *tarefa* é se concentrar no *livro,* não em *cabaços*.

– Certo. Mas *por que* 19 de nós não se colocaram algum tipo de limite? Será que adolescentes e sexo realmente combinam como geléia e manteiga de amendoim, e ainda por cima têm um pouco mais de delicioso recheio grudento e melado?

"O que tá havendo com ele?", pensou Julia. *"Parece que está tentando imitar o Brett".*

– Ou será que o motivo é ainda mais profundo? – Max continuou. – O personagem principal de *Admirável mundo novo* chega até a *se matar* no fim do livro, porque nada mais tem *sentido,* ninguém se *importa* e nem *quer* se im...

– Julia Ciardi – interrompeu a Srta. Lovelace. – Como você é nossa mais nova aluna, gostaria de escutar sua opinião a respeito da suposta teoria de seu colega. E, por favor, não há necessidade alguma de histórias íntimas sobre *"cabaços".*

– Bem, acho que muita gente transa por motivos errados – disse Julia, nervosa. – Mas não acho que isso aconteça porque são *incapazes* de amar ou algo assim. Acho que prefiro acreditar que todo mundo é capaz de amar, porque isso é a base de tudo que pessoas como Shakespeare e os Beatles representam.

– Você gosta dos *Beatles*? – Mickey Branquelo fez uma careta. – Pau no cu dos Beatles.

– Muito interessante, Srta. Ciardi. – A Srta. Lovelace voltou à sua mesa. – Agora que pelo menos *um* aluno desta turma conseguiu melhorar meu humor, anuncio que o resto das apresentações será na sexta-feira. Fim da aula.

Os alunos guardaram seus cadernos e fecharam suas mochilas.

– E você, Sr. Brant – disse a Srta. Lovelace –, participará agora mesmo de um debate *muito* sério entre professor e aluno.

"And sanity is a full time job in a world that's always changing." Ao som de *No Control,* do Bad Religion, Brett conduziu o carro pelos quatro andares do estacionamento do Centro Médico Grace Alliance. Estacionou o Camry entre dois carrões, caminhou até uma escadaria em um dos cantos da garagem, desceu dois lances de escada e cruzou uma passarela que levava até o saguão principal.

– Ala Juvenil, Ala Juvenil, Ala Juvenil. – Brett esquadrinhou o mapa tridimensional do hospital. – Certo. Serviços Psicológicos, no andar de cima. *Rock 'n' roll.*

Entrou no elevador do saguão. As portas se abriram no andar seguinte. Brett percorreu um corredor comprido até chegar a um guichê de plantonistas, onde havia uma recepcionista.

– Boa tarde, senhor. Em que posso ajudar?

– Vim visitar uma amiga. Tudo bem?

– Sua amiga tem *nome*?

– Iverson... Ashley Iverson.

– Humm... Iverson... Iverson... – A recepcionista folheou um caderno negro com a etiqueta Lista de Internos. – Ah, sim. Iverson. Qual seu *nome*, meu jovem?

– Asimov. Isaac Asimov.

– Só um momento, Sr. Asimov. – A recepcionista pegou o telefone e teclou uma extensão de quatro dígitos. – Senhorita *Iverson* – rugiu no telefone –, você tem uma *visita* à sua espera no *saguão.* – Desligou o telefone –, A Srta. Iverson vai demorar um pouco. Não quer *sentar*, meu jovem?

– Beleza. – Brett se afastou do guichê e sentou em uma das cadeiras de plástico do saguão, encarando os pôsteres multicoloridos que proclamavam NENHUMA FAÇANHA FOI REALIZADA SEM ENTUSIASMO! e VOCÊ PODE FAZER TUDO QUE DECIDIR FAZER!

Ashley adentrou o saguão vestindo seu pijama listrado, acompanhada de perto por uma enfermeira gorducha.

– Você não precisava ter vindo, Brett. – Ashley atravessou o saguão e envolveu Brett em um abraço. – Ai, meu Deus, Brett, você não precisava ter vindo.

SENHORITA *IVERSON*! PRECISO LEMBRAR VOCÊ QUE ESTA INSTITUIÇÃO NÃO PERMITE CONTATO FÍSICO ENTRE *PACIENTES* E *VISITANTES*?	DESCULPA, ENFERMEIRA RATCHED. SERÁ QUE A GENTE PODE CONVERSAR NO MEU QUARTO?
NO SEU QUARTO? QUAL É O PROBLEMA DA SALA DE REUNIÕES?	BEM, A SALA DE REUNIÕES NÃO TEM JANELAS, NÉ? E TÁ UM DIA TÃO BONITO LÁ FORA. A LUZ DO SOL ME DEIXA TÃO *FELIZ*.
BEM... ACHO QUE SE ISSO FAZ VOCÊ SE SENTIR MELHOR, NÃO TEM PROBLEMA. DOU CINCO MINUTOS - DE PORTA ABERTA, SRTA. IVERSON. DEPOIS DISSO SEU *AMIGO* PRECISA IR EMBORA.	UAU, SOU UM CARA BEM POPULAR POR AQUI. VÃO ME ENFORCAR AGORA OU ISSO SÓ ACONTECE MAIS TARDE?

– Não se preocupe, não tem nada a ver com você. – Ashley sentou na cama. – Hoje de manhã um garoto quebrou os óculos e tentou cortar os pulsos com os cacos das lentes. Agora todas as enfermeiras tão paranóicas, porque acho que quando um desses cortadores começa, todos os outros imitam. Eu nem sou um deles, mas isso não parece fazer diferença.

– Que maravilha, Ash. Então, você não tá *completamente* doida. – Brett sentou ao seu lado na cama. – Mas e aí, tá se sentindo melhor?

– Olha, Brett, não é bem como se eu tivesse ficado uns dias gripada.

– Verdade... então... hã...

Silêncio.

– Olha, Brett, você não tem culpa alguma nessa história dos remédios, tá? Não teve nada a ver com você nem com o Trevor nem com o aborto nem nada que envolva...

– E o Max? Foi porque ele convidou outra menina pro baile um dia depois que você comeu ele? E foi isso mesmo que eu quis dizer, *você* comeu *ele*...

– Será que não dá pra entender que *ninguém* tem culpa? Meu médico disse que eu tenho um desequilíbrio de serotonina. Só preciso tomar uns remédios por um tempo e aí vou ficar boa de novo.

– Ah, pára com isso, Ash. O único desequilíbrio que existe em você é a relação entre o tamanho desses seus peitos maravilhosos e todo o resto do seu corpo, caralho.

– Preciso começar a tomar os remédios antes do almoço. Antidepressivos, antipsicóticos... pelo amor de Deus, eu tô tomando mais remédios que minha vó, porra.

– E eu que achava que seu problema era exatamente ter tomado muitos remédios. Ou esses aí são do tipo de remédios que fazem você achar que não é uma V-A-D-I-A?

– Você nunca conseguiria entender, Brett. Se você é uma garota, não *importa* pra quantos caras você dá, porque é exatamente isso que faz os garotos *gostarem* de você, mesmo que isso faça *você* não gostar de si mesma, mas como você *precisa* que os garotos gostem de você, não pode fazer mais *nada*. Não sei sua opinião, mas eu prefiro *morrer* a ficar *sofrendo* pelo resto da *minha vida inútil*.

– As coisas vão mudar quando a gente sair do colégio, Ash. Meu irmão sempre disse que logo que você vai pra faculdade, começa a imaginar que o passado só pode ter sido um pesadelo ou...

– Não, Brett, *nada* vai melhorar. Tem gente que *nunca* vai sair do colégio.

Silêncio.

– Mas... – Ashley forçou um sorriso. – E a Quinn?

– E eu sei lá, porra. Mas tenho saído com uma menina nova. Ela é muito perfeita. Quando ela ri, parece que a gente tá dividindo um segredo mortal ou algo assim. Juro por Deus que não consigo nem *bater punheta* pensando nela sem me sentir culpado.

– Não era você que depois de bater punheta pedia sempre pra Deus te dar mais porra, porque achava que a quantidade era limitada? – Ashley colocou uma das mãos sobre a coxa de Brett. – Não me leva a mal, mas acho que você tem sérios problemas com seu pênis.

– Ah... problemas? Bem... acho que eu... há... olha, Ashley, você sabe que eu ainda comeria você sem nem parar pra pensar, né?

– E que outro motivo você teria pra aparecer aqui? – Ashley aproximou a mão da virilha de Brett. – Você tá bonito pra caralho.

– Hum, Srta. Iverson? – A enfermeira apareceu na porta, batendo com o indicador no relógio de pulso. – Terminou a visita. Seu amigo precisa ir embora.

– Ele não pode ficar mais uns minutinhos? – pediu Ahsley. – A gente acabou de começar a parte *séria* da visita.

– Perdão, mas são as regras do hospital. Venha comigo, meu jovem. Acompanho você até a saída.

– Ai, Brett, mil desculpas, tá? – Ashley o abraçou. – Eu tô toda errada, tá bom? Tô totalmente doida e não quero que você se sinta mal nem que ninguém *pense* em mim aqui, tá?

– Senhorita Iverson, esta instituição *proíbe* o contato físico entre *pacientes* e *visitantes*. Devo lembrá-la mais uma vez que a senhorita está sujeita a sanções discipli...

– Ash, por favor. – Brett a afastou, delicado. – Não faz isso nunca mais.

Brett acompanhou a enfermeira até o saguão e pegou o elevador até a Unidade de Tratamento Intensivo.

– Nome?
– Hunter.
– Visitando?
– Hunter.
– Documento?

Brett colocou sua carteira de motorista sobre o guichê e caminhou até um quarto no meio do corredor. Dentro dele repousava um jovem em coma, conectado a diversas máquinas que regulavam sua respiração e suas funções circulatórias.

– Seu filho da puta – Brett sussurrou. – Seu grande filho de uma puta.

– Puta que o pariu, seu inútil, seu puxa-saco de *merda* – gritou Trevor em seu celular Nokia. – Quantas vezes preciso repetir pra você que *não* tenho a mínima intenção de *apresentar* o *Saturday Night Live* a menos que o Lorne Michaels prometa se matar durante os créditos de abertura?

145

Trevor desfez sua mala de couro negro e relaxou na suíte exclusiva do Manhattan Carlyle Hotel.

– O quê, ele concordou *mesmo* com isso? Só pela *audiência* que eu ia dar pro seu filho predileto? Maravilha, cara, pode me confirmar! Ainda vou no Conan O'Brien e no *Daily Show*, né? E amanhã no Harry Fling, é isso? Certo, ótimo. O *TRL* cancelou? Ah, tanto faz, não preciso mesmo me degradar aparecendo na MTV... Não, não, cancela o almoço com a Judith Regan, preciso voltar pra Costa Oeste por causa daquela festa no meu apartamento amanhã à noite. É, ela tá um pouco desnorteada, mas ainda posso comer ela, por que não? Tá bom, cara, preciso atender outra ligação. Me mantém informado sobre aquela propaganda da Pepsi, tá? Perfeito. Se cuida.

Trevor deitou na cama *king-size* e ficou olhando o Central Park pela janela do quarto. Seu celular tocou novamente.

– Empório de Vadias do Trevor, bom dia. Nossa especialidade são caralhos brancos e negros, mas também podemos oferecer caralhos vermelhos, coisa que costuma acontecer quando boiolas não usam camisinha.

– Trevor, aqui é seu pai.

– *Pai?* – Trevor sentou na cama, o coração palpitando. – O que motivou *você* a ligar pra mim?

– Não seja irônico. Li no *Entertainment Weekly* que você estaria em Nova York para dar algumas entrevistas. Já que estamos na mesma cidade, imaginei que talvez você queira almoçar com seu velho.

– Claro, pai. – Trevor trincou os dentes. – Onde vamos nos encontrar?

– Você gosta de comida francesa, não gosta? Que tal no Pastis, em meia hora?

– Fica no outro lado de Manhattan, mas vou ver o que posso fazer. Sabe, pra isso vou ter que cancelar meu almoço com a Dirsten Kunst. Mas tudo bem, ela tá trepando com o Josh Fartnett e acha que eu nem desconfio.

– Trevor, não faço a mínima idéia sobre quem você está falando. São seus amigos do mundo das celebridades? Olha, encontro você lá daqui a trinta minutos.

– Bem, você é no mínimo *parcialmente* responsável por minha existência. Como eu não iria me sentir obrigado a me encontrar com alguém que foi um exemplo tão positivo em minha vida?
– Meia hora, Trevor. Lá a gente conversa.
Trevor desligou o celular, caminhou até o corredor e se aproximou dos elevadores, onde topou com outro hóspede do Carlyle.
– Puta merda, você é o Paul McCartney, né? – Trevor estendeu a mão para o homem mais velho. – Putz, é a primeira vez que eu encontro um *Beatle*.
– Ai, meu Deus, é Trevor Thompson! Sou um grande fã seu, Trevor! Tipo, seu maior fã em todo o mundo! Tipo, ai meu Deus! Será que você toparia gravar um álbum de duetos comigo? O *Abbey Road Studio* deve estar aberto agora mesmo lá em Londres!
– Outra hora, meu camaradinha. Ei, você chegou a comer a Yoko? Era por isso que o John estava tão irritado com você nos últimos dias da banda?
– Naaaah, eu sempre gostei mais de loiras que de minas asiáticas. Além disso, quem treparia com o anticristo, caralho?
– É *isso aí*, parceiro. – Trevor deu um tapinha nas costas do homem mais velho. – Que se fodam essas putas asiáticas adoradoras de Satã, né? Mas e aí, você não teve problemas quando compôs "Helter Skelter" e depois o Charles Manson achou que era uma mensagem secreta mandando ele matar todo aquele pessoal na Califórnia?
– Como assim, *achou*?
Quando as portas do elevador se abriram, as duas celebridades trocaram números de telefone. Assim que chegaram ao térreo, seguiram caminhos diferentes. Na calçada, Trevor fez sinal para um táxi amarelo.
– Na esquina da 12 Little West com a Nona – disse ao motorista.
– Não precisa ter pressa.
O táxi rumou para sul a partir do Upper East Side, através de Greenwich Village, e então dobrou para oeste na direção do Meatpacking District.*
– Você já se deu conta que nada é *natural* nesta cidade? – Trevor perguntou assim que o táxi parou na esquina. – Pelo amor de Deus,

---

* Literalmente, "zona de empacotamento de carne": bairro histórico de Nova York, também conhecido como Gansevoort Market. (N. do T.)

147

esse aqui é o único lugar no mundo onde ainda me sinto *vivo*. Enfim, toma sua grana, cara. Pode gastar tudo com um exemplar novinho do Alcorão ou em lençóis limpos pra você se ajoelhar de frente pra Meca ou algo assim.

Trevor saiu do táxi, entrou no restaurante e aproximou-se da mesa de seu pai.

ACHO QUE 45 MINUTOS DE ATRASO NÃO SIGNIFICAM NADA PARA CERTAS PESSOAS. VOCÊ PARECE BEM, TREVOR. AINDA É CEDO DEMAIS PARA FAZER PLÁSTICA, IMAGINO.

NA VERDADE, EU IA PEDIR SUA BÊNÇÃO PRO MEU PLANO DE FAZER OS MÉDICOS ME TRANSFORMAREM NUMA LATINA DE DOIS METROS E QUINZE.

BEM, VOCÊ É MESMO PARECIDO COM SUA MÃE... ACHO QUE VOCÊ VAI GOSTAR DE SABER QUE OS PSIQUIATRAS ACHAM QUE ELA MELHOROU BASTANTE.

ORA, ISSO NÃO É MARAVILHOSO? NÃO QUE EU ME IMPORTE, MAS VOCÊ TEM SAÍDO COM ALGUÉM?

JÁ QUE VOCÊ MENCIONOU, HOJE À NOITE TENHO UM ENCONTRO NO ASTORIA COM A DEMI WHORE. VOU TER QUE ME CUIDAR COM O BRUISE KILLIS E O ASSTON BUTCHER. HA! HA!

PORRA, PAI, QUEM É QUE NÃO COMEU A DEMI WHORE? MAS O BOQUETE DELA É BEM MELHOR QUE O DA COURTNEY GLOVE. ACHO CURIOSA ESSA MANIA DELA DE QUERER SEMPRE LEVAR NO MEIO DO...

– Você está escrevendo algum livro novo? Porque já faz quase um ano que seu livro "saiu", como diz a garotada.

– Não se preocupa, pai, vou lançar mais um. – Trevor fez um gesto para pedir um copo d'água ao garçom. – De qualquer modo, meu último cheque de direitos autorais foi de uns quatrocentos e cinqüenta mil dólares, então nem tô muito preocupado em terminar o livro tão cedo.

– Sabe, Trevor, você não deveria contar com os livros para construir sua carreira. Agora o dinheiro pode ser bom, mas não há um salário a longo prazo, não há plano de saúde ou de aposentadoria. Para ter um futuro *de verdade*, você precisa de um diploma superior, e de preferência um mestrado. Não quero que aos 19 anos você venha atrás de mim porque não tem onde morar.

– Talvez você não tenha me escutado, pai. Tô ganhando *dez vezes* mais do que o americano médio ganha *por ano* e ainda nem saí do *colégio*.

– Sim, Trevor, fico feliz que você tenha encontrado um *hobby*, mas estou falando do seu *futuro*. Quem sabe você não procura um emprego neste verão?

– *Por que você não se orgulha de mim, caralho?* – Trevor levantou da cadeira e deu um murro na mesa. – Você se separou da mamãe, gastou toda a minha poupança da faculdade com seus *advogados* de merda e aí eu ganhei tudo de volta *sozinho* pra provar que nunca *precisei* de você e *mesmo* assim você não consegue admitir que *construí* alguma coisa e fica dizendo que *tudo* que fiz foi arranjar um *hobby,* porra!

Silêncio em todo o restaurante.

– Digo pra todo mundo que a mamãe morreu – disse Trevor, em voz baixa. – É bem mais fácil do que dizer que ela não conseguiu suportar ver o marido escroto que ela tinha deixar ela sozinha e sem dinheiro algum.

– Algo errado, senhor? – perguntou o garçom.

– Não. – Trevor saiu do restaurante e começou a caminhar pela tarde de Manhattan. – Hum, será que consigo contratar alguém pra matar meu próprio pai? – Chamou outro táxi e desapareceu em meio ao incessante mosaico cosmopolita.

– E aí, o que achou do seu primeiro dia na escola? – Max voltava para casa caminhando ao lado de Julia.

– Ah, tudo correu bem. No laboratório de biologia, umas garotas usando roupas pretas e coleiras tentaram ressuscitar o sapo que deviam estar dissecando... Mas o que a Srta. Lovelace queria dizer pra você naquela tal reunião?

– Basicamente, ela disse que eu falei algumas coisas interessantes, mas que passei dos limites com aquela história de cabaço. Acho que eu só tava tentando ser engraçado que nem o Brett, mas acho que ele se dá melhor nisso do que eu.

Silêncio.

– Quando a gente tava no jardim de infância, a gente voltava pra casa por aqui – disse Max. – Eu tinha uma mochila dos Caça-Fantasmas e achava que podia prender fantasmas dentro dela que nem eles faziam no filme e nos desenhos. Aí, eu ficava andando pe-

lo bairro fingindo estar atirando em fantasmas, até que um dia o Brett disse que se eu queria mesmo apanhar fantasmas, era só ligar pra emergência e dizer que tinha alguma coisa estranha acontecendo na vizinhança.*
– Ele falou isso *mesmo*? – riu Julia. – E o que *aconteceu*?
– Minha mãe me pegou usando o telefone e perguntou o que eu tava fazendo. Aí, eu disse pra ela que tava ligando pros Caça-Fantasmas. Acho que ela ficou meio preocupada.
– Você é meio parecido com o Brett em várias coisas, sabia? Mesmo que às vezes pareça que você fica tentando ser ele quando deveria só estar sendo você mes... hã... enfim, eu nem *conheço* o Brett. Nem *sei* do que estou falando.
– Claro que você conhece ele. Vocês tavam se agarrando no corredor ontem à noite. Achei que isso deixava claro que você se conheciam e tal.
– Você... você *viu* a gente? Ah, Max, não, não, você *não*... quer dizer, não é que... ai, meu Deus, Max, vamos mudar de assunto agora, tá?
– Por que a gente precisa mudar de assunto? O baile foi especial pra mim. Achei que você também tinha se divertido bastante.
– Não, Max, não, não, eu me diverti *sim*. Ai, meu Deus, eu me diverti *tanto*, mas... acho que agora eu preciso de um pouco de tempo pra pensar, tá? Preciso de *tempo* pra... ai, Max, é que eu não sabia como *contar* pra você.

– Você chegou trinta minutos depois do combinado, Brett. – O Sr. Hunter estava sentado em frente à TV, assistindo à *Fox News*. – Nós fizemos um trato hoje de manhã. Acho bom me dar suas chaves agora mes...
"*...desta vez serão mísseis guiados com precisão...*"
"*...os alvos serão apenas instalações militares...*"
"*...ataques cirúrgicos, não bombardeios em larga escala...*"
– Puta merda – riu o Sr. Hunter. – Estamos demolindo esses árabes de merda... E aí, o que você aprendeu na escola hoje?

---

* "*If there's something strange in your neighborhood/ Who you gonna call?/ Ghostbusters!*" ("Se alguma coisa estranha acontecer na sua vizinhança/ Para quem você vai ligar?/ Para os Caça-Fantasmas"): primeira estrofe da música-tema do filme *Os Caça-Fantasmas*, grande sucesso dos anos 1980. (N. do T.)

– Quase nada – disse Brett. – Vou tirar A e B em todas as matérias, só pra inform...

– Você passou *seis* horas em uma instituição pública de *educação* e não aprendeu nada?

– Não. Acho que não.

– Sabe, quando *eu* estava na escola, educação *significava* alguma coisa para nós. Era uma maneira de ascender socialmente. Naquela época a gente não ficava perdendo tempo, e *ainda assim* era a melhor fase da nossa vida.

– Tá, pai. E agora você é um velho amargo e broxa.

– De hoje em diante, até o final do ano letivo, quero que você volte pra casa tendo aprendido pelo menos três coisas. Para cada dia em que isso for cumprido, você ganhará um dia com seu carro. Assim, talvez você realmente *saiba* alguma coisa no dia em que se formar.

– Bem, pai, acabo de aprender que você é ainda mais louco e imbecil do que eu imaginava. Isso *conta*?

Biiiiiiiip!

– Sim? – O Sr. Hunter atendeu o telefone. – Só um momento. Ele está aqui do meu lado.

– Alô? – Brett atendeu o telefone. – Oi, Jules, e aí? É, tudo bem... Mas agora? Não dá pra ser daqui a umas duas horas? É, não posso usar meu carro a qualquer hora porque meu pai sofre de transtorno de estresse pós-traumático desde que voltou da Guerra do Vietnã. Tá, tá, a gente se vê.

– Os Kaysen ligaram hoje de manhã, a propósito – disse o Sr. Hunter assim que Brett desligou o telefone. – Parece que a Quinn fugiu de casa sem deixar nenhum bilhete. Por acaso você viu ela por aí.

– Fugiu de casa? Mas que *porra* é essa?

– ...é *claro* que eu posso aparecer de novo na capa, Jann. Não precisa ficar tenso. – Trevor sorriu ao celular, esperando que a garçonete do Sidewalk Café trouxesse sua garrafa de Guinness. – O quê, você acha que eu vou dispensar a *Rolling Stone* do mesmo jeito que você dispensou a infeliz da sua mulher? Você tá ficando paranóico depois de velho... então preciso estar no estúdio da Annie entre três e quatro pra tirar as fotos? Perfeito, a gente se fala depois. Ah, manda um oi pro seu namorado, tá? Como é mesmo essa história, ele tem mesmo um terço da sua idade? Bem, quase isso, né? Ha! Ha! Na boa, Jann.

Desligou o celular e tomou um gole da Guinness.

– Ei, você é mesmo o Trevor Thompson? – A garota asiática pós-adolescente sentou no banquinho do bar ao lado de Trevor, usando um blusão da NYU e bebendo Stolichnaya de baunilha misturada com leite e gelo.

– Sou tão escandaloso assim? – Trevor forçou um sorriso.

– O que você tá fazendo em Nova York?

– Entrevistas, sessões de fotos, nada muito fora do normal. Pra ser sincero, eu prefiro muito mais a Costa Leste.

– Como assim?

– Bem, lá na Costa Oeste o sucesso social é totalmente baseado em sua capacidade de relaxar. Isso acontece porque todo mundo na Costa Oeste é um vegetal sem ambição e viciado em maconha. Mas aqui na Costa Leste viver quase morrendo de tanto estresse é o maior de todos os indicadores de sucesso social, já que isso significa que você é uma pessoa com responsabilidades importantes. Além disso, as garçonetes de Nova York não tão nem aí se você é novo demais pra beber... a propósito, quem é você, porra?

– Ah, eu estudo na NYU. Eu tava tentando ser modelo, mas é muito difícil entrar na panelinha. Meu Deus, você deve estar realizando um *sonho*, Trevor. Quer dizer, todo mundo nesse país sabe quem você é, todas as garotas têm pôsteres seus nos quartos... e você tá saindo com a Dirsten *Kunst*, pelo amor de Deus. Você deve ser, tipo assim, o adolescente mais feliz do mundo.

– Não me importo com a fama. Tudo o que eu quero é acumular o máximo de dinheiro que for humanamente possível... talvez eu faça isso porque meus pais ficaram tentando comprar meu amor quando se divorciaram. Mas aí minha mãe acabou tragicamente se tornando uma defunta.

– Ai, meu Deus, que triste saber disso. Você deve ter ficado arrasado.

– Ei, você é asiática. É verdade que os executivos japoneses pagam milhares de dólares pra comer sushi na barriga de adolescentes nuas? Conheci um garoto chamado Ryu em Tóquio que disse que isso existia, mas nunca consegui descobrir o endereço.

– Eu não sou japonesa, sou coreana.

– Ah, tanto faz. Quer dizer, eu *gosto* de sushi e tal, mas no fim das contas aquela merda deixa seu hálito fedendo mais que Hiroshima depois da bomba atômica... Ei, já que estamos falando de garotas asiáticas nuas, não quer conhecer minha suíte de luxo lá no Carlyle?

– Ah, legal! Nunca entrei numa suíte de luxo!

– Perfeito. – Trevor colocou uma nota de vinte dólares no balcão, para pagar os dois drinques. – A propósito, você não é uma adoradora de Satã tipo a Yoko Ono, né?

– Olha só, *baby*, fugi da Solitária *de novo*. – Pereba entrou sorrateiro no quarto da Ala Juvenil, com uma mochila surrada pendurada no ombro.

– Ai, Fofurinha! – arrulhou Carnão, atravessando o quarto e cobrindo de beijos as bochechas desfiguradas de Pereba. – Trouxe o xarope especial pro nosso festival de raspadinhas de hoje à noite?

–Tá bem aqui. – Pereba abriu a mochila e tirou um frasco amarelo de etilenoglicol da marca NAPA. – É o bastante pra cento e sessenta mil quilômetros ou três suicídios adolescentes. O que vier primeiro.

– Não precisa misturar com suco de laranja, algo assim? – perguntou Ashley. – Quer dizer, tipo você mistura coisas com vodca pro gosto ficar melhor?

– Naaah, o negócio é bom purinho, mesmo. Trinta mil gatos se matam todo ano lambendo esse troço, de tão gostoso que é.

– Teve uma garota no início do colégio que tentou se matar com esse troço – contou Carnão. – Ela tinha uma paixão idiota por um dos jogadores de futebol americano do colégio, mas nunca se prestou a falar com o cara. Aí, a retardada se meteu com essas besteiras de Wicca, achou um livro velho de magia negra na biblioteca e fez um feitiço pra ele. No dia seguinte, o cara estuprou ela bem no meio do ginásio. Juro que é verdade.

Silêncio.

> NÓS TRÊS VAMOS TOMAR ESSE NEGÓCIO TODINHO.
>
> DEVE DAR PRA TODO MUNDO.

> VOCÊS... VOCÊS JÁ PARARAM PRA PENSAR QUE SOMOS TIPO ASSIM, OS JOVENS MAIS SORTUDOS DA FACE DA TERRA, E MESMO ASSIM FAZEMOS ESSAS COISAS COM A GENTE?

> QUER DIZER, EM COMPARAÇÃO COM AQUELE PESSOAL DA ÁFRICA E TAL.

> DO QUE VOCÊ TÁ FALANDO?
>
> AH, VAI SE FODER, AGORA É SUA VEZ.

> AH...
> SABEM, EU TRANSEI COM CINCO CARAS DIFERENTES EM UMA SEMANA ANTES DE VIR PRA CÁ.

> Seus olhos se encheram de lágrimas enquanto o veneno descia por sua garganta.

– E aí, a Julia disse que você queria conversar – Brett abriu a porta da escadaria e entrou no terraço do prédio.

– Vai se foder, Brett. – Max se apoiou nas grades, olhando para o horizonte cada vez mais escuro. – Você podia ter ficado com qualquer outra garota que escolhesse.

– Ela só quer ser sua amiga, Max.

– Eu nunca teria *encostado* na Quinn, tá bom? Mesmo se eu tivesse chance e ela estivesse podre de bêbada como fica todo fim de semana. Ninguém merece que seu melhor amigo faça uma coisa dessas...

– *O que você quer que eu faça, Max*? Que eu pare de *falar* com ela só porque *você* tá sofrendo de uma *paixonite*? Vê se cresce, caralho. Tenta ser *homem* pela primeira vez na vida, tá bom? Não tenta usar nossa amizade pra me separar dela, porra.

– Nossa *amizade*? Você rouba a garota que eu gosto no mesmo dia em que a conhece e depois vem dizer que *eu* tô usando nossa amizade? Você *sabia* que eu gostava dela. Eu *disse* pra você que gostava dela.

– *E daí? E daí, caralho? Você acha que merece a Julia só porque conheceu ela primeiro?*

– *Porra, Brett. Eu não mereço ela, tá bom? Depois da Ashley, eu não mereço ninguém tão perfeito que nem a...*
– Quer parar de ficar *se lamentando* por causa da Ashley? Ela comeu você. Você comeu ela. Foi só isso, tá bom? Já *acabou*.
– *Ela tentou se matar no dia seguinte. Vai dizer que eu não tenho culpa nisso?*
– *Ela mesma disse que não teve nada a ver com você, porra.* Você não tem culpa. *Eu* não tenho culpa. Ninguém é culpado além dela, que faz boquete em qualquer ser vivo e depois fica se sentindo *mal* por isso. "*Ai, Brett, foi tão gostoso*". Isso parece familiar?
– Eu odeio você, Brett. Juro por Deus. Odeio você, porra.
– Ah, é? – Brett agarrou Max pelo colarinho e o atirou contra a grade de aço. – *Pára com isso, cara. É só uma garota*, caralho.
– *Eu amo ela, Brett. Eu amo ela mais do que você poderia entender. Você é meu amigo. Não pode fazer uma coisa dessas comigo.*
– Se liga, Maxwell. Porra, às vezes você é tão patético.
– Parem de brigar, por favor. – Julia estava na porta da escadaria, ofegante, envolvendo o próprio peito com os braços. – Não por minha causa. Por favor, não por minha causa. – Ela veio em direção a eles. – Desculpa, Max. A culpa é toda minha. Eu sempre soube, tá? Eu sempre soube que você gostava de mim e isso não me impediu de fazer nada, e pára de colocar a culpa no Brett porque ele não sabia tão bem quanto eu, mesmo que você tenha contado pra ele e não pra mim. – Julia enterrou a cabeça no peito de Max; suas lágrimas encharcaram sua camisa amassada. – Quando era pequena – acho que tinha uns 8 ou 9 anos, roubei um dinheiro da bolsa da minha mãe quando ela tava desmaiada de bêbada. Eram só uns dólares, mas no dia seguinte ela leu isso no meu diário e disse que eu só precisava ter pedido o dinheiro, que ela me daria tudo, se eu pedisse. Dali em diante eu prometi pra mim mesma que seria o menos egoísta que conseguisse, mas eu sabia que você gostava de mim e isso não me impediu de fazer o que eu fiz. – Julia fechou os olhos e enxugou suas lágrimas no rosto de Max. – Eu não queria magoar você, Max. Eu *nunca* quis magoar você, mas você precisa entender que eu não sou mais especial do que qualquer outra garota que você conheça. E eu adoro ser sua amiga, adoro mesmo, e

o baile foi maravilhoso, mas é que... Ai, meu Deus, Max, acho que você precisa me esquecer. Essa seria a melhor solução. Aí, você e o Brett podem ser amigos de novo. Nós três poderemos ser amigos e aí tudo vai ficar legal como era antes.

– Eu... eu não sei... Julia, não sei se consigo fazer isso.
– Por que *não*, Max? Por que você só não me *esquece*?
– Porque você... você fica ainda mais bonita cada vez que sorri.
– Ai, meu Deus, Max – Julia sussurrou. – Eu queria muito me apaixonar desse jeito por você. Juro que eu queria mesmo que a gente fosse tão feliz juntos como a gente é como amigos, mas por mais que eu queira isso, não consigo mudar meus *sentimentos*, desculpa, desculpa, *me desculpa*.

E Max teve certeza de uma coisa:

Aquilo era amor.

E, para seu próprio bem, ele deveria deixar que morresse.

"Os dois últimos anos de colégio deveriam ser dedicados à construção de boas lembranças: bailes, desfiles, gincanas e festas de formatura. Para as turmas de 2003, contudo, dois eventos monumentais ofuscaram esses anos cruciais. Os ataques terroristas de 11 de setembro de 2001 e a guerra no Iraque marcarão para sempre suas lembranças da época do colégio. Os formandos afirmam ter sido transformados pela ameaça terrorista e pela realidade de um país em guerra — eles não são mais ingênuos; perderam a coragem cega da juventude; estão sempre excessivamente alertas. 'Percebemos o quanto somos vulneráveis', declarou Sarah Biggs, formanda no colégio Pine Forest. 'Isso mudou a gente pra sempre. Estamos mais...' Sarah hesitou, procurando a palavra certa. 'Cautelosos'."
— THE PENSACOLA NEWS JOURNAL, 29 DE MARÇO DE 2003.

"Até duas semanas atrás, a vida dos jovens americanos não poderia ser melhor. Agora, com os Estados Unidos se preparando para uma guerra incerta, uma interrogação paira sobre seu futuro. Saberão lidar com as pressões? ... Desde o Vietnã os americanos não testemunhavam tamanho massacre de seus compatriotas. Desde então, afora uma ou duas guerras breves lutadas em países estrangeiros, os jovens cresceram sem conhecer nada além de paz e prosperidade. O conflito no Vietnã moldou uma era — é possível que a guerra contra o terrorismo venha a moldar a nossa?"
— BBC NEWS ONLINE, 25 DE SETEMBRO DE 2001.

"'É isso aí', diz a Geração Y. Este lema cativante era consenso geral entre universitários e alunos de ensino médio após a declaração de guerra feita pelo presidente Bush na noite de quarta-feira. 'Certo, vamos resolver esse negócio', afirmou Joe Barker, 19, estudante na Universidade de Ohio em Chillicothe. 'Devemos fazer o que precisa ser feito. Como disse o Bush, os riscos de não fazer nada são bem maiores do que os de fazer alguma coisa. Precisamos democratizar as nações rebeldes.' De acordo com Barker, a maioria de seus colegas parece bem 'empolgada' com a idéia de uma guerra."
— THE CHILLICOTHE GAZETTE, 21 DE MARÇO DE 2003.

ESTATÍSTICA VADIA

60%

Porcentagem de adolescentes americanos que apoiaram a invasão do Iraque em 2003.

[Fonte: *The Wall Street Journal*, 28 de março de 2003.]

"Uma cláusula que passou quase despercebida na nova lei federal de educação determina que os colégios forneçam aos recrutadores militares algumas informações-chave sobre seus alunos de terceiro e quarto anos: nome, endereço e telefone. O Pentágono afirma que essas informações ajudarão no alistamento de jovens para defender seu país."

– *THE ASSOCIATED PRESS*, 3 DE DEZEMBRO DE 2002.

ESTATÍSTICAS VADIAS

25%

Porcentagem dos atuais calouros universitários de todo o país que acreditam ser "muito importante ou essencial" manter-se informado sobre as questões políticas nacionais.

50%

Porcentagem de calouros universitários de todo o país em 1972 que acreditavam ser "muito importante ou essencial" manter-se informado sobre as questões políticas nacionais.

[Fonte: UCLA.]

"Os postos de alistamento comunitários, que ganharam fama por enviarem jovens relutantes ao Vietnã, perderam sua força desde o início dos anos 1970, perdendo todo seu propósito quando o recrutamento nacional terminou. Há algumas semanas, contudo, em um obscuro *website* governamental dedicado à guerra contra o terrorismo, o governo Bush começou silenciosamente uma campanha pública para reviver os postos de alistamento. 'Sirva Sua Comunidade e a Nação', incita o anúncio."
— SALON.COM, 3 DE NOVEMBRO DE 2003.

"A guerra acabou conosco. Não éramos mais jovens... Tínhamos 18 anos, começáramos a amar a vida e o mundo; de repente precisávamos despedaçá-los com tiros. A primeira bomba, a primeira explosão, foi detonada em nossos corações."
— *NADA DE NOVO NO FRONT*, DE ERICH MARIA REMARQUE, 1928.

"Teria sido reconfortante, mas eu não podia acreditar. Parecia-me claro que as guerras não eram criadas pelo somatório da estupidez específica de cada geração, mas por uma certa ignorância intrínseca ao coração humano."
— *UMA ILHA DE PAZ*, DE JOHN KNOWLER, 1959.

"É um novo tipo de guerra, e este governo se adequará a ele."
— GEORGE WALKER BUSH, 13 DE SETEMBRO DE 2001.

BOLETINS DO APOCALIPSE: 11 DE SETEMBRO DE 2001

Washington, DC – Ela parecia um cadáver, com os olhos revirados nas órbitas, a língua pendendo para fora da boca. Não fosse a violência das convulsões, teríamos achado que ela acabara de morrer na nossa frente.

– Ai, meu Deus – disse alguém no corredor.

Ficamos meio minuto olhando para o corpo caído da garota de 18 anos, sem saber o que fazer, antes de descermos correndo seis lances de escadas e gritar para o funcionário do alojamento da American University chamar uma ambulância. Voltamos ao nosso andar pelo elevador. Outros haviam ajudado a garota a se sentar em uma poltrona na sala dos estudantes.

– O que está havendo, pessoal? – ela perguntou.

– Tudo bem com você? – quis saber um dos estudantes.

– Eu... eu estou bem. Aconteceu alguma coisa?

– Você caiu no chão e ficou se chacoalhando.

– Eu... uau. Mas estou me sentindo bem. Estou mesmo.

– Você é epilética?

– Não...

– Diabética?

– Não. Eu... eu estou bem agora. Mesmo.

– Já teve um ataque desses alguma vez?

– Não, eu... eu sou de Nova York, só isso.

Na noite de terça-feira, a contagem inoficial de mortos era estimada em vinte mil, mas agora já recuou a um quarto disso. Já se passaram cinqüenta e cinco horas desde os ataques a Nova York e Washington, e de algum modo as imagens dos aviões se chocando contra os arranha-céus parecem menos apavorantes. Ao longo de três dias, assistimos nos canais de notícias às imagens de jatos explodindo, torres desabando, milhares de pessoas se jogando para a morte, ao quartel-general das forças armadas americanas em chamas e à criação de uma Terra Devastada cheia de escombros chamada Manhattan.

Como tantos outros, fui acordado na manhã de terça-feira pelos gritos de "Ai, meu Deus, ai, meu Deus, ai, meu *Deus*". Meia hora antes, às 8:45 do fuso horário da Costa Leste, fanáticos armados haviam seqüestrado o vôo 11 da American Airlines e arremetido a aeronave contra a torre norte do World Trade Center. Dezoito minutos mais tarde, o vôo 175 da United Airlines se chocou contra a torre sul do WTC. Morte e chamas infernais gravadas em vídeo. Até mesmo astronautas em pleno espaço conseguiriam enxergar a nuvem de cinzas pairando sobre a cidade de Nova York.

Às 9:40 da manhã, a FAA* interrompeu todos os vôos sobre o território dos Estados Unidos. Foi a primeira vez que se tomou tal medida, mas era tarde demais: três minutos mais tarde, o vôo 77 da American Airlines bateu na Ala do Exército no Pentágono, aqui em Washington, demolindo um quinto do que até então se acreditava tratar-se do complexo mais inexpugnável do planeta. Duzentas pessoas morreram. Uma fumaça negra e espessa tomou os céus.

Vinte minutos mais tarde, em Nova York, as Torres Gêmeas desabaram por completo depois que suas estruturas foram completamente derretidas pelo combustível flamejante das aeronaves. Milhares de seres humanos foram instantaneamente esmagados por toneladas incalculáveis de aço e vidro. Lá embaixo, nas ruas, nova-iorquinos corriam aos berros para todos os lados em busca de segurança ou se abrigavam sob automóveis estacionados para tentar se proteger da chuva de escombros.

Dez minutos após a queda das Torres, às 10:10 da manhã, o vôo 93 da United Airlines desabou ao sudeste de Pittsburgh, na Pensilvânia, matando as 44 pessoas a bordo. Autoridades militares afirmam que o vôo rumava para a Casa Branca. O motivo de o avião ter caído antes disso fica por conta da imaginação mórbida de cada um.

Sendo assim, os terroristas tiveram 75% de sucesso, se você quiser considerar o fato como uma operação no estilo ou-tudo-ou-nada. Milhares de pessoas foram assassinadas. Quaisquer noções a respeito de nossa nação enquanto uma fortaleza impenetrável caíram por terra junto com as duas maiores edificações de nosso continente.

Em Washington, o medo tornou-se escuro e palpável. Escondeu-se sob um patriotismo nervoso e gritos de Vingança, Vingança, Vingança, mas a paranóia racionalizada e o ódio exaltado pareciam latentes em todos os olhares cansados e sorrisos artificiais.

– Precisamos matar todos esses palestinos de merda, é isso que a gente tem que fazer – declarou uma garota do meu andar no alojamento. – Não quero nem saber se alguns deles são inocentes. A gente precisa matar todos esses palestinos de merda.

---

* *Federal Aviation Administration:* Administração Federal de Aviação, órgão semelhante ao DAC brasileiro. (N. do T.)

Isso até pareceria uma idéia remotamente lúcida se os palestinos tivessem realmente *comandado* os ataques da terça-feira, mas – como diversos jornalistas e autoridades militares já haviam indicado – nosso inimigo não era uma nação, mas uma subcultura: podemos cobrir o Afeganistão, o Iraque e os territórios palestinos com todas as nossas bombas, mas isso não irá deter os Soldados Suicidas. Eles já estão aqui.

"Ainda acho que os responsáveis por isso não passam de lixo humano", escreveu um amigo que está servindo na Marinha americana. "Devemos eliminá-los e varrer seu país do mapa, para que esses desgraçados não se reproduzam mais. Entendo que isso pode parecer uma solução nazista e um retrocesso à 2ª Guerra Mundial, à idéia de exterminar toda uma raça, mas quando você vê aquelas mulheres e crianças [do Oriente Médio] queimando bandeiras americanas e comendo doces para celebrar as mortes de milhares de pessoas... fica bem claro que essa gente precisa explodir."

Estou escrevendo na varanda do apartamento de um amigo, de frente para o Capitólio, entre a Casa Branca e os Arquivos Nacionais. Graças a diversas ameaças de bomba, a American University foi evacuada por duas horas. Aqui me pareceu um lugar adequado para passar o resto desta tarde sufocante: há dois dias o vôo 77 da American Airlines circundou este prédio antes de colidir contra o Pentágono.

Agora, milhares de pessoas estão mortas. O Massacre de Columbine – que um dia foi o evento definidor da Geração Y – não é *nada* comparado com isso. Milhares de pessoas estão mortas. Pessoas que ficaram sem jeito ao darem seus primeiros beijos e tinham melhores amigos e mães e pais e cães e gatos, que eram *alguém*. E agora eles Se Foram. Sumiram. Estão Mortos.

Já faz trinta minutos que helicópteros negros circundam a cúpula do Capitólio. Ambulâncias ruidosas tomam as ruas do centro de Washington. Um caminhão de incêndio pára na frente dos Arquivos Nacionais, com as sirenes ligadas e as luzes piscando. Outra ameaça de bomba? A polícia militar, as rondas com cães... Estamos mesmo nos *Estados Unidos*?

Não, isto é algo novo. Não há mais volta: não estamos mais vivendo no mesmo mundo. A desvalorização psicótica da vida humana se espalhou da Terra Santa para os limites americanos. Fomos marcados com uma nova e violenta existência nacional.

E então me pergunto: *é este o mundo que minha geração vai herdar?*

Nick V., 18
Seattle, Washington

"Eu não uso *Abercrombie* pra ser igual a todo mundo. É que as garotas gostam, sabe? É um nivelador: se você usa, está dentro de um padrão com o qual todo mundo concorda, e é assim que você consegue mulher."

"Abercrombie & Fitch, a grife que já foi criticada por seus catálogos e *designs* sexual e racialmente provocativos, está novamente sob ataque. Diversos grupos de defesa do consumidor afirmam ter enviado *e-mails* para a A&F protestando contra o lançamento de tangas em tamanhos infantis, com as palavras 'docinho' e 'pisca pisca' impressas na frente. (...) Ano passado, a grife adolescente enfureceu diversos grupos de defesa do consumidor com seus catálogos de verão e de Natal, que mostravam diversos modelos de aparência adolescente, aparentemente nus, em poses sexualmente provocativas."

— CNN, 28 DE MAIO DE 2002.

"As roupas íntimas para meninas foram criadas com a intenção de serem alegres e 'fofas'. Qualquer outra interpretação fica por conta do observador."

— DECLARAÇÃO DA ABERCROMBIE & FITCH À IMPRENSA, 24 DE MAIO DE 2002.

ESTATÍSTICAS VADIAS

Porcentagem de garotas de 9 a 10 anos que estão tentando perder peso: **40**
[Fonte: *Pediatrics*, setembro de 2003.]

Lucro gerado pela venda de tangas para meninas de 7 a 12 anos em 2000:
US$ 400 mil
Lucro gerado pela venda de tangas para meninas de 7 a 12 anos em 2002:
US$ 1,6 milhões
Lucro gerado pela venda de tangas para garotas de 13 a 17 anos em 2002:
US$ 152 milhões
[Fonte: *Time*, 29 de setembro de 2003.]

"As garotas americanas estão iniciando sua puberdade ainda mais cedo do que a maioria dos especialistas havia previsto, afirma um novo estudo publicado hoje pelo jornal médico *Pediatrics*. Os pediatras da Universidade de Virgínia relataram que algumas garotas estão apresentando sinais precoces de puberdade – desenvolvimento de seios e crescimento de pêlos pubianos – aos 6 ou 7 anos (...) Uma garota de 8 anos que parece ter 12 ou 13 anos 'ainda se comporta como uma garota de 8 ou 9 anos, e isso precisa ser levado em conta', afirmou o dr. Frank Biro. ... Ninguém sabe o motivo deste início precoce, embora os médicos citem diversos fatores. Entre eles estão o aumento da obesidade, o excesso de proteína nas dietas modernas e o efeito estrogênico de plásticos sintéticos, inseticidas e produtos para cabelos."
– *THE CINCINNATI ENQUIRER*, 5 DE OUTUBRO DE 1999.

"Especialistas em transtornos alimentares afirmam que meninas pré-púberes estão apresentando sinais de transtornos alimentares em idades tão tenras quanto 5 ou 6 anos, e que podem estar adquirindo tal obsessão de pais preocupados com sua própria imagem corporal, além da influência exercida pelas imagens de *popstars* muito magras propagadas pela mídia. Os especialistas afirmam que o problema está se espalhando entre as crianças (...) Justine Gallagher tinha apenas 5 anos quando começou a comer papel para perder peso. Comia até dez pedaços de papel por dia, acreditando que enchendo a barriga de papel – em vez de comida – conseguiria perder peso. Na escola, os meninos estavam chamando Justine de gorda. Aos poucos, os professores começaram a perceber que faltavam pedaços na páginas nos livros escolares dela."
– *ABC NEWS*, 19 DE DEZEMBRO DE 2001.

"As festas regadas a álcool organizadas por adolescentes sozinhos em casa não são novidade alguma, e desde sempre alguns garotos costumam ficar bêbados nas festas do colegial. Mas este ano, em Westchester, um próspero subúrbio ao norte de Nova York, um jovem morreu durante uma dessas festas e cerca de duzentos colegiais apareceram bêbados em uma festa do colégio. Estes e outros episódios alarmantes de consumo de álcool por menores têm feito as autoridades procurarem respostas e deixado os pais mais preocupados do que nunca – tentando encontrar inclusive alguma ligação entre o consumo de álcool dos jovens e o estilo de vida abastado dos adultos."
– *THE ASSOCIATED PRESS*, 16 DE NOVEMBRO 2002.

ESTATÍSTICAS VADIAS

Número de adolescentes com menos de 18 anos que realizaram cirurgia plástica estética em 2001: **79.501**

Número de adolescentes com menos de 18 anos que colocaram implantes nos seios: **3.682**

Número de adolescentes com menos de 18 anos que modificaram os narizes: **29.700**

Número de adolescentes com menos de 18 anos que modificaram as orelhas: **23 mil**

Número de adolescentes com menos de 18 anos que fizeram lipoaspiração: **2.755**

Número de adolescentes com menos de 18 anos que colocaram implantes nos seios em 1994: **392**

Número de adolescentes com menos de 18 anos que fizeram lipoaspiração em 1994: **511**

[Fonte: *Marcados: compra e venda de adolescentes*, de Alissa Quart, Perseus Publishing, 2003.]

ESTATÍSTICAS VADIAS

Porcentagem de alunos do ensino médio com anorexia/bulimia: **11**
[Fonte: Children Now.]

19.7%

Porcentagem consumida por menores de idade [abaixo de 21 anos] de todo o álcool ingerido no país.

US$ 22.500.000.000,00

Receita total gerada pela venda de álcool a menores de idade em 1999.
[Fonte: The Columbia University National Center on Addiction and Substance Abuse, fevereiro de 2003.]

TERÇA

TERÇA

[Quadrinhos:]

— MAX? ALÔ, MAX? VOCÊ JÁ LEVANTOU?
— NÃO... AINDA NÃO. O QUE VOCÊ QUER?

— JÁ TÁ QUASE NA HORA DA ESCOLA. VOCÊ NÃO TÁ PRONTO?
— NÃO... NA VERDADE, ACHO QUE HOJE NEM VOU PRA AULA.

— BEM, EU... EU ACHO, ENTÃO, QUE VOU TENTAR LEMBRAR O CAMINHO SOZINHA.

— DESAPARECE, TÁ BOM? AGORA VOCÊ NAMORA ELE.

— AI, MEU DEUS, MAX. POR FAVOR, NÃO DEIXA DE SER MEU AMIGO POR CAUSA DISSO.

— DESAPARECE, TÁ BOM? DESAPARECE. VAI LÁ SER A NAMORADINHA FELIZ DELE, VAI.

"Sejam bem-vindos de volta ao grande show, pessoal". Harry Fling, uma lenda televisiva de 70 anos, encarou as câmeras de TV que transmitiam seu rosto para 65 milhões de lares em todo o mundo, arrumando suas marcas registradas: seus suspensórios e seus óculos com armação de casco de tartaruga.

"Para todos os que acabaram de sintonizar o *Harry Fling Live*, nosso convidado especial é o guru financeiro de 17 anos cujo livro *Adolescentes investidores* está há 15 semanas no topo da lista dos mais vendidos do *New York Times*. Ele está escrevendo um novo volume, chamado *Ganhei um milhão de dólares antes de fazer 18 anos e você pode fazer isso também: como vencer no mercado de ações E no colégio*. Recentemente, a revista *Teen People* o elegeu como um dos vinte adolescentes que provavelmente irão mudar o mundo, e a versão adulta da mesma publicação o elegeu como Homem Mais Sexy do Mundo pelo segundo ano consecutivo. É dele o rosto que aparece na maioria dos pôsteres nas paredes dos quartos das pré-adolescentes em todo o país. Estamos falando de um adolescente especializado em negócios que se tornou queridinho da mídia. Senhoras e senhores, *Trevor Thompson*."

"Obrigado pela gentileza, Harry". Trevor sorriu para as câmeras. "É bom estar em Nova York."

"Você é o assunto do momento em Manhattan, Trevor. Recentemente, o escritor Kurt Vonnegut afirmou que *Adolescentes investidores* representará para sua geração o mesmo que *Matadouro-Cinco* representou para a dele. Como você se sente ao estar no olho do furacão da cultura pop?"

"Bem, tenho andado tão ocupado que ainda não tive tempo para relaxar e saborear os frutos do meu sucesso. Mas é muito bom, cara. Eu me sinto tão bem quanto você deve ter se sentido quando se separou da sua sétima esposa."

"Pode apostar, meu garoto. Bem, Trevor, milhões de leitores de todas as idades leram sua obra. Mês passado, o *Wall Street Journal* publicou uma matéria de capa na qual você foi chamado de a primeira mente brilhante de sua geração. A Universidade de Georgetown está oferecendo um curso inteiro baseado nas teorias socioeconômicas expostas em *Adolescentes investidores*. Como você se *sente*?"

"Bem, Harry, não sei se realmente sou a primeira mente brilhante de minha *geração*", riu Trevor. "Quer dizer, tudo bem, *talvez* eu seja, mas as reações ao livro certamente me deixaram mais humilde, sabe? E, sinceramente, na verdade eu sou um cara bem nomal. Tenho uma namorada nova me esperando em casa, meu próprio apartamento, um protótipo superlegal de BMW... nada de espetacular, Harry. E olha, esta é uma geração que sofre de uma *falta* de mentes brilhantes. Se eu sou um herói das massas, isso é bom para todos."

"Então, apesar de toda a atenção incessante da mídia e dos incontáveis elogios, Trevor Thompson recusa-se a assumir seu lugar no pedestal que o colocaria acima de seus colegas obviamente inúteis. Das duas uma, senhoras e senhores: ou isso é ignorância, ou é pura classe. Como alguém que conheceu Frank Sinatra na intimidade, posso afirmar que é *classe*. Você é um deus entre brutos, meu jovem."

"Obrigado, Harry. Sabe, ser uma celebridade intercontinental realmente não é importante para mim. Estou sendo sincero. Ser famoso não é diferente de ser popular no colégio. Você consegue se safar de qualquer coisa só porque as outras pessoas têm inveja de você e são fascinadas pelos mínimos detalhes de seu estilo de vida. A vida é circular, Harry. Os padrões se repetem."

"Trevor, este país está simplesmente *morrendo* de vontade de saber: qual o seu segredo para obter sucesso financeiro nestes tempos de recessão econômica?"

"Bem, Harry, basicamente posso dizer que dentro de um livre-mercado o sucesso independe do que suas empresas estão *fazendo*. O que realmente importa é o que os outros *acham* que elas estão fazendo. Foi o caso do *boom* das empresas de internet nos anos 1990: nenhuma delas estava rendendo dinheiro algum, mas todos *achavam* que elas eram o futuro do comércio global. Tudo o que fiz foi comprar ações de todas as *startups* que consegui e vender todas elas antes do *crash* inevitável. Os executivos da Enron fizeram basicamente a mesma coisa, mas usaram informações privilegiadas em vez de sua intuição natural. O capitalismo precisa de ética, e é do capitalismo ético que a humanidade precisa. Não do socialismo marxista, como pensam alguns dos meus colegas mesmo sem nunca ter lido um livro de história. O livre-mercado é o único sistema que funciona, mas precisa ser orientado por homens éticos."

"Tanta sabedoria, tanta *juventude*. Mas diga uma coisa, Trevor: e o sexo anal?"

"Desculpe, Harry, poderia repetir? Ainda estou um pouco zonzo por causa da troca de fuso horário e tive a impressão que você me perguntou algo que não poderia ter perguntado."

"Novos estudos demonstram que pelo menos *vinte por cento* dos jovens americanos de 14 anos estão envolvidos na arte de levar atrás, Trevor. Pelo amor de Deus, isso foi divulgado até no *U.S. News* e no *World Reports*. O que *significa* isso? O que *significa* isso, Trevor?"

"Meu Deus, Harry, não faço idéia. Na verdade, minha imagem sadia é importante para o público americano, então que tal falarmos sobre alguma outra coisa em vez de sodomia, pelo menos até o próximo intervalo comercial ou alg..."

"Você já ouviu falar da organização *True Love Waits*?[*] É uma ONG cristã sem fins lucrativos com sede em Nashville, no Tennessee, que encoraja adolescentes do mundo todo a assinarem um 'pacto de virgindade'. Todos esses jovens, entretanto, estão definindo a relação

---

[*] O amor verdadeiro espera (N. do T.)

sexual como uma questão de penetração do pênis na vagina. Por causa disso, as taxas de sexo anal na pré-adolescência estão crescendo assustadoramente, de forma mais que preocupante. Qual sua opinião sobre esses efeitos colaterais escandalosos, Trevor?"

"Deus do céu, Harry, não acho correto forçar alguém a fazer algo que não quer... por que ainda estamos falando nisso?"

"Bem, Trevor, ando pensando em deixar minha oitava esposa muito em breve. Será que alguma ninfeta de 18 anos gostaria de receber o cetro do Tiozão Harry em seu viçoso reto adolescente?"

"Pelo amor do *Santo Cristo*, Harry. Será que não podemos falar do meu *livro novo* ou algo assim?"

"Gloriosos retos adolescentes, sim, sim, tão preciosos, tão, tão preciosos..." O apresentador de TV começou a remexer os dedos, com um fio de saliva escorrendo até seu queixo duplo. "Certo, Trevor, precisamos cortar para o intervalo comercial, então não vá esquecer o que você estava pensando em falar. Este é o *Harry Fling Live*, pessoal. Nosso convidado é o escritor adolescente e feroz *defensor* do sexo anal, Trevor Thompson. Voltaremos em um instante."

"Mas que porra é essa que você tá falando, seu escroto?", Trevor gritou enquanto as câmeras entravam em *fade*. *"Feroz?"*

"Things are getting tougher when you can't get the top off the bottom of the barrel; wide open road of my future now, it's looking fucking narrow." Com os dedos trêmulos, Brett fumava um *Camel Turkish Jade* enquanto escutava *Energy* do Operation Ivy no som do Camry estacionado. *"All I know is that I don't know, all I know is that I don't know nothing, all I know is that I don't know, all I know is that I don't know nothing."*

Dentro do prédio da escola, o sinal tocou. Todos os alunos que estavam no estacionamento correram para dentro.

"Que se foda". Brett tragou o Camel, soltando a fumaça pela janela aberta. "Estou terminando esta merda de cigarro."

Atirou o filtro na calçada e abriu a porta do lado do motorista. *"All I know is that I don't know nothing, and it's fine."* Tirou a chave da ignição, trancou as portas do carro e se aproximou do imenso colégio.

– Você está atrasado. – O policial armado estava na frente do detector de metais que separava a entrada principal do corredor central. – Entre logo e passe pelo posto de controle. Vou escrever uma nota disciplinar para seu professor.

– Você *sabe* que eu sou o maior campeão de atletismo dessa escola, não? – Brett passou pelo detector de metais. – Esperar por essa nota não vai me atrasar ainda mais?

– Dê isso para seu professor e vá direto para a aula. – O policial estendeu a tira de papel amarelo. – Se você ganhar outro desses amanhã, estará suspenso por dois dias.

– Então o castigo por se atrasar pra aula dois dias seguidos é ser expulso da aula por dois dias seguidos?

Brett passou por incontáveis armários em seu caminho pelo labirinto de corredores, até se aproximar da sala de aula da Srta. Lovelace.

– Como discutimos no início do semestre, *Hamlet* é tanto uma peça quanto uma obsessão. – Sentada sobre sua mesa, a Srta. Lovelace trazia no colo as *Obras completas de William Shakespeare*. – Nenhum dramaturgo razoável escreveria um trabalho que leva quatro horas para ser apresentado, termina com a morte de todos os personagens principais e repetidas vezes compara sexo com doença e ruína.

Brett caminhou até o fundo da sala de aula e sentou na mesa ao lado de Julia.

– Quanta consideração sua aparecer na aula hoje, Brett – disse a Srta. Lovelace. – Todos que aparecem na aula *regularmente* estavam sentindo sua falta.

– Ultimamente as coisas têm saído do controle – Brett respondeu, abrindo a mochila. – Mas você sabe muito bem como é estar fora de si, não é, Srta. Lovelace?

A turma caiu na gargalhada. O boato havia se espalhado.

– Como eu dizia *antes* de nossa pequena interrupção – continuou a Srta. Lovelace, fazendo uma careta –, Shakespeare escreveu *Romeu e Julieta* anos antes de *Hamlet*, mas existe algo de bizarro na posição cronológica de *Romeu e Julieta* nas obras completas de Shakespeare. Ele escreveu a peça no mesmo período de suas comédias, como *Sonho de uma noite de verão* e *Muito barulho por nada*. *Romeu e Julieta* até começa em um clima de comédia: com declarações de amor melodramáticas e insinuações sexuais, mas a história logo descamba em um fábula de expectativas frustradas e inocência perdida.

– Oi, Jules – Brett cochichou. – Bela saia. O que tá rolando na Juleslândia?

– Nada. – Julia manteve os olhos fixos na frente da sala de aula.

– E não é um acidente o fato da maior história de amor de Shakespeare começar com uma briga entre duas famílias rivais, os Montecchio e os Capuleto – prosseguiu a Srta. Lovelace. – Contudo, um dos Montecchio não está interessado em brigar e prefere passar os dias remoendo seu coração partido. "Ela jurou abrir mão de amar, e nesse voto eu vivo morto só de contá-lo". Romeu sofre por Rosalina, a garota que deseja. É claro que por isso é ridicularizado por seus primos e seus amigos, que só o levam a sério quando ele faz brincadeiras sacanas a respeito de seu "negócio" e age como se estivesse mais interessado em sexo que em amor.

– Certo, Jules, que tal isso aqui? – Brett desenhou um bonequinho em seu caderno. – Você tem que desenhar outro bonequinho pra matar o meu, aí eu desenho outro que mata o seu de um jeito diferente, e aí você desenha outro que mata o meu de um jeito totalmente diferente. Assim, se o meu extermina o seu dentro de um microondas gigante, o seu pode largar uma bigorna na cabeça do meu, mas não pode mais usar um microondas gigante.

– Brett, *por favor* – sussurrou Julia. – Que tal *agir como adulto por 45 minutos?*

– Logo somos apresentados a Julieta, uma Capuleto – disse a Srta. Lovelace. – Por imposição de sua família, ela está noiva do nobre Paris, mas na cena seguinte, um baile dos Capuleto no qual os Montecchio se infiltraram, Romeu e Julieta finalmente se encontram. Antes mesmo de falar com Julieta, Romeu esquece em um instante a dor que sentia por causa de Rosalina. "Será que até hoje meu coração já conhecera o amor?", ele se pergunta na quinta cena do primeiro ato. "Negai, meus olhos! Pois até esta noite não avistara beleza verdadeira." Então, o que Shakespeare está

sugerindo aqui? Que existe amor à primeira vista? Que Romeu e Julieta sabem que estão destinados um ao outro mesmo sem nunca terem se *falado*? Ou apenas que adolescentes cheios de hormônios costumam basear suas paixões sexuais inteiramente na atração física?
– Srta. Lovelace? – Julia levantou a mão. – Não sei se Shakespeare estaria querendo dizer que o interesse mútuo de Romeu e Julieta era apenas sexual, porque parece que a história se baseia no fato de que tudo que eles têm pra se proteger do mundo odioso que os cerca é o amor. No final das contas fica óbvio que isso não é suficiente, já que os dois se matam, mas se tudo que eles fizessem o tempo inteiro fosse controlada por hormônios, acho que a peça não faria sentido algum.
– Muito bom, Srta. Ciardi – sorriu a Srta. Lovelace. – Cada vez que você ergue o braço, fico mais acostumada de a ter nesta turma.
– Se deu bem – Brett resmungou. – E nem quis brincar de matar bonequinhos.
– Olha aqui, Brett, qual é seu *problema*? A gente tá na *escola*.
– Por Deus, tá tudo bem com você? Hoje você parece bem irritada.
– Brett, eu... acho que a gente tem que ser só amigos, tá? Sei que você pode achar isso algo tipicamente feminino, mas não posso magoar outra pessoa desse jeito e sei que a gente tá fazendo o Max sofrer muito e também não quero magoar você e tô muito cansada de *magoar* os outros.
– Ah... acho que tudo bem. – Brett engoliu em seco. – Quer dizer, achei que a gente já tinha decidido ir adiante e ser mais que amigos, mas... bem... você que sabe, né?

Alguém bateu na porta do apartamento. Max cruzou a sala de estar e abriu a porta. Trevor deu um abraço em Max e entrou no apartamento sem ser convidado.

> **E AÍ, CAMARADINHA? ACABEI DE CHEGAR DE NOVA YORK E ACHEI QUE SERIA LEGAL FAZER UMA VISITA. CARALHO, VOCÊ JÁ VOOU NUM CONCORDE?**

> **NUNCA... MAS ELES NÃO SÃO USADOS SÓ NA EUROPA?**

> **BEM, POR AQUI OS VÔOS SÃO MESMO BEM RAROS, MAS NUNCA DUVIDE DAS POSSIBILIDADES ABERTAS PELOS CONTATOS CERTOS. MAS E AÍ, CARA? VOCÊ VAI NA MINHA FESTA AMANHÃ OU NÃO?**

> **AH, DESCULPA. EU TINHA ESQUECIDO TOTALMENTE. NOS ÚLTIMOS DIAS TUDO MEIO QUE DESMORONOU.**

> **O QUE HOUVE? VOCÊ PARECE MAIS DESTRUÍDO QUE O BUCETÃO ARROMBADO DA ASHLEY IVERSON.**

> **VOCÊ TAVA MESMO CERTO SOBRE O BRETT. ELE ERA MEU MELHOR AMIGO, MAS MESMO ASSIM VOCÊ CONHECIA ELE MELHOR QUE EU.**

– Meu Deus, Max. Eu sabia. Porra, cara... o que houve?

– Conheci uma garota que se mudou pro apartamento aqui do lado. O Brett *sabia* que eu gostava dela, mas isso não o impediu de ficar com ela, mesmo podendo ficar com qualquer menina que quisesse. Nem fui pra escola hoje, porque não consigo nem pensar no quanto vai ser horrível ver os dois juntos.

– Caralho, Max. Sabe, sempre escutei várias histórias falando que o Hunter sacaneava você, mas nunca achei que ele podia fazer um troço *tão* escroto.

– Não sei mais de *nada*. Não consegui dormir até as seis da manhã, aí acordei às oito todo enjoado e tô assim até agora, como se alguma coisa muito ruim fosse acontecer.

– Ei, cara, que tal a gente pegar a BMW e ir pra minha casa? Você pode dormir no quarto extra, e quando você acordar a gente se diverte na boa.

– Tá bom... uau... Você é mesmo um cara bem legal pra alguém tão famoso e popular e rico e tal.

– Você disse que gosta dos Beatles, né? Olha só, tá a fim de pegar um avião pra Londres no fim de semana que vem e dar umas voltas com o Paul McCartney?

– O que você tá fazendo em casa tão cedo, pai? – Brett entrou na cozinha e abriu a geladeira. – Você nunca vem almoçar em casa.

– Aquele menino da sua escola, o Thompson, apareceu na TV. –

O Sr. Hunter estava sentado na mesa da sala de jantar. – *Esse* é um garoto que tem futuro, Brett. Um garoto que dá orgulho para toda esta comunidade.

– Você *nem* conhece esse imbecil egocêntrico.

– *Nesta casa ninguém ridiculariza heróis locais.* E se os *vizinhos* escutarem você? O que eles iriam *pensar*?

– Do que você tá falando, pai? O Sr. e Sra. Worthington não tão espionando a gente lá do outro lado da rua, tão? Porque sabe, acho que eles podem ser vampiros.

– Você precisa manter as aparências para a vizinhança, Brett. Isso é uma coisa que você vai aprendendo enquanto cresce, mas, por enquanto, você deveria apenas tentar imitar o Trevor Thompson. Que mal isso poderia fazer pra você, a longo prazo?

– Bem, pra começar eu perderia minha alma. E, além disso, você acha mesmo que o Trevor Thompson da televisão é o mesmo Trevor Thompson da vida real? Quer dizer, pelo amor de Deus, sempre que eu ganho uma corrida o locutor do Canal 2 fala de mim como se eu fosse *Gandhi*, porra.

– Você já terminou aquele texto pleiteando ingresso em universidades que pedi para você escrever semana passada? O prazo termina no fim do mês.

– Pai, eu tô no *segundo ano* do *ensino médio*. São *quatro* anos no total. Tirando os psicopatas obsessivo-compulsivos, as pessoas só começam a se preocupar com a faculdade no *penúltimo* ano.

– Você ainda pode conseguir uma bolsa, Brett. Acredite em mim. Nunca é cedo demais pra começar a planejar seu futuro.

– *E se eu não me importar com meu futuro?* – gritou Brett. – *E se não* existir *futuro?*

– Senhorita Lovelace? – Julia abriu a porta da sala de aula. – Desculpe interromper seu almoço e tal, mas queria saber se a gente podia conversar por um minutinho.

– Claro, Julia. – A Srta. Lovelace colocou seu iogurte sobre a mesa. – O que houve?

– Bem, eu... acho que tô metida numa situação da qual não sei muito bem como vou sair sem magoar outras duas pessoas. Magoar alguém é a última coisa que eu quero nesse mundo, mas não consigo mesmo imaginar como *sair* dessa.

– Isso tem alguma coisa a ver com a ausência do Brett ontem e a do Max hoje?

– Ai, meu Deus, não sei como fazer eles dois ficarem amigos de novo e não sei como fazer eles pararem de gostar tanto de mim, e só queria que os dois ficassem felizes de novo como eram antes de eu aparecer aqui e estragar tudo.

– Ah, querida, não diga isso. Além do mais, tudo que o Brett Hunter quer é sexo, sexo, sexo.

– Não, não. Ele não é tão superficial assim. Só tô aqui há alguns dias mas *sei* que por dentro ele é muito legal. Mas o problema é o Max. Ele gosta de mim de um jeito que nem consigo entender, e agora eles dois se odeiam e não consigo fazer mais *nada* direito e a culpa é toda *minha*.

– Isso não é verdade. Pare de chorar, meu amor. Julia, você tem uma idéia do quanto é inteligente?

– Não... – ela fungou. – Acho que não.

– Você está na minha turma há apenas dois dias e, mesmo assim, estou mais impressionada com você do que com todos os outros alunos que tive nesses anos. Se o Brett e o Max gostam tanto assim de você, vão acabar entendendo que você não quer magoar nenhum dos dois ao escolher ficar com um deles.

– Tá... se... se você acha isso mesmo. – Julia secou o rosto com as mangas da camisa. – Espero que não seja tarde demais pra tudo ficar bem de novo.

Julia se despediu da Srta. Lovelace e voltou ao corredor.

– Com licença, minha jovem. – De costas para uma fileira de armários, o auxiliar da direção segurava uma prancheta. – Talvez essa sua saia constitua uma transgressão.

– *Transgressão*? Quem... quem é você?

– De joelhos, minha jovem. Agora.

– *Hein?* O que tem de errado com a minha saia?

– Você sabe como funciona. Se essa saia não encostar no chão, você está automaticamente detida. De *joelhos*.

– Desculpa, é meu segundo dia aqui. Na minha antiga escola a

gente podia usar qualquer roupa que quisesse, aí, pensei que aqui também não teria problema.
– Certo, agora me acompanhe.
– Mas eu preciso ir pra minha próxima *aula*.
– Insubordinação: detenção automática.
– *O quê? Não pode ser. Não, não, não, não, não.*

– E aí, cara. Você não foi pra aula hoje, aí fiquei pensando... enfim, tá tudo bem com você?
– Brett? Que eu lembre eu falei pra você que eu só carrego esse celular pra falar com meus pais se tiver alguma emergência.
– Ah, tá. Desculpa aí. Olha só, quer sair pra algum lugar depois da aula? Talvez andar de skate, sei lá. Enfim... vamos nos entender e tal.
– Olha, agora eu tô no apartamento do Trevor. Já tava indo dormir. Posso ligar depois?
– Do Trevor *Thompson*? Você tá no *apartamento* do Trevor Thompson? Mas que porra é essa, Max? De onde você conhece o Trevor Thompson?
– Eu não contei pra você que ele foi lá em casa uns dias atrás?
– Foi na sua *casa*? Tá bom, Max, você que sabe. Mas e aí, quer sair comigo depois ou os Homens de Negro vão estar fazendo experiências em seu cérebro?
– Acho que vou ficar aqui porque hoje à noite vai ter uma festa. Quem sabe a gente anda de skate amanhã?
– Mas que *porra* é essa, Max? Agora você é *descolado* demais pra andar *comigo*? Porra, já foi terrível esse idiota de merda ter roubado minha garota, mas agora ele também quer roubar meu melhor amigo?
– Ué, achei que a *Julia* era sua garota. E talvez você tenha esquecido, Brett, mas quem acabou com nossa amizade ontem foi *você*, não o Trevor.
– Quer saber, Max? Vai se foder, tá? Se você não quer deixar nem que eu tente consertar as coisas, vai se foder. Eu posso ter feito merda, mas pelo menos tô *tentando* melhorar as coisas, enquanto você tá aí, fazendo festa com seu novo amiguinho descolado.

– Olha, Brett, eu... eu preciso mesmo desligar. Não consigo mais lidar com isso, tá bom? Cansei de ser o seu coitado preferido, o cara que você vive sacaneando. Agora, eu tenho um amigo que me trata como se eu também fosse legal. Amanhã a gente conversa, tá bom?
– Você não sabe com quem tá se metendo, Max. Essa gente não tem *nada* a ver comigo ou com você, entende? Esses caras são uns merdas, uns animais cruéis. Vão picar você em pedacinhos assim que ganharem sua confiança. Entendeu, Max? Max? Max? Max?...

– Brett, você está aí? – A Sra. Hunter abriu a porta de casa e entrou carregando duas sacolas de supermercado. – Você precisa tirar seu carro da entrada da garagem antes que seu pai volte. Você sabe que isso o deixa maluco.
– Daqui a pouco eu tiro, tá? – Deitado no sofá da sala, Brett assistia televisão. – Como foi o trabalho?
– Nada de mais. Comprei umas coisas no supermercado. Não quer botar os sapatos e me ajudar a tirar as sacolas do carro?
– Só um minutinho, tá? Quando começarem os comerciais.
– Você parece sua avó, enrolado desse jeito nesse cobertor velho. Porque não coloca umas roupas e me ajuda a carregar as compras?
– Mãe, acho que eu tô ficando louco. Isso parece viagem da minha cabeça?
– Por que você está dizendo isso, querido? O que houve?
– O Max tá sendo um mala, levei um fora de uma garota da escola e levei um fora da Quinn e o pai gosta mais do Trevor Thompson que de mim e a única coisa que ele sabe fazer é gritar comigo e eu não consigo mais lidar com nada disso e não tenho controle algum e acho que vou ter um colapso ou enlouquecer ou matar alguma coisa ou alguém ou me sui...
– Você só está sendo *adolescente*, Brett. – A Sra. Hunter colocou as sacolas sobre o balcão da cozinha. – Está passando por coisas perfeitamente normais. Devem ser apenas seus hormônios.
– Você nem tá me *escutando*, mãe. Eu tô ficando doido e você não tá nem me *escutando*.
– Ah... bem, então... – A Sra. Hunter tentou sorriu. – Então que tal me ajudar a trazer as sacolas? Isso talvez ajude.

$-(RT/F)$ ln {$[P_k K^+_{in} + P_{Na} Na^+_{in} + P_{Cl} Cl_{out}$] & Ele sabia que os sonhos são apenas o cérebro (%tentando_interpretar%) o que aconteceu nas últimas 18 horas mas Ele poderia jurar que esta cabana & este bosque & o Caminho que o leva até o penhasco com vista para as pedras & o lago são reais: duas crianças vindo das pedras para se encontrar [$C_{30}H_{42}N_2O_2$ | $C_8H_{11}NO_2$] com ele & o garotinho falou enquanto a garota sorriu & ficou quieta & Ele caiu de joelhos / eles tinham vindo / nos perdoar / & Ele: "não... não estou entendendo... vocês viraram crianças?" / "Vamos fazer tudo ficar bem, Maxwell!" / "Viramos crianças para podermos ser amigos novamente!" & a garotinha estendeu [$C_{30}H_{42}N_2O_2$ | $C_8H_{11}NO_2$ | $C_{13}H_{16}N_2O_2$] a flor & sorriu & a colocou na palma de sua mão & o garoto desembainhou a lâmina & a fez penetrar até o fundo da carne do ombro d'Ele / & lambeu a ferida: gotejando no [$P_k K^+_{out} + P_{Na} Na^+_{out} + P_{Cl} Cl_{-in}$] lago rubro o corpo d'Ele agora caía: afundava: aspirando a Água-sanguinolenta & / no fundo ["Ashley?"] o cadáver com a boca cheia de remédios envolveu o pescoço d'Ele com as mãos: & Aquilo trouxe Seu corpo nu para perto do d'Ele & / Suas mãos no peito d'Ele & cada vez mais baixo & [$C_{10}H_{12}N_2O$ | $C_{30}H_{42}N_2O_2$] "Me fode?" suspiraram Seus lábios decompostos: & Ele quis nadar de volta mas não mais sangrava & Aquilo posicionou-O dentro de seu Caminho faminto/escancarado/aberto: e Aquilo sorriu enquanto Se esfregava no...

– Max? Max? Acorda, meu camaradinha! Você tá perdendo a festa, porra! – Trevor agarrou Max pelos ombros e o sacudiu até que acordasse. – Vamolá, já faz dez horas que você tá dormindo aí no chão.

– Tá bom, tá bom, tô levantando. – Max tirou a cabeça do travesseiro. – Meu Deus, eu tava tendo o sonho mais bizarro de toda minha vida... Onde é o banheiro?

– Bem no final do corredor. – Trevor ajudou Max a levantar do chão. – Anda logo. Quero apresentar você pra uma garota muito linda que ainda não tá rodeada de caras. E ela tá usando *verde*. Você lembra o que isso quer dizer, né?

– Ah, sim. Todo aquele esquema das garotas que usam verde porque tão a fim de...

– Que alguém coma elas. As de amarelo podem querer ou não, o que significa que tão sentindo tanto tesão quanto as de verde, mas não querem admitir. E as de vermelho têm namorado. Claro que não estamos deixando nenhuma dessas putas frígidas entrarem aqui, então nem se preocupa, ninguém vai te dar fora. Afinal de contas, a única coisa que conseguiria estragar uma noite perfeita como essa é a monogamia.

– Tá bom... Olha só, acho que agora vou mijar. Posso falar com essa garota depois?

– Ela tá esperando você, Max. Quer uma camisinha ou você gosta de correr riscos quando fode essas putas?

– Não, Trevor, valeu. – Max tropeçou pelo corredor, passando por inúmeros adolescentes bêbados e/ou se agarrando. (Quase todos usavam roupas verdes ou amarelas. Uma garota estava vestida apenas com uma tanguinha verde-oliva da Pike & Crew). A porta do banheiro se escancarou assim que Max estendeu a mão para tocar na maçaneta. O principal atacante do time de futebol americano do colégio apareceu nu na entrada do banheiro.

– Não, não é o Trevor – disse Max. – Você tá bem?

– A gente acabou de ficar, foooi? Acho que acabei de ficar com aaalguém.

– Não... você... você não ficou com ninguém hoje.

– Que bom, acho. – Um fio de saliva escorria pelo seu queixo e formava uma poça no linóleo. – *Odeio* não lembrar quando *fico* com alguém.

– Brett, você está acordado? – O Sr. Hunter abriu a porta do quarto. – Sua mãe quer saber se você vai ao cinema conosco esta noite.

– Não é meio tarde pra vocês saírem? – Brett estava deitado na cama, com a cabeça enfiada entre dois travesseiros. – Você não quer correr o risco de chegar em casa depois da hora combinada, né?

– Não consigo entender, Brett. Você insiste em ficar dando uma de espertinho o tempo todo, mas não consegue tirar notas decentes na escola. Eu trago materiais de inscrição de diversas faculdades e você fica agindo como se eu fosse o pior pai do mundo.

– Não fique se achando tão especial, pai. O posto de pior pai do mundo ainda é do Woody Allen, tá bom?

– Por que você me odeia tanto, Brett? Às vezes penso na primeira vez em que peguei você no colo, logo depois que a enfermeira deu seu primeiro banho, ainda na sala de parto. Lembro que fiquei repetindo para mim mesmo que ia proteger você e garantir que você tivesse uma vida boa. Agora todos os dias fico me perguntando que diabos eu fiz de errado para você viver me olhando com essa cara de nojo e ressentimento.

– *Você me apavora pra caralho, pai.* – Brett levantou a cabeça dos travesseiros. – Você fica *tão* irritado e faz um monte de *exigências* e eu sempre tenho que fazer tudo do *seu* jeito e você nunca me dá liberdade alguma pra fazer minhas escolhas e nunca pára de me comparar com o Trevor e com meu próprio irmão e com todas as pessoas do mundo que acha que são melhores do que eu, e aí eu fico me sentindo *sufocado*, tá bom?

– Você tem só *16 anos*, Brett. Você nem faz *idéia* do quanto é jovem, porque agora você se sente como se estivesse no topo do mundo. Minha obrigação de pai é dar mais liberdade pra você enquanto vai ficando mais velho, mas ainda assim manter uma coleira bem atada no seu pescoço. Pelo amor de Deus, Brett, não posso deixar você tomar *todas* as decisões sozinho. É *isso* que você quer?

Silêncio.

– Talvez eu precise dar mais chances pra que você fracasse sozinho – suspirou o Sr. Hunter. – Porque desse jeito não está *funcionando*.

Essa relação que temos agora não é *normal*, não é *correta* e não é *saudável* pra ninguém desta família, incluindo sua mãe.
– Talvez você tenha razão, pai. – Brett enfiou novamente a cabeça no meio dos travesseiros. – Talvez eu precise mesmo de alguma coisa atada no meu pescoço.

– Holly, quero lhe apresentar Max Brant, um de meus amigos mais íntimos. – Trevor levou Max até uma garota de cabelos castanho-avermelhados, que bebia uma Smirnoff Ice sentada no sofá de couro negro. – Max, esta é Holly. Talvez você a conheça: ela foi eleita rainha no último baile de boas-vindas e é uma das animadoras de torcida do Kapkovian Pacific.
– Ah, só entrei na equipe das animadoras neste semestre – ela sorriu. – É bem divertido, menos quando as pessoas ficam estereotipando você como uma gostosona sem nada na cabeça, que dá pra qualquer um.
– Ah, Holly, garotos de colégio podem ser tão *imaturos*. – Trevor sacudiu a cabeça e beliscou o antebraço de Max. – Como é que não entendem que as animadoras de torcida são jovens mulheres passionais e motivadas, dotadas de uma quantidade *impressionante* de ambição e competência?
– Passionais. – Max fez uma careta ao ser beliscado. – Isso aí.
– Tipo assim, dia desses eu tava numa livraria – Holly continuou, enrolando o cabelo com os dedos. – Procurando um resumo de *Muito barulho por nada*, saca? Porque não tem *mesmo* como entender aquela merda, que é totalmente *impossível* de ler. Aí tinha um garoto com cara de judeu autografando um livro chamado *Morte a todas as animadoras de torcida*. Porra, vê se *cresce* e vai cuidar da sua vida, né?
– É... hã... espero que esse garoto vá pro inferno dos judeus. – Max olhou para trás e descobriu que Trevor havia desaparecido. – Então.. hã... você é caloura, tá no segundo ano ou...
– Terceiro. – Holly cruzou as pernas.
– Olha só, você não é vegetariana, né?
– Não. Por que eu seria *vegetariana*?
– Sei lá. Você gosta dos Beatles?

– Dos *Beatles*? Tá louco? Eu não curto essas coisas que as pessoas fizeram tipo cinqüenta anos atrás... Você não curte música de *verdade*? Tipo *rap* e tal?
– Os Beatles se separaram há 33 anos!
– Tá bom, Sr. Historiador. Não quer se sentar?
– É, acho que sim. – Max sentou no sofá. – Então você tá usando verde.
– Ãááãrr-rrrãã. – Holly sorriu. – O que significa esse seu blusão cinza?
– Acho que significa que esqueci de vir de verde ou amarelo pra festa. E acho que significa que gosto desse blusão cinza.
– Você é um garoto engraçado, Matt. Mas então, você vai me beijar de uma vez ou prefere passar a noite sentado aí, olhando pras minhas tetas?
– Não... acho que não. Mas valeu, tá?
– Como assim? Você é *bicha*?
– Não, não, não. É que você não é muito interessante nem legal nem nada e também nem lembra do meu nome, aí acho que qualquer coisa que a gente fizer não vai significar coisa alguma, porque eu realmente acho que você não vale nada.
– *Seu escroto filho-da-puta!* – Holly pulou do sofá. – *Quem você pensa que é, seu merdinha esquisito? Me dá um motivo pra eu não chamar todo o time de futebol americano pra acabar com a sua raça agora mesmo!*
– Por favor, Srta. Animadora de Torcida, será que dá pra não ficar irritada? – Max cobriu os olhos e se encolheu no sofá de couro negro. – Desculpa, não era mesmo nada *pessoal*.

– Nada mais importa. – Brett se agachou em um dos cantos da garagem escura, usando a tesoura de jardinagem de sua mãe para cortar um pedaço da fiação elétrica que pendia do teto. – Ninguém me acha bom o bastante e já cansei de ficar brigando com o mundo todo e não vou mais nem tentar porque nada mais importa.

Enrolou o fio elétrico em volta do antebraço e deitou no concreto frio do piso, soluçando sobre a fuligem e a sujeira.

– Que coisa patética. – Apertou ainda mais o fio ao redor do braço. – Tô fazendo uma coisa muito, muito, mas muito patética.

Biiiiiiiip!

Levantou e atendeu o telefone.

– Oi, Brett. Sou eu.

– Ah, oi, Jules. E... e aí?

– Não tô muito bem, pra ser sincera. Sei lá, Brett, passei o dia pensando em tudo isso, sobre você e eu e o Max, e agora preciso conversar com alguém, então será que dá pra gente se ver ainda hoje?

– Tá... olha só, primeiro eu tenho que terminar um negócio, mas se você quiser saber como chegar na minha casa eu...

– Claro, só um segundo. Deixa eu pegar um lápis, tá?

– Max, pelo amor de Deus, o que você disse pra deixar a Holly tão furiosa? – riu Trevor. – Ela bateu a porta se esgoelando, berrando que é difícil pra caralho ser perfeita o tempo todo e coisas assim.

– Nem... nem sei... – disse Max. – Quer dizer, eu disse que não queria transar com ela porque ela não me parecia muito especial nem nada assim, e aí ela meio que ficou totalmente louca e disse que ia chamar o time de futebol americano pra me bater e aí eu pedi desculpas, mas ela não parava de sacudir o dedo na minha cara nem de gritar e de...

– Você disse isso pra ela *mesmo*? Pelo amor de Deus, Max, você descobriu o *segredo*?

– Há... acho que sim... Que segredo?

– Que o jeito mais fácil de abrir as pernas de uma garota é fingir que você não tá nem aí pra ela, mesmo que ela pegue fogo do seu lado e queime até morrer.

– Na verdade, eu só tava sendo honesto. Todo mundo fica fingindo que se importa com os outros só pra conseguir transar. Como é que alguma coisa verdadeira ou especial pode surgir de um negócio desses?

– O quê? A *Holly* não é boa o suficiente pra você? Pára com isso, Max. Já ouvi falar de caras exigentes, mas você tá *louco*. Ela é *stripper*, caralho. Você sabe disso, né?

– Ah... achei que ela tinha me dito que tá no penúltimo ano da escola. Não precisa ter 18 anos pra ser *stripper*?

– Ela me fez ir atrás de um cara em Nova York que vende identidades falsificadas por cinqüenta paus. Agora ela ganha oitocentos dólares por noite tirando a calcinha na frente de uns velhos safados. Claro que em troca desse favor eu ganho um tratamento especial sempre que tô a fim... Olha, Max, acho que a gente precisa beber alguma coisa, não acha? Já tomou uísque alguma vez na vida?

– Não, nunca... Olha só, você não tem limonada com uísque?

– *Limonada?* – Trevor guiou Max pelo meio da horda de adolescentes dedicados a beber/copular. – Deus do céu, Max, não acha isso meio afeminado? O Hunter não ensinou você a beber que nem homem?

– Ah... desculpa aí. Tem cerveja, então?

– Deixa eu conferir a geladeira. – Trevor abriu a porta do refrigerador. – *Puta que o pariu, cadê todas aquelas Guinness? Mas que porra é essa?*

– Acho que talvez o pessoal tenha bebido.

– Tá bom, se apronta aí. A gente vai atrás de cerveja.

– Mas *agora*? Todo mundo já tá aqui.

– *Essa porra de festa não vai ficar sem bebida antes das duas da madrugada.* – Trevor arrastou Max pelo apartamento. – O pessoal vem pra esse tipo de coisa pra se *divertir*, sabia? E não tem como alguém se *divertir* se não tiver *álcool*. E se as bebidas da sua festa *terminam* antes das duas da *madrugada*, isso se reflete na sua *reputação*. E a sua reputação é *tudo*, porque só acham você legal se a sua última *festa* de merda também foi legal. E se você não consegue entender *isso*, então acho melhor desistir de esperar que alguém goste de você além da sua *mãe,* porque...

– Vai tomar no rabo, Trevor. – Brett estava na porta, ensopado pela tempestade do lado de fora. – Cadê a Quinn?

– Hunter? – Trevor abriu um sorriso. – Você sempre gostou de aparecer de surpresa, né? Mas estou lembrando de uma vez em que foi você quem ficou surpreso.

– *Cadê ela, seu filho-da-puta sem noção?* – Brett agarrou Trevor pelo colarinho da camisa e o atirou contra os marcos da porta. – *Cadê ela, porra?*

– Se acalma, Hunter. Ela tá bem aqui. Você a encontrou.

– *Por que ela não ligou pra ninguém desde sábado? Por que os pais dela acham que ela fugiu?*

– É que a Quinn tem andado meio ocupada nos últimos tempos, só isso. – Trevor escapou de Brett e voltou para dentro do apartamento. – Logo, logo você vai entender.

– Onde é que você escondeu ela, porra? – Brett seguiu Trevor pelo meio da multidão sufocante de casais em verde e amarelo. – Onde?

– Bem ali no meu quarto. – Trevor acompanhou Brett pela penumbra do corredor, passando pela garota vestida apenas com uma calcinha verde-oliva e pelo garoto que lhe enfiava os dedos. Destrancou a porta do quarto com sua chave-mestra. – Você vai simplesmente amar isso aqui, Hunter. Se prepara pra maior viagem da sua vidinha de merda.

Trevor abriu a porta, deixou Brett entrar e então trancou-a novamente. O corpo subnutrido de Quinn estava amarrado à cabeceira da cama. O Atacante cavalgava seu rosto, enfiando a ereção por entre seus lábios inconscientes e usando seu cabelo coberto de sêmen como alavanca. Ao mesmo tempo, Mickey Branquelo metia no ânus sanguinolento de Quinn, insuficientemente lubrificado com KY. Do outro lado da cama, outros sete garotos faziam fila e esperavam sua vez de possuírem a vagina, a boca ou o reto de Quinn, dos quais escorria sêmen fresco misturado com seu próprio sangue.

– Come ela, Hunter. – Trevor ligou sua filmadora digital e começou a gravar. – Ela não tá menos desmaiada do que a Ashley quando a gente comeu ela juntos. A Ashley *nunca* descobriu qual de nós era o pai, né?

Silêncio.

– Você tá *hesitando*, Hunter. – Trevor rodeou a cama e enroscou um dedo no ninho macio dos pêlos pubianos de Quinn. Os dois garotos continuaram metendo em seus lábios rachados e em seu ânus coberto de sangue. – Por que você tá *hesitando*? Você

não tá *decidindo* o que fazer, tá? Quantas vezes você já pensou em fazer isso, hein? Quantas vezes você já bateu punheta pensando na Quinn abrindo as pernas bem desse jeito, só pra você? *Come ela*, Hunter. Você sabe que é isso que você quer fazer, então, vai lá e *come ela de uma vez*.
– Você vai morrer, Trevor. – Brett disparou pelo quarto. – *Você vai morrer agora mesmo, seu filho de uma puta*.
Os outros garotos o derrubaram no chão e começaram a encher seu rosto e suas costelas de pontapés.
– O que você acha que *criou* garotos como nós, Hunter? – Trevor tirou a camisa de Brett, desabotoou seu cinto de couro e puxou seu corpo por sobre o corpo de Quinn. – Se fosse preciso, eu mesmo daria início à revolução feminista. – Açoitou as costas de Brett com o cinto. – Claro, ninguém poderia *discutir* coisas como o direito das mulheres a salários iguais por trabalhos iguais, mas o que este país perdeu nessa transição? – Outro golpe. – Agora os pais nunca mais ficam em casa, porque toda família precisa de dois contracheques. A maioria dos casais se separa por puro *capricho*. De uma hora pra outra, a *independência* de uma mulher virou sinônimo de sua *liberação da monogamia*. E, como nós dois sabemos, é mais fácil fazer um aborto do que comprar sapatos novos. – Mais uma cintada. – Era *óbvio* que isso ia acabar se refletindo nos colégios. E o que *detonou* essa revolução? A Guerra do Vietnã. A morte da inocência de nossos pais foi o aborto da nossa. Eu e você somos *produtos* da guerra deles. Nunca tivemos *chance alguma*, porra.

Trevor esfregou o rosto ensangüentado de Brett contra a vagina de Quinn, a poucos centímetros de onde Mickey Branquelo ainda metia em seu ânus despedaçado.

– Você violou as regras, Hunter. Você começou a se *importar* com ela.

Silêncio.

– Ele me contou tudo, Brett. É verdade que você deixou a Ashley sozinha na clínica de aborto?

– *Deixei ela sozinha?* – Brett tossiu sangue. – Claro que *não*. Por Deus, Max, eu... olha só, a gente comeu ela ao mesmo tempo, tá bom? Rolaram todas as combinações heterossexuais que você pode imaginar. Nenhum de nós dois sabia quem tinha engravidado a Ashley, e não tinha muito sentido fazer um teste de DNA porque ela queria mesmo abortar. Aí, a gente combinou que ia dividir os custos, metade pra cada um: eu ia pagar trezentos, ele ia pagar trezentos, mas o Trevor nunca apareceu com o dinheiro. E pra ele essa grana é só uns trocados, né?

– Mas então por que ele queria sacanear você?

– Bem, essa é a parte meio engraçada da história. Por algum motivo, o Trevor gosta de tirar fotos das garotas que ele fode. Aí, ele me fez tirar umas fotos dele comendo a Ash, depois tirou umas fotos minhas comendo ela, e depois a gente deixou a câmera tirando fotos automáticas de nós três.

– Vocês tiraram suas próprias *fotos de putaria?*

– É, eu... eu meio que... é, eu meio que copiei algumas das fotos pro meu celular. Quando o Trevor não deu a grana do aborto, mandei as fotos pelo correio pra mãe dele, que tá internada num hospício da Califórnia.

– Você tá *brincando*, né? *Você mandou pra mãe do Trevor fotos de vocês dois transando com a mesma garota?*

– Ah, meu bom Deus, isso não foi completamente doente? – Brett se agachou no chão de tanto rir. – Ai, meu Deus, acho que isso foi a coisa mais genial que eu fiz em toda a minha vida.

– Então, foi por isso que ele começou a sair com a Quinn? Pra se vingar de você?

– Eu nem faço *idéia* do tipo de bosta mórbida que ele tem na cabeça... mas agora acabou de vez. Estou me exilando deste reino.

– Como assim, acabou de vez? E a Julia?

– Agora a gente vai ser só amigos, tá bom? Por sua causa.

– Ah... Desculpa mesmo por ter dito que odiava você.

– Você sabe que eu nunca sacaneei a Julia, né? Nunca teve nada a ver com sexo, acredite em mim. Pelo amor de Deus, Max. A gente saiu dois dias seguidos e só deu *um* beijo na boca. Eu já comi 37 garotas, três em *um só dia*, no verão passado, e não amei nenhuma delas. Com a Julia foi diferente.

– E a Quinn? Você não amava ela?

– Na primeira vez que a gente transou, eu disse isso pra ela. Aí ela me respondeu que os adolescentes sempre acham que estão amando alguém, mas que isso nunca é verdade porque são só reações químicas no nosso cérebro... Olha aqui, Max, sexo não quer dizer *nada*, tá bom? Foi isso que eu tentei explicar depois que você transou com a Ashley, mas você não quis me ouvir. Não *importa* se todo mundo tá comendo todo mundo, e também não importa se ninguém lembra do nome de ninguém, porque o verdadeiro problema não está nas *pessoas* trepando. O problema é que, no fundo, todo mundo quer ser amado, só que ninguém acredita mais que o amor *exista*. Lembra quando eu usava camisetas do Bad Religion e ficava xingando todo mundo que usava roupas da Pike & Crew? Bom, aí eu descobri que as garotas só ficam com caras que estão usando roupas com essa marca no peito. Daqui a dez anos, ninguém mais vai estar usando Pike & Crew, vai existir *outra* marca pra ajudar os adolescentes a desistirem de tudo que os faz tão especiais, porque as pessoas morrem de medo de si mesmas.

– Sério, Brett, você tá legal? – perguntou Max. – Você tá parecendo meio louco.

– Sabe qual é a maior merda, cara? Quando meu irmão viajou pra ir pra faculdade, teve que deixar pra trás a namorada dele, saca? E eles decidiram continuar juntos até ele voltar nas férias de inverno. Mas, no meio do semestre, ela ligou pro meu irmão e disse que queria ter uma relação aberta. Na primeira vez que ele a encontrou depois de voltar pra casa – numa festa de ano-novo no Hillside, ela trepou com um cara de 27 anos na cama da própria avó. E ela nem conhecia o cara antes daquela noite. Aí, meu irmão pegou o carro, foi pro Mirante e continuou acelerando até desabar de lá e quebrar todos os ossos do corpo. Todos os jornais e canais de TV disseram que não iam noticiar aquilo, pra não encorajar outras pessoas a cometerem suicídio. Meus pais nunca falam sobre isso, nem eu. Meu irmão continua em coma no mesmo hospital onde a Ashley tá ficando louca de vez e sei lá, cara, acho que tô começando a me sentir do mesmo jeito que ele se sentiu quando foi embora daquela merda de festa de ano-novo.

– Do que você tá falando, Brett? Seu irmão tá...

– O que você acha? – Sem camisa, Brett cambaleou até ficar de pé e foi tropeçando até o elevador. – Quer dar uma última volta?

– Só um segundo, tá? – Max abriu a porta do apartamento. – Acho que deixei meu blusão no sofá.

Quando voltou, Brett já tinha ido embora.

– Onde é que você *pensa* que vai, meu camaradinha? – Trevor cravou a mão no ombro de Max. – Ninguém lhe deu permissão pra ir embora.

– Você encheu o Brett de porrada – disse Max. – *Você machucou meu melhor amigo*.

– Você simplesmente não tem noção, Brant. Olha, a gente ainda vai dar aquela voltinha.

– *Você machucou o Brett, Trevor. Não vou pra lugar nenhum com você.*

– Sem dúvida o Hunter contou pra você o que aconteceu naquele quarto. – Trevor agarrou a orelha de Max e puxou-o até o elevador. – Sendo assim, você será neutralizado.

– *Neutralizado?* Como *assim*? Ai, meu Deus, pra onde foi o Brett?

O elevador abriu suas portas na garagem subterrânea. Trevor arrastou Max pela garagem e destrancou a BMW.

– Vamos encontrar um amigo meu, um cara especial – disse Trevor. – E aí, depois você vai pra casa.

– Você não vai me machucar, né? Você não vai me *matar*, né?

Trevor empurrou Max no banco do carona e assumiu seu lugar ao volante.

– Você é mais parecido com o Hunter do que imagina, Brant. – Trevor tirou a BMW da garagem. – Claro, o Hunter sabe como convencer as garotas a engolirem a porra dele diariamente, mas no fundo vocês dois são covardes demais pra agarrarem o que desejam quando essa coisa tá bem na sua frente.

– *Você nem conhece o Brett direito.* Vocês só transaram com a mesma *garota. Eu* também transei com ela e nem por isso você me conhece, então *pára de falar.*

– Pelo amor de Deus, Max, não vou matar você. – Trevor conduziu a BMW pela rua encharcada. – Vou só encostar uma navalha na sua garganta e forçar você a tomar um frasco inteirinho de gamahidroxibutirato. Você vai perder a consciência por umas oito ou dez horas e depois não vai lembrar de nada. Quando acordar de manhã, vai estar pronto pra outra.

– Dá pra ir mais devagar? – Max tentou abrir a porta do carona. – Você tá muito acima do limite de velocidade.

– Trancas de segurança, Max. Elas não abrem quando o automóvel está em movimento. – Trevor acelerou ainda mais a BMW, avançando em meio à força das pancadas da chuva. – Mas você não quer cair na calçada nessa velocidade, né?

– Não... – Max começou a chorar.

– Eu e esse meu amigo especial temos um combinado interessante. – Trevor forçou um sorriso. – Ele me consegue GHB e, em troca, eu tiro fotos e faço vídeos de garotas menores de idade sendo fodidas em todos os buracos, até sangrar. Ele vende essas imagens pela internet pra pervertidos do mundo todo e a gente divide os lucros meio a meio. Claro, daqui a 15 minutos você não vai lembrar de nada disso, então posso revelar esse segredo sem me preocupar, né?

– Mas por que você precisa dessa droga? Por que você simplesmente não transa com garotas sóbrias? Vai me dizer que a Quinn não teria transado com você de qualquer jeito?

– Meu Deus do céu, Max, e por acaso isso *importa*? – riu Trevor.

– Essa é a *melhor coisa* de foder essas putinhas burras de colégio. Você disse que comeu a Ashley, não foi? Não foi? Bem, aposto que *ela* não tava sóbria quando você meteu naquela buceta molhada, *não é*?

– Eu... eu também tava bêbado, se isso faz diferença.

– Ela era *todinha* sua, Max. Tava completamente *vulnerável*. Aí, você tirou *vantagem* disso simplesmente porque *tava a fim*. Você seduziu ela do jeito mais *humilhante* que existe, caralho, e sabe muito bem que adorou *cada segundo disso*.

– *Não foi assim, Trevor. Não foi assim.*

– Você sabe que adorou comer ela desse jeito, Max. Não finja que mentir pra mim muda alguma coisa. E, sinceramente, eu sou apenas uma versão *levemente* exagerada de você, do Hunter e de todo mundo que já comeu uma vagabunda do tipinho da Ashley Iverson.

– *Pelo amor de Deus, Trevor. Vai mais devagar.* – Max se agarrou no encosto de couro enquanto a BMW entrou à toda em um cruzamento a cento e cinqüenta por hora. – Você tá *sóbrio*, né? Quer dizer, você tá *sóbrio* o bastante pra dirigir e tal, né?

– Relaxa, Brant. Se você deixar de paranóia, tudo fica numa boa.

O sinal ficou vermelho.

– Sim...? Em... em que posso ajudar, minha jovem? – Com os dedos trêmulos, a Sra. Hunter abriu a porta de casa. – Não é meio tarde para estar batendo de porta em porta, especialmente com esse tempo?

– Ah, desculpa. Desculpa mesmo. O Brett tá em casa? – Julia olhou da Sra. Hunter para a ambulância branca e para as cinco viaturas policiais estacionadas na entrada da garagem. – Ou?...

– Seu *psicótico* babaca, seu filho de uma puta. – Max se inclinou ao lado da carcaça demolida e fumegante da BMW e apertou o nariz para estancar o sangramento. – Vai dizer que você *não* viu aquele

carro enorme vindo *bem na nossa direção?* Vai dizer que não *percebeu* que a gente *cruzou o sinal amarelo a cento e cinqüenta quilômetros por hora?!*
— Sim! *Claro* que eu sabia disso, seu merdinha, óbvio. — Trevor desabou no asfalto e cobriu com as duas mãos seu rosto encharcado de chuva. — Pelo menos a gente ainda tá *vivo*, Brant. Pelo menos a gente não *morreu* nem ficou *paralítico* nem... onde é que você *pensa* que vai?
— Pra casa, Trevor. Boa sorte ao tentar não ser preso pelos policiais.

— Ai, meu Deus, não vai doer. — Julia estava sentada sobre a grade de aço no terraço do edifício. — Só vai levar uns segundos e aí posso morrer e se Deus existir vou estar de novo com o Brett e se não existir tudo bem, porque ainda vou estar morta e só vai levar uns segundos e provavelmente nem vai doer e se doer tudo bem, porque eu fiz o Brett morrer e mereço isso e tô me sentindo tão mal e ai meu Deus como me arrependo como me arrependo como como como como como como me arrependo.

Lá embaixo, um táxi alaranjado estacionou no meio-fio.
— Max...? É... é o...? *Max! Max! Aqui em cima! No terraço!*
— *Julia? Por que você tá sentada na beira da grade?* — Visivelmente dolorido, Max saiu do táxi e estendeu uma nota de vinte dólares para o motorista. — Fica aí, tá bom? Já tô subindo.

Dez minutos mais tarde, Max chegou no terraço. Mancou até a metade do caminho da grade e sucumbiu à exaustão. Julia desceu da grade e o tomou em seus braços.

— Olha, eu tava errado, tá? — Max sussurrou. — Se é o Brett que faz você feliz, então isso também me faz feliz. Desculpa por forçar você a escolher um de nós dois. Tô me sentindo mal por ter dito que odiava ele, porque isso não é verdade, e tudo que eu quero é que tudo fique bem de novo, como era antes.

— Pára de falar, Max, pelo amor de Deus! — Julia tentou respirar em meio aos soluços. — Sabia que os adultos chamam isso de angústia adolescente? Quando a gente se apaixona e sofre alguma decepção ou quando não gosta do jeito que o mundo é ou quando

não sabe mais como ser a gente mesmo, eles chamam isso de angústia adolescente porque querem fingir que crescer não foi dolorido. Eles não querem lembrar, então chamam isso de angústia adolescente e se tornam insensíveis pra vida e esquecem que crescer dói *tanto, mas tanto*, e pra algumas pessoas simplesmente dói demais. Algumas pessoas simplesmente se despedaçam.
– Julia? O que... o que houve?
– Me abraça, Max. Eu conto pra você.

ESTATÍSTICAS VADIAS

63%
Porcentagem de suicídios de adolescentes nos quais a vítima morava com apenas um dos pais.
[Fonte: FBI.]

500.000
Número de adolescentes americanos que tentam o suicídio a cada ano.
[Fonte: Universidade de Colúmbia.]

8%
Porcentagem de adolescentes que tentam o suicídio anualmente.
[Fonte: Centros Nacionais de Controle e Prevenção de Doenças.]

90%
Porcentagem de pais que imaginam ser capazes de perceber que seu filho está dando sinais de ideação suicida.
[Fonte: *The Washington Post*/Positive Action for Teen Health.]

Americanos de 15 a 24 anos que cometeram suicídio em 1999: **3.901**
Americanos vivos que tentaram o suicídio pelo menos uma vez: **5.000.000**
Grupo etário com o maior crescimento na taxa de suicídios (tentativa ou sucesso): **10 a 14 anos**
[Fonte: Associação Americana de Suicidologia.]

"Jacksonville, FL — Quatro jovens foram presos na segunda-feira, acusados de violência sexual contra uma garota de um ginásio no noroeste de Jacksonville. A polícia afirma que uma estudante de 12 anos da escola Eugene Butler atrasou-se para a aula e estava indo para a secretaria requisitar um passe quando foi arrastada para dentro do banheiro por um dos garotos. Ela declarou que um deles a estuprou e os outros três a forçaram a praticar sexo oral. (...) De acordo com a polícia, dois dos garotos têm 12 anos, um tem 13 e o outro, 14. Por serem menores, seus nomes não foram revelados. A polícia afirma que os garotos admitiram seus papéis no ataque."
— WKMG-TV (UMA EMPRESA DO *WASHINGTON POST*), 2 DE ABRIL DE 2003.

"LOS ANGELES — Três colegas de colégio, acusados de abusar sexualmente de uma aluna da UCLA durante uma excursão ao *campus* da universidade promovida por sua escola, declararam-se inocentes da acusação de estupro. Os adolescentes são alunos do colégio Carson, ao sul de Los Angeles, e visitavam o *campus* na companhia de vários colegas e um orientador no dia 5 de dezembro, quando, de acordo com a polícia, abandonaram o grupo e supostamente atacaram o dormitório da estudante da UCLA. Na sexta-feira foi decretada a prisão preventiva dos três garotos, com idades entre 16 e 17 anos, até a audiência do dia 26 de dezembro. (...) Um dos garotos, de 17 anos, declarou-se inocente da acusação de violência sexual por alegar ter atacado outra ocupante do alojamento naquele mesmo dia."
— *THE ASSOCIATED PRESS*, 14 DE DEZEMBRO DE 2002.

"Quem pode nos culpar por nossa paranóia, por estarmos mortos por dentro? É mais fácil tentar não ter alma. Nunca me apaixonei. Assim, me protejo de um tipo de dor e, ao mesmo tempo, fico suscetível a outro."
— AMY T., 19, ANNAPOLIS, MARYLAND.

"Com suas mansões de seiscentos mil dólares e seus jardins elaborados, o bairro de Bethesda apresenta um contraponto sereno à violência que supostamente ocorreu por lá este mês: o abuso sexual de uma 'profissional do sexo' por três alunos do colégio Walt Whitman. De acordo com a polícia de Montgomery County, os estudantes atraíram a garota até uma casa, afirmando desejarem produzir um filme pornográfico. Os três estudantes – de 14, 15 e 19 anos – faltaram à escola na manhã do dia 8 de novembro e atraíram a mulher de 25 anos, ligada a um serviço de acompanhantes, até a casa de um deles em Bethesda. Quando a mulher chegou, de acordo com a polícia, os rapazes a espancaram com um bastão de beisebol, tentaram tapar sua boca com um pano que tinha 'cheiro de remédio' e abusaram sexualmente dela com o bastão de beisebol e outro objeto. A polícia afirma que os estudantes obtiveram o telefone da mulher a partir de um anúncio na Internet e disseram a ela que eram produtores de filmes pornográficos interessados em contratá-la."
– *THE WASHINGTON POST*, 17 DE NOVEMBRO DE 2002.

"New Orleans – Atiradores armados com um rifle AK-47 e um revólver abriram fogo contra um ginásio cheio de estudantes, matando um jovem de 15 anos e ferindo três garotas adolescentes. Mais de trinta tiros foram disparados, fazendo os estudantes correrem desesperados em busca de abrigo. Quatro suspeitos, com idades entre 15 e 19 anos, foram presos durante uma revista da área próxima ao colégio John McDonogh."
– *THE ASSOCIATED PRESS*, 15 DE ABRIL DE 2003.

"Fontes policiais informaram que uma garota de Rockville, de 12 anos, foi acusada ontem pelo assassinato de seu irmão de 15 anos, que foi esfaqueado depois de discutir com a irmã sobre quem teria direito a assistir à televisão. De acordo com os policiais, a garota esfaqueou o irmão diretamente no coração com uma faca de carne na noite de quinta-feira."
– *THE WASHINGTON POST*, 8 DE MARÇO DE 2003.

"Walker, MN – A polícia informou que os dois garotos de 16 anos acusados de matar um homem cego em Minnesota provavelmente estavam bêbados ao golpeá-lo com o cabo de um machado. (...) [O homem] foi declarado morto ao chegar ao hospital. De acordo com o laudo criminal, sua cabeça estava coberta por cortes profundos e escoriações."
– *THE ASSOCIATED PRESS*, 3 DE DEZEMBRO DE 2002.

"Riverside, CA — Na última segunda-feira, as autoridades declararam que dois rapazes mataram a própria mãe e tentaram encobrir o crime decepando sua cabeça e suas mãos, como haviam visto no programa de TV *Família Soprano*. Jason Bautista, 20, e seu meio-irmão de 15 anos, que não foi identificado por ser menor de idade, tiveram prisão preventiva decretada no fim de semana, enquanto o assassinato é investigado, afirmou o xerife Michael Carona. (...) 'Não consigo imaginar que motivo alguém teria para matar a própria mãe', Carona declarou."
— *THE ASSOCIATED PRESS*, 27 DE JANEIRO DE 2003.

"Algo que começou quando diversos adolescentes (entre 13 e 14 anos) resolveram atormentar um deficiente mental no saguão de seu edifício em Hartford, na tarde de sábado, acabou se tornando num ataque que terminou com a morte do homem, de acordo com dois homens que assistiram a uma gravação em vídeo do incidente. Os homens afirmaram que um dos garotos usou de tanta força ao atirar uma garrafa de refrigerante cheia na cabeça de Ricky Whistnant, que o homem de 39 anos desabou no chão e bateu a cabeça na parede durante a queda. Os adolescentes cercaram Whistnant e o encheram de pontapés. Em seguida, conforme relataram o superintendente do edifício e o subgerente, os jovens abriram mais garrafas de refrigerante e derramaram o conteúdo sobre o corpo imóvel do deficiente."
— *THE HARTFORD COURANT*, 7 DE ABRIL DE 2003.

"Pensacola, FL — Na última terça-feira, um juiz anunciou que dois irmãos radicados na Flórida cumprirão sentenças na penitenciária estadual depois de admitirem a culpa do assassinato do próprio pai com um bastão de beisebol. Derek King, 14, passará oito anos na penitenciária, enquanto seu irmão Alex, 13, ficará preso por sete anos. (...) Em uma declaração incluída em sua alegação de defesa, Derek King, 14, admitiu matar o próprio pai seguindo uma sugestão de seu irmão de 13 anos. 'Matei meu pai com um bastão de beisebol de alumínio e depois ateei fogo na casa, começando pelo quarto dele', afirmou Derek na declaração."
— CNN, 14 DE NOVEMBRO DE 2002.

"Charlotte, NC – No último dia de 1999, o deficiente físico Edward Henry Mingo, 30, foi esfaqueado repetidas vezes no peito e nas costas e teve sua cabeça esmagada com um martelo. Uma semana depois, a polícia fez outra revelação perturbadora: dois garotos, de 14 e 15 anos, foram indiciados pelo crime. ... O assassinato chocou os duzentos moradores do edifício na West Tenth Street, um complexo habitacional público para idosos e deficientes."
— *THE CHARLOTTE OBSERVER*, 27 DE JUNHO DE 2000.

"Lake Worth, FL – A polícia afirma que o garoto de 13 anos suspeito de ter abatido a tiros um professor de uma escola ginasial da Flórida disse a um colega no dia do crime que apareceria 'em todos os noticiários'. Mas os pais de Nathaniel Brazill, um destacado estudante da sétima série, acreditam que a morte do professor Barry Grunow no dia 26 de maio foi acidental. 'Ele adorava o Sr. Grunow. Eram grandes amigos', declarou a mãe do garoto, Polly Powell. 'Ninguém atira em um grande amigo'."
— CNN, 4 DE MAIO DE 2001.

"Ellicott City, MD – Um adolescente foi indiciado na última quinta-feira por homicídio doloso ao alegar ter matado um rival romântico ao colocar cianureto em seu refrigerante. A polícia afirma que Ryan Furlough, 18, misturou o veneno à bebida do amigo enquanto jogavam videogame no porão da casa de Furlough em Ellicott City, subúrbio de Baltimore."
— *THE ASSOCIATED PRESS*, 9 DE JANEIRO DE 2002.

"Filadélfia, MS – Na sexta-feira, um júri declarou Luke Woodham, 17, culpado pelo assassinato de sua mãe no outono passado. Os promotores acusaram o adolescente de esfaquear e espancar Mary Woodham, 51, no dia primeiro de outubro e, em seguida, atacar o colégio Pearl, onde deu início a um tiroteio que matou dois colegas e feriu vários outros. (...) Em lágrimas, Woodham testemunhou na quinta-feira não lembrar de ter esfaqueado sua mãe até a morte com uma faca de açougueiro. (...) 'Só fechei os olhos e fiquei lutando comigo mesmo, porque não queria fazer nada daquilo', afirmou. 'Quando abri os olhos, minha mãe estava morta, deitada na cama'."
— CNN, 5 DE JUNHO DE 1998.

"Bartow, FL — O destino de um garoto de 15 anos acusado de matar sua vizinha de 8 anos — e depois esconder o corpo debaixo da cama — foi transferido para as mãos de um júri na última quinta-feira, depois que seu advogado fez um apelo de última hora para tentar uma condenação por homicídio culposo. (...) O promotor Harry Shorstein afirmou que o garoto é culpado de 'três ataques cruéis', nos quais golpeou a menina com uma bastão de beisebol, degolou-a e em seguida esfaqueou-a repetidaz vezes antes de esconder o cadáver sob sua cama d'água no apartamento de seus pais em Jacksonville, na Flórida, em 3 de novembro de 1998."
— CNN, 8 DE JULHO DE 1999.

"Tom's River, NJ — Um adolescente foi condenado à prisão perpétua na última sexta-feira pelo roubo de um automóvel com agravante de assassinato. A vítima foi uma professora, que conseguiu gravar secretamente o ataque e suas tentativas desesperadas de implorar clemência. Michael LaSane, 17, não terá direito à condicional por 30 anos. Em 27 de janeiro, ele admitiu ser julgado por homicídio pela morte de Kathleen Weinstein, 45. (...) LaSane disse que prendeu os pulsos da professora aos tornozelos usando fita vedante e... asfixiou-a por temer que uma equipe de operários próxima do local ouvisse seus gritos. Antes de ser morta, Weinstein conseguiu ligar um minigravador escondido. Uma conversa de 46 minutos foi gravada, na qual pode-se ouvir Weinstein chorando, implorando por sua vida e tentando fazer seu agressor perceber os problemas que teria de enfrentar caso não a poupasse."
— CNN, 28 DE FEVEREIRO DE 1997.

UMA CARTA PARA ANDY WILLIAMS, ASSASSINO DE 15 ANOS DE IDADE

"Não me importo de morrer no tiroteio, tudo que eu quero é matar e ferir o maior número de vocês, seus escrotos. (...) Acho bom vocês todos se esconderem em suas casinhas, porque logo vou chegar pra pegar TODO MUNDO e vou estar armado até os dentes e vou atirar pra matar e VOU MATAR TODO MUNDO. (...) Vocês tinham meu telefone, eu até pedi e tudo, mas não não não não não, ninguém pode convidar o Eric, ele é esquisito. (...) Eu sou a lei, e se você não gostar disso, vai morrer. Se eu não gosto de você ou se eu não gostar do que você quer que eu faça, você vai morrer. (...) Não tenho remorso algum, não sinto nenhum tipo de vergonha."

— ESCRITO NO DIÁRIO DE ERIC HARRIS, 18, POUCOS DIAS ANTES DE ELE E DYLAN KLEBOLD, 17, MATAREM 12 COLEGAS E UM PROFESSOR E DEPOIS SE SUICIDAREM NA BIBLIOTECA DO COLÉGIO COLUMBINE, EM LITTLETON, COLORADO, NO DIA 20 DE ABRIL DE 1999.

"Columbine é um bom lugar, um lugar decente, com exceção dessas ovelhas negras. (...) Sim, a gente pegava no pé deles. Mas o que eles esperavam que acontecesse ao aparecerem na escola com cortes de cabelo esquisitos e chapéus com chifres? Não são só os esportistas; ninguém na escola gostava deles. São um bando de bichas. (...) Se você quer se livrar de alguém, é normal pegar no pé dessa pessoa. Por isso, a escola inteira chamava eles de bichas."

— EVAN TODD, DE 115 QUILOS, JOGADOR DO TIME DE FUTEBOL AMERICANO DO COLÉGIO COLUMBINE, EM UMA ENTREVISTA PUBLICADA EM 20 DE DEZEMBRO DE 1999 NA REVISTA *TIME*.

---

11 de março de 2001

Eles chamaram você de veado, Andy. Apagaram cigarros na sua nuca. Roubaram e quebraram o skate que você ganhou do seu pai quando fez 15 anos. Chutaram você atrás das lixeiras até que admitisse ser uma bicha. Golpearam você com toalhas molhadas no vestiário e encheram seu corpo de marcas. Forçaram você a buscar drogas para eles, "porque se você for pego, é só um zé-ninguém". Espancaram você diariamente – algumas vezes batendo seu rosto contra uma árvore – e roubaram seu dinheiro do almoço. Certa vez eles o imobilizaram, encharcaram sua roupa de laquê e atearam fogo em você com um isqueiro Zippo. E, é claro, disseram que não revidar transformava você em "uma bicha e um cagalhão", então que diabo, Andy:

"Santee, CA – Um garoto de 15 anos que costumava ser atormentado pelos colegas e comentara que reagiria a tiros supostamente abriu fogo no

banheiro de um colégio, matando duas pessoas e ferindo 13, no incidente escolar com maior número de fatalidades desde Columbine. Um aluno afirmou que o garoto, um calouro, sorria enquanto atirava com sua pistola dentro do colégio Santana, em um subúrbio de classe média em San Diego. O estudante rendeu-se no banheiro, largou sua arma e afirmou que estava agindo sozinho, dizendo 'sou só eu' aos policiais. (...) Os alunos mortos foram identificados como Bryan Zuckor, 14, e Randy Gordon, 15."
— *THE ASSOCIATED PRESS*, 6 DE MARÇO DE 2001.

Você atirou quase trinta vezes, afirmou a polícia, matando dois garotos e mandando mais de dez outros ao hospital, isso sem contar um segurança da escola. Seus amigos e sua família não perceberam que isso aconteceria, mesmo que você tenha dado diversos sinais.

NEIL O'GRADY, 15, ao *New York Times*: "Ele contou que ia levar uma arma para a escola... mas a gente achou que ele só estava brincando. Ficamos dizendo 'até parece' e tal".

JOSHUA STEVENS, 15, ao *New York Times*: "Ele tinha tudo planejado, mas quando o fim de semana estava terminando ele falou que só estava brincando e que não ia fazer aquilo de verdade. 'Acho bom mesmo', eu disse. E aí ele respondeu: 'Não vou não, sério'".

Seu pai, divorciado de sua mãe a maior parte de sua vida, ficou chocado. "Simples palavras não poderiam expressar a tristeza que sinto pelas famílias", afirmou, contendo as lágrimas em uma coletiva de imprensa. "Gostaria de expressar minhas condolências e minha solidariedade a todos os envolvidos".

Os repórteres assediaram sua mãe em casa. Sem abrir a porta, ela disse, chorando: "Ele está perdido. Não tem mais futuro".

Seu futuro, enquanto um adolescente normal, realmente não existe mais. Por outro lado, seu futuro enquanto novo símbolo midiático de mártir dos adolescentes suburbanos renegados e cheios de indignação parece bem fértil no momento:

"Durante os próximos dias, esta nação irá encarar novamente a fotografia de um adolescente miúdo, de aparência confusa, tentando compreender o insondável — como Charles Andrew Williams, 15, pôde abrir fogo contra seus colegas, matando dois deles e ferindo 13 outras pessoas. Continuaremos encarando essas fotografias enquanto as explicações das autoridades e dos especialistas começaram a surgir de todos os lados. Escutaremos

psicólogos traçando perfis elaborados de jovens solitários e desajustados, de depressões adolescentes e explosões emocionais."
— *NEWSDAY*, 8 DE MARÇO DE 2001.

"Por ter renovado em todo o país a atenção dada aos garotos retraídos e confusos que vivem à espreita em nossas escolas, engolindo seus rancores e cultivando demônios violentos, e ter nos forçado a questionamentos terrivelmente familiares e desagradáveis a respeito de nossa obsessão nacional com a violência, Charles 'Andy' Williams é nossa escolha de personagem da semana. (...) Quando apareceu no tribunal na última quarta-feira, estava sozinho — nem sua mãe, que vive na Carolina do Sul, nem seu pai compareceram à audiência. Está bem claro que este garoto está lidando com o mundo na completa ausência daquela rede de segurança conhecida pelo nome 'família'."
— *TIME*, 8 DE MARÇO DE 2001.

E isso é o mais fascinante a seu respeito, Andy. Você é um coitado, um infeliz, e sua vida deve ter sido uma grande porcaria desde sempre, mas *você não é louco*. Já Eric Harris e Dylan Klebold, bem, *esses* aí eram *completamente loucos*.

"Exterminar a humanidade", escreveu Harris em seu diário meses antes do massacre de Columbine, adicionando alegremente: "Ninguém deverá sobreviver" e "Depois que eu passar a foice em toda uma área cheia de merdinhas ricos esnobes filhos-da-puta histéricos inúteis que pensam que são deuses, não me importo de morrer".

Mas você é diferente, Andy. Você é só um garotinho com quem passaram dos limites e que encontrou meios de retaliar. Você era só um garotinho que se tornou um maldito animal selvagem.

JESSICA MOORE, 15, à *Associated Press*: "Pegavam no pé dele a toda hora. Pegavam no pé dele porque ele era um dos caras mais magrelos. Chamavam ele de aberração, de CDF, de *nerd* – desse *tipo* de coisa".

NEIL O'GRADY, à *Associated Press*: "O pessoal acha que ele é retardado".

Agora sua comunidade está ferida, Andy. Suas duas vítimas tinham sonhos e esperanças. Gordon teria se alistado na marinha depois de se formar, e Zuckor queria cursar medicina ou se tornar um dublê em Hollywood.

"Dublê ou médico", observou a diretora do colégio Santana, Karen Degischer, no funeral de Zuckor. "Como é bela a juventude, um período em que você pode imaginar que pode se tornar ou um ou outro, ou até mesmo ambos."

E você conseguiu se vingar, Andy? Conseguiu dar à cidade de Santee, na Califórnia, o que ela fez por merecer?

"Esse garoto tinha muita raiva", comentou o procurador distrital de San Diego, Paul Pfingst, logo depois que você foi preso. "Não sei de quem ou do quê. Mas esse garoto estava completamente furioso."

Claro, é bem provável que Pfingst nunca entenderia que não faltam motivos para enfurecer um adolescente americano nos dias de hoje: nossa geração valoriza a aparência, os sucessos esportivos e as conquistas sexuais acima de qualquer coisa que tenha substância, e todos aqueles de nós que não se ajustam a tal padrão são rotineiramente excluídos e ridicularizados por sermos diferentes. Mas a raiva, Andy, mesmo quando justificada, *precisa* ser controlada e direcionada para outras coisas, ou inevitavelmente acaba se tornando apenas loucura, vingança sem sentido. Ou – para dizer o óbvio – inevitavelmente acaba se tornando *você*.

JOHN SCHARDT, 17, à *Associated Press*: "Quando olhei para o garoto, ele estava sorrindo e atirando. As pessoas tentavam se proteger. Era um caos completo."

SHANNON DURRETT, 15, à *Associated Press*: "Nunca imaginei que o Andy faria isso. Ele gostava de andar de skate e de sair com seus amigos skatistas. (...) Era um cara legal e engraçado; alguém que nunca faria uma coisa dessas."

Andy, é possível que você tenha levado a arma de seu pai para a escola na última segunda-feira para dar um recado para todos os carinhas que são ameaçados, ridicularizados e surrados a todo momento, sem motivo algum. Ora, pode até ser que no fundo do seu coração você acreditasse que poderia melhorar a vida de todos os párias juvenis ao provar de uma vez por todas que é possível passar dos limites com os garotos que não sabem dançar. Mas a verdade é que tudo que você fez foi tornar as pessoas ainda *mais* desconfiadas dos estudantes renegados, o que fatalmente irá gerar mais perseguições. Você não é salvador algum, Charles Andrew Williams. Você é simplesmente um assassino patético, e este cara de 18 anos aqui não consegue encontrar motivo algum para ter pena de você.

Sinceramente,
Marty Beckerman

"El Cajon, Ca – O adolescente que matou dois estudantes e feriu outros 13 durante um tiroteio em sua escola no ano passado recebeu na quinta-feira uma sentença de cinqüenta anos, com possibilidade de ampliação para prisão perpétua. Em lágrimas, o garoto pediu desculpas pelos crimes cometidos. Charles 'Andy' Williams não explicou por que usou a arma do pai para abrir fogo contra seus colegas do colégio Santana, localizado em Santee, no dia 5 de março de 2001, mas afirmou estar 'terrivelmente arrependido de tudo que aconteceu. (...) Se eu pudesse voltar àquele dia, nunca teria saído da cama', disse o jovem de 16 anos, com a voz trêmula."
– *THE ASSOCIATED PRESS*, 15 DE AGOSTO DE 2002.

"Houston – Uma professora de uma escola particular de Pasadena, acusada de abusar sexualmente de um garoto de 13 anos, compareceu na segunda-feira em um tribunal de Houston. Os investigadores informaram ao *News2Houston* que Lisa Zuniga, 27, teve relações sexuais com um aluno de quem está provavelmente grávida de seis meses. (...) Zuniga trabalhou por dois anos na Victoria Academy. Trata-se de uma escola particular católica que ministra um programa de educação cristã gradual. 'O garoto de 13 anos é uma criança e, sendo assim, não pode ter consentido', afirmou o sargento Tim Moon. 'Só posso imaginar que o garoto foi seduzido por esta mulher mais velha. Ela se aproveitou dele'."
– *THE MSNBC*, 4 DE NOVEMBRO DE 2002.

"A ex-aluna de um professor de uma banda escolar afirmou que ele manteve relações sexuais com ela em duas ocasiões diferentes. John Perry Dornbush, de Hidalgo (Texas), recebeu três acusações de pedofilia por incidentes envolvendo duas garotas. Sua sentença pode chegar a 20 anos de prisão e uma multa de dez mil dólares. A mulher não-identificada, de 19 anos, testemunhou na terça-feira que Dornbusch levou-a a um motel na companhia de outra garota em dezembro de 2000. Ela afirmou que Dornbusch foi para a cama com sua amiga e mais tarde fez sexo oral nela. A mulher declarou também que Dornbusch fez sexo oral nela dentro de um depósito, em julho de 2000."
— *THE ASSOCIATED PRESS*, 27 DE JULHO DE 2002.

"Kent, WA — Uma ex-professora que teve relações sexuais com um aluno de sexta série e mais tarde deu à luz seu filho foi condenada a seis meses de prisão na última sexta-feira. Mary Kay LeTourneau, 35, declarou-se culpada em agosto por duas acusações de estupro infantil de segundo grau. Enquanto aguardava julgamento, tendo cumprido cem dias da sentença (...) 'Por favor, me ajudem', pediu. 'Ajudem-nos a todos'."
— CNN, 14 DE NOVEMBRO DE 1997.

QUARTA

QUARTA

"Bom dia, este é um boletim especial do News Six. Trevor Thompson, de 17 anos, estudante da escola secundária Kapkovian Pacific e autor de renome local, foi preso nesta madrugada, acusado de dirigir embriagado, portar uma substância ilegal, cometer sodomia forçada e produzir pornografia infantil com intenções de distribuição. As autoridades afirmam que Thompson foi preso logo após um acidente automobilístico causado quando sua BMW 2003 invadiu um cruzamento a quase cento e cinqüenta quilômetros por hora. De acordo com fontes policiais, o nível de álcool no sangue de Thompson superava os limites estabelecidos por lei, e uma revista em seu apartamento revelou em seu interior mais de 85 alunos da Kapkovian Pacific participando de uma festa regada a álcool. Os policiais surpreenderam nove estudantes do sexo masculino forçando relações sexuais com uma garota inconsciente de 16 anos – aluna do segundo ano na Kapkovian Pacific –, que foi levada imediatamente ao Centro Médico Grace Alliance para receber tratamento. Os nove estudantes – todos com idades entre 14 e 18 anos – estão sob custódia policial. Thompson continuará detido na unidade de triagem até ser formalmente acusado. Sua fiança está estimada em aproximadamente um milhão e meio de dólares, valor que representa 90% de seus bens. Quando o News Six entrou em contato com o editor de Thompson, um porta-voz explicou que seu contrato para diversos livros já fora cancelado. O agente literário de Thompson ainda não retornou nenhum dos telefonemas. O pai de Thompson, um executivo na AOL-Time Warner de Nova York, distribuiu um comunicado expressando sua solidariedade para com a garota de 16 anos e sua família. A mãe de Thompson, que reside em uma casa de repouso de Oceanside, na Califórnia, não pôde ser contatada. A vítima de abuso sexual continua em situação estável no Grace Alliance, embora um jovem de 21 anos, também encontrado inconsciente na festa, permaneça em estado crítico. Nem os diretores da Kapkovian Pacific nem *os responsáveis pelo conselho distrital de educação desejam se manifestar no momento. Este foi um boletim especial do* News Six. News Six: *o líder do noticiário local.*"

– Posso ajudá-lo, meu jovem? – perguntou a recepcionista da Ala Juvenil. – O horário de visitas é só a partir do meio-dia.

– Oh... – Max estendeu uma nota amassada de dez dólares que retirou do bolso. – Ashley Iverson?

– Pode guardar o dinheiro do seu almoço. – A recepcionista suspirou e abriu a lista de internos sobre sua mesa. – Se é assim tão importante para você... humm... senhor, não estou vendo ninguém com esse... oh... oh, puxa.

– O que foi? Tem alguma coisa errada?

– Ela foi transferida para a Unidade de Tratamento Intensivo. Deve ter recaído juntamente com os outros, ontem à noite. Que pena. Você não pode visitar ninguém na UTI a menos que seja um familiar de primeiro grau. Mas ela já deve ter sido transferida para a Recuperação, se Deus assim o quis.

– Dá pra visitar as pessoas na Recuperação?

– Pegue um desses mapinhas ali na parede. Eu mostro o caminho para você.

Max desceu dois andares de elevador e cruzou a passarela até a Ala de Recuperação. A recepcionista desta Ala estava virada de frente para a parede, digitando informações em um computador. Max escapuliu até o corredor e olhou para dentro dos dois quartos.

– Quem... quem é você? – Ashley estava deitada de barriga para cima, atada ao colchão do leito hospitalar. Ao seu lado havia uma comadre de aço.

– Ah... eu... eu sou o Max Brant. A gente meio que transou sexta à noite... Não sei se você lembra.

– O que aconteceu com meus amigos? Os médicos apareceram e me deram os remedinhos da alegria, mas não me contaram o que aconteceu. Eles morreram? Estão mortos? Estão *mortos*?

– Não... não sei. Do que você tá falando?

– Eles eram meus *amigos*. Eles tinham raspadinhas.

213

— Olha, Ashley, desde que... desde que o Brett me contou o que você fez com os remédios da sua mãe eu fiquei pensando se tinha alguma culpa nisso, e sei que perguntar isso é meio rude, mas, por favor, me explica por que você fez isso, pra que eu consiga parar de me odiar.

— *Por que eu fiz isso?* Foi a mesma coisa que o Brett perguntou. Por quê? Por quê? Por quê? Será que alguém *consegue* entender? Eu tô *triste*, tá bom? Não sei mais quem eu sou, porra. Às vezes, quando tô usando roupas da Pike & Crew, até acho que sei, mas no fundo continuo *triste*, *assustada* e *sozinha*, tá bom?

— Ah... então... então não tem nada a ver com sexta à noite?

— Ai, meu Deus, eu nem *lembro* da noite de sexta. Você acha mesmo que eu tentei *me matar* porque a gente *transou?* Qual é o seu *problema? Quem é você? Por que você tá aqui?*

— Já vou embora, tá? — Max tomou a direção da porta. — Desculpa por eu ter feito uma coisa errada e desculpa por ter me aproveitado de você e me desculpa, mesmo que você nem lembre de nada, porque aquilo foi errado e eu nunca quero ser que nem o Trevor.

— Sai daqui — gritou Ashley, chorosa, sem poder mover as mãos para enxugar as lágrimas. — Vai embora de uma vez e me deixe morrer.

De volta ao corredor, Max se aproximou do elevador mas parou assim que se deu conta de quem ocupava o outro quarto.

— *Max?* — Quinn estava estendida no colchão, com um tubo intravenoso ligado ao braço. — O que você tá fazendo *aqui?*

— *Quinn?* Tá tudo *bem?*

— Tá... Os médicos disseram que amanhã já vou conseguir caminhar... e me deram também uns analgésicos e aí... e aí não dói tanto quando eu preciso...

Silêncio.

— Por que ele fez isso, Max? Por que ele fez isso, porra?

— Eu... eu não sei... o Brett falou alguma coisa sobre se exilar do reino, mas não sei o que ele queria dizer com isso e eu... e eu fui a última pessoa com quem ele falou.

— Ai, meu Deus, o que eu tava *pensando?* Por que não *continuei* com ele? Aí, ele ainda estaria vivo e eu não estaria nesse hospital e o Trevor teria encontrado outra garota pra torturar. Que dizer, eu tava a fim de um relacionamento aberto, pra poder me *divertir* com outros caras quando estivesse a fim, sem precisar me preocupar com essas coisas emocionais mais sérias e pudesse ser só uma *garota de 16 anos*, sabe? Aí, eu vou pro baile com o Trevor e cinco dias depois o Brett tá *morto*. Você acha que isso é só *coincidência*? Ai, meu Deus, eu achava que poderia voltar pra ele se ficasse com vontade de ter alguma coisa séria, e agora nunca mais vou *conversar* com ele. *Ninguém nunca mais vai conversar com ele.*

Silêncio.

– Eu me cortava, ele contou isso pra você? – Quinn perguntou.

– Na primeira vez eu tinha 6 anos. Meus pais tavam brigando e falando em se separar, aí, eu fui pra cozinha, peguei uma faca e comecei a me encher de cortes. E aí eles pararam de brigar pra me levar pro hospital, e fiquei muito feliz por eles finalmente estarem prestando atenção em mim. Aí, comecei a fazer isso toda vez que eles me irritavam, até que o Brett pediu pra eu parar com aquilo porque ele ficava triste me vendo daquele jeito, mas agora ele tá *morto* e eu não tenho *idéia* do que vou fazer com a minha vida... Acho que nem quero ir no enterro. Seria muita doença da minha cabeça ir numa coisa dessas quando a culpada por tudo sou eu.

– Você não tem que pensar assim – disse Max. – Talvez ele não tenha feito isso antes porque você existia na vida dele.

– Sei lá. – Ela encostou a cabeça no travesseiro. – Ai, meu Deus, como eu tenho saudade de como as coisas eram antes.

– Por favor, Quinn, não faça nenhuma bobagem. – Max voltou ao corredor. – Um de nós ter feito isso já foi o bastante.

Pegou o elevador até o saguão do hospital, tirou seu skate debaixo de um dos sofás de couro e saiu pelas portas automáticas. O caminho até a casa de Brett era pura descida de ladeira.

– Ai, Max... – A Sra. Hunter abriu a porta de casa e o abraçou com força. – Você era o melhor amigo dele... Me diga o que a gente fez de errado para que os nossos dois filhos tenham... tenham...

Silêncio.

– Fique bem aí. – A Sra. Hunter voltou para dentro da casa e voltou com o skate de Brett, sua guitarra e seu porta-CDs. – As roupas dele devem ficar meio grandes, mas se você quiser alguma dessas coisas, pode ficar. Jogar tudo isso fora ou vender para alguém seria meio vergonhoso.

– Obrigado... agora vou ter que aprender a tocar guitarra, mas obrigado mesmo.

– Ele amava esses discos. Sempre achei que eram só uma barulheira terrível, mas significavam alguma coisa para o Brett.

– Vocês não fizeram nada de errado, Sra. Hunter. Acredite em mim. A pior coisa do mundo é quando você começa a se culpar pelas decisões dos outros.

– Obrigado por aparecer, Max. – A Sra. Hunter fechou a porta. – Agora precisamos ficar sozinhos.

Max sentou no jardim da casa e abriu o zíper do porta-CDs, que tinha espaço para duzentos discos. Os quatro primeiros eram *Abbey Road*, *Let it Be* e os dois discos do *White Album*.

– Não pode ser. – Max riu e continuou explorando os discos, apenas para encontrar *A Hard Day's Night*, *Rubber Soul*, *Imagine*, *Band on the Run* e *All Things Must Pass*. – Então ele tava mentindo o tempo inteiro quando chamava os Beatles de Bichous? Ele tinha *todos os discos*? Até *todos os discos solo*?

Max permaneceu sentado e rindo sozinho por um bom tempo. Em seguida, carregou tudo até seu apartamento e finalmente foi para a Kapkovian Pacific.

– ...vendia tudo na porra da internet...
– ...nem sabiam que ele ainda ia pro...
– ...ouviu falar do cara da equipe de atletismo que...
– ...ano passado foi o *irmão* desse ca...
– ...lembra do irmão do Ian no fim de semana pass...
– ...chupei uma garota pela primeira vez...
– ...é tão do caralho ver uma vagabunda...
– ...fodendo sua cara, sei, sei...
– ...gosto adquirido, mas é mesmo...

Max ignorou as fofocas e caminhou direto até a sala de aula no final do corredor.

– Ah... Max, você veio. – A Srta. Lovelace estava sentada à mesa. – Você deve estar se sentindo muito mal. Que infelicidade, isso que aconteceu com o Brett.

– Por que você fez aquilo, Srta. Lovelace? Naquele quarto de hotel?

– Que... que quarto de hotel? Do que você está falando, Max?

– Todo mundo sabe. Você fez uma coisa que professores nunca deveriam fazer.

A Srta. Lovelace se forçou a esboçar um sorriso tênue.

– Se um dia você precisar conversar com alguém, Max, conte comigo. – A Srta. Lovelace apanhou uma caneta esferográfica e um *post-it* sobre sua mesa. – Este é o telefone da minha casa. Se você precisar conversar com *alguém*, pode ligar. A autodestruição é uma coisa que se espalha como um vírus, e enquanto eu estiver viva nunca mais quero perder um aluno desse jeito.

– Não precisa mesmo se preocupar... – Max pegou o *post-it*. – Vou ficar bem, senhorita Lovelace.

Max voltou ao corredor. Milhares de alunos corriam para as salas de aula, remoendo sem parar os boatos sobre Trevor, Quinn, Brett, Ashley e as incontáveis equipes de televisão acampadas ao lado do estacionamento da escola.

– E aí? – Delicado, Max colocou uma das mãos sobre o ombro de Julia. – Como você tá?

– Ai, Deus, Max. – Julia encostou a testa no armário, chorando sobre o aço frio e cinzento. – Os advogados que cuidam da minha emancipação ligaram ontem à noite. Era isso que eu tinha ido dizer pro Brett quando fui pra casa dele. O juiz decidiu suspender meu processo de emancipação porque ontem eu fui detida no colégio. Agora preciso voltar pra Anchorage hoje à noite e morar com uma família adotiva que nunca vi na minha vida. Pelo amor de Deus, não vou nem poder *ver* meu pai e minha mãe antes de fazer *18* anos.

– Você vai *embora*? Você tá me dizendo que vai embora *hoje à noite* e não vai mais *voltar*?

– A gente vai se ver de novo, Max. A gente pode continuar se falando por telefone, trocando cartas, ficar lembrando como aquele baile foi especial e continuar amigos, mesmo estando em cidades diferentes.

– Não, não, não, não, não – gritou Max, chorando e sacudindo a cabeça. – Você não pode *ir embora*. Não *agora*.

– Não fica triste, Max. – Julia tomou as mãos de Max nas suas e molhou o rosto dele com suas lágrimas. – Juro por Deus, eu queria que fosse ontem de novo, nem que fosse só por um minuto. Eu queria tanto, tanto, mas tanto que fosse ontem de novo, porque ontem o mundo ainda era bom.

Max tentou sorrir.

FIM

ESTATÍSTICAS VADIAS

53%

Porcentagem de casamentos fracassados nos EUA durante os anos 1990.

[Fonte: Censo dos Estados Unidos.]

28%

Porcentagem de homens casados que cometeram adultério.

17%

De mulheres casadas.

[Fonte: *USA Today*, 21 de dezembro de 1998.]

23%

Porcentagem de americanos casados que acreditam que "a infidelidade é uma parte inevitável dos casamentos de hoje em dia".

[Fonte: *Time*, 31 de agosto de 1998.]

**ASHLEY O., 19
WASHINGTON, D. C.**

"Não entendo como alguém pode querer se apaixonar, quando todo mundo vê que as pessoas que se metem em relacionamentos acabam sempre de coração partido. Tipo assim, o que é melhor? Sair com alguém por oito meses e depois ter que se separar, ou só encontrar essa pessoa numa festa e transar com ela?"

"Stamford, CT — O garoto de 9 anos que foi preso sob a acusação de ter estuprado uma menina de 7 anos no banheiro da Escola Primária Roxbury foi retirado da escola, afirmaram ontem os policiais. (...) O garoto foi preso na terça-feira, acusado de violência sexual, que teria ocorrido no último mês de março. A polícia ainda não declarou quais acusações foram oficialmente imputadas sobre o jovem."
— *THE STAMFORD ADVOCATE*, 17 DE ABRIL DE 2003.

"Denver, CO — A polícia declarou que um grupo de alunos da quinta série tentou envenenar uma colega colocando remédios, cola, chumbo e giz em suas bebidas. (...) A polícia foi informada sobre o caso na terça-feira, depois que a garota de 11 anos reclamou aos professores que encontrara os itens em suas garrafas de água e refrigerante por três dias seguidos. (...) 'Os alunos disseram que não gostam dela e que queriam feri-la', afirmou na terça-feira a diretora da escola, Sally Edwards."
— *THE ASSOCIATED PRESS*, 17 DE JANEIRO DE 2003

"Filadélfia, Pensilvânia (AP) — De acordo com a polícia, um garoto de 16 anos foi atraído por sua nova namorada até um terreno baldio, onde acabou roubado e espancado por três de seus amigos. Os investigadores comentaram que o espancamento foi um dos mais brutais que já viram. De acordo com a sargento Kathleen McGowan, o assassinato de Jason Sweeney foi um plano arquitetado pela garota em conjunto com os três garotos, com a intenção de roubar quinhentos dólares para comprar drogas. Justina Morley, 15, e os garotos — Edward Batzig Jr., 16; Nicholas Coia, 16; e seu irmão Dominic Coia, 17 — foram acusados como adultos por homicídio e outros crimes relacionados. A polícia afirmou que os garotos que cometeram o crime cresceram juntos. Segundo a mãe de Sweeney, nas últimas duas semanas seu filho parecia feliz com sua nova namorada. 'Ele achava que ela era uma garota legal', disse Dawn Sweeney. 'Queria que eu a conhecesse'."
— *THE ASSOCIATED PRESS*, 6 DE JUNHO DE 2003.

"Filadélfia, Pensilvânia — Depois de se abraçarem, os quatro adolescentes roubaram a vítima, dividiram os quinhentos dólares que Sweeney ganhara com seu trabalho na construção civil e foram comprar drogas e comemorar, declarou a polícia. 'A gente pegou a carteira do Sweeney, dividiu a grana e fez festa até não poder mais', declarou Dominic Coia, 17, aos detetives, de acordo com a transcrição de seu depoimento em 3 de junho."
— *THE ASSOCIATED PRESS*, 19 DE JUNHO DE 2003.

ESTATÍSTICAS VADIAS

MAIS DE 47 MILHÕES
Americanos de 10 a 17 anos de idade.

19 MILHÕES
Americanos de 20 a 24 anos de idade.

21%
Porcentagem da população americana com idades entre 10 e 24 anos ("Geração Y").
[Fonte: Censo dos Estados Unidos.]

ADENDO

Completando 20 anos no ano dos malditos: reflexões variadas sobre meu mundo, minha geração e meu pênis

NOTA DO AUTOR (07/02/03):

Nos dois anos que se passaram desde a conclusão destas memórias, o Autor freqüentou diariamente uma academia – melhorando sua Energia e sua Resistência –, em uma tentativa desesperada de retornar ao seu vigor adolescente. Assim, é com alegria que o Autor revela que Seu Pênis está novamente funcional, para a satisfação de sua Linda Namorada e do Mundo como um todo. Agradeço sua preocupação.

23 de janeiro de 2003

22:35

A Escuridão da Vigésima Quarta Hora se aproxima, Meus Compatriotas. Logo estarei livre para sempre de minha Maldita Adolescência, abandonando por completo minha Mocidade e experimentando a Idade Adulta pela primeira vez desde que surgi neste Fétido Planeta Terra.

E, ainda assim, estou triste por dentro. O que explica este incorrigível Pesar? O que causa esta Melancolia infinita? Deuses, respondam-me! Quisera eu que esta carne tão corrompida se fundisse e derretesse como orvalho![10]

Em Nome de Jesus, Rei dos Céus, o fato de eu ter conseguido sobreviver 20 anos inteirinhos sem ter sofrido nenhum ferimento grave ou ter contraído alguma doença venérea é um testemunho de Esperança, Alegria e Vagabundas Nuas e Bêbadas Sentando Na Minha Cara e Rebolando Que Nem Um Peixe Fora D'Água ou Algo Assim. Afinal de contas, há dois séculos a duração média da vida humana ficava em menos de 30 anos, de acordo com *Crescimento da expectativa de vida: uma história global* (Cambridge University Press, 2001).

Mas em vez de se Regozijar na permanência de minha Vitalidade e de meu Vigor, minha consciência está tomada pela sensação inconfundível de que alguma coisa está Errada, de que alguma coisa está Faltando. A origem deste sofrimento perverso escapa a todas as minhas capacidades de auto-análise, mas tenho grandes suspeitas de que isso tem alguma relação com o fato de que Meu Pênis não está funcionando e Oh, Meu Deus,

---

[10] O Autor não tem pudor algum em parafrasear autores menores sem lhes dar crédito. Especialmente quando eles estão mortos há 400 anos.

Meu Maldito Pênis não está funcionando. Oh, meu Jesus, Oh, meu Deus, Oh, meu Senhor, Oh, meu Cristo, Oh, Putaquepariu! Putaquepariu! Putaquepariu! Putaquepariu! NÃÃÃÃÃÃÃÃÃÃÃOOOOOOOOO!!!

23:02

Mas não comecem a achar que estou Impotente aos 19 Anos ou alguma outra bobagem, seus bobinhos boboquinhas cheios de bobeiras. Meu Pênis tem uma longa história (por assim dizer) de funcionar perfeitamente, para a satisfação de seu proprietário e sua(s) apreciadora(s). As últimas semanas, contudo, provaram-se perturbadoras: veja bem, durante um recente encontro amoroso com Minha Linda Namorada, Meu Pênis não conseguiu ir além da Temível Marca dos Dois Minutos.

Entendo que apenas um grande homem (por assim dizer) admitiria publicamente tais dificuldades com sua Flauta de Carne. A Inverdade, contudo, é um pecado que extrapola minhas capacidades jornalísticas: sou uma criatura inexperiente, cheia de Sinceridade. Sendo assim, é com a mais completa Vergonha e o mais completo Remorso que admito tal precocidade (por assim dizer) de minha genitália até então historicamente confiável. Especialmente nesta Era de Orgasmos Femininos.

E ainda devo admitir o pior: desde aquela manhã horrível em que Meu Pênis falhou comigo, nunca mais consegui obter uma ereção, por Medo de falhar novamente. (PutaMerdaPutaMerdaAiMeuDeusMinhaVidaAcabouAiDeusNãoNãoNão!) É uma lógica circular psicossexual: minha preocupação constante em manter Minha Linda Namorada satisfeita é o que me impede de usar minhas habilidades ao máximo, mas não consigo parar de me preocupar com isso porque já provei a mim mesmo que não passo de um Zé-Trinta Segundos.

– Tem certeza que você não é nem um pouquinho *gay*? – perguntou Minha Linda Namorada na última semana, depois de mais uma noite fracassada de Tentativas de Amar. – Quer dizer, só um pouquinhozinho *gay*? Sabe, só um pouquinho mesmo?

O que não é exatamente o tipo de coisa que um Macho em seu Apogeu Sexual quer ouvir enquanto combate tal horrenda Impotência. Mas, Ai de mim!, isso tudo já aconteceu antes – há dois anos –, na noite em que eu deveria ter perdido minha Inocência, minha Virgindade, minha Virtude aos Olhos de Meu Senhor Jesus Cristo.

Três dias se passaram desde minha Formatura do Colégio: estou nu, deitado na cama que me pertence desde a infância, tendo ao meu lado no colchão minha igualmente Nua namorada da época. Sabia que minha Primeira Vez deveria ocorrer naquela noite, mas não fazia idéia de como fazer tal proposta carnal, quer dizer, pelo Amor de Deus, como é que você pede uma coisa dessas a uma mulher tão sadia e honrada?

– Mas e aí, você vai me comer ou não? – ela perguntou, mamando minha virilidade.

– Tá bom! – respondi, já em busca da camisinha Trojan depositada sob minha cama. – Oba!

É claro que me senti ao mesmo tempo excitado e aterrorizado com a idéia de Perder Minha Virgindade. Eu fantasiara aquilo por noites incontáveis, me acariciando no Escuro, sonhando com futuros dias gozosos (por assim dizer). Infelizmente, algo estava faltando no desenrolar daquela noite. E vocês já devem ter imaginado: esse algo era Meu Pênis.

– Há... só um pouquinho – implorei, masturbando-me em Pânico Absoluto, rezando ao Meu Senhor Jesus Cristo por Apenas Mais Uma Ereção. – Preciso de um pouco mais de tempo pra... ai, meu Deus... Funciona, seu fedorento filho de uma puta.

– Quem sabe agora você me leva pra casa? – ela pediu 45 minutos mais tarde. Minha cabeça estava aninhada em seu peito, e eu soluçava como uma garotinha que tivesse perdido seu maldito ursinho de pelúcia.

23:59

Adeus, Doce Mundo Adolescente
Adeus...

"Washington, D. C. – Cidadãos americanos que trabalhem para a Al-Qaeda no exterior poderão ser legalmente perseguidos e mortos pela CIA, dizem as autoridades, de acordo com as leis do presidente Bush para a guerra contra o terrorismo. A permissão para matar cidadãos americanos foi concedida em acordo com uma regulamentação secreta assinada pelo

presidente depois dos ataques de 11 de setembro. Essa regulamentação permite à CIA realizar ataques secretos contra a Al-Qaeda em qualquer lugar do mundo."
— *THE ASSOCIATED PRESS*, 4 DE DEZEMBRO DE 2002.

Não Se Engane: a Raça Humana está indo direto para o Inferno, e isso não tem mais volta. A Humanidade já fez cagadas demais para ainda ter direito a continuar existindo. Entramos na Guerra Para Acabar Com Todas as Guerras, e a Era do Homem se aproxima de seu Desfecho Apocalíptico:

"Campo de Refugiados Jabaliya, Faixa de Gaza — Na última sexta-feira, o grupo militante Hamas, que já realizou diversos ataques suicidas em Israel, encorajou o Iraque a copiar suas táticas e fazer uso de milhares de homens-bomba em uma batalha contra o Ocidente."
— *THE ASSOCIATED PRESS*, 10 DE JANEIRO DE 2003.

E lá vêm os Soldados Suicidas da Terra de Alá. Bem, foda-se: minha geração nunca teve mesmo qualquer esperança sobre o Futuro. Quem se importa com a continuação da Raça Humana?

"Um 'torneio de punheta' promovido por adolescentes em uma residência de classe alta próxima a Burr Ridge acabou descambando para o estupro quando uma garota de 16 anos desmaiou e seis jovens realizaram atos sexuais com ela — escrevendo ofensas em seu corpo com uma caneta hidrográfica — ao mesmo tempo em que gravavam seus crimes em vídeo, afirmou na sexta-feira um promotor de Cook County", revelou o *Chicago Sun-Times* de 11 de janeiro de 2003. Mais tarde, o próprio *Sun-Times* esclareceu:

"Em algum ponto [por volta das 2:30 da manhã], a garota entrou em um dos quartos e vomitou. De acordo com as autoridades, o vídeo foi gravado logo em seguida. Nos registros do tribunal e nos depoimentos de outras audiências, os promotores alegaram que [Sonny] Smith, 18, operou a câmera e orientou os participantes. [Adrian] Missbrenner, 17, e [Burim] Bezeri, 17, foram acusados de praticar a violência sexual contra a garota. [Christopher] Robbins, 18, forçou-a à pratica de sexo oral, enquanto [Jason] Thomas, 18, escreveu na perna da vítima com uma hidrográfica preta. [Joshua] Knott, 18, cuspiu na garota e a cobriu de desenhos."

De fato. A turba adolescente de hoje em dia é composta por animais impiedosos, e estou feliz por não fazer mais parte dela. Pelo Amor de Deus, 25% dos adolescentes americanos acreditam que é aceitável usar de força física para manter relações sexuais com uma garota que esteja embriagada ou sob efeito de drogas, de acordo com o *Journal of School Health*.[11]

E esse índice chega a 62% se a garota está vestida "de modo provocante".

"Uma garota da minha sala me passou um bilhete que dizia que ela queria fazer sexo com alguém e queria que fosse eu, mas aí a minha mãe achou o bilhete no bolso da minha calça e ficou furiosa, porque a garota tem tipo 12 anos, sei lá, e ela acha que isso é esquisito ou qualquer coisa assim."
— Billy G., 13, Filadélfia, Pensilvânia.

"Há alguns meses meu namorado queria fazer sexo comigo e com o melhor amigo dele ao mesmo tempo. Na verdade, eu não queria muito, mas ele disse que terminaria comigo se eu não topasse, então eu topei. No começo, foi meio esquisito, mas depois, até que ficou legal, eu acho. Ele terminou comigo um mês depois."
— MELANIE M., 18, GREENSBORO, CAROLINA DO NORTE.

Claro, de modo algum posso afirmar que sou Santo. Não, sou apenas seu (ex-) adolescente normal: cheio de Curiosidade, Cobiça, Luxúria e Fraqueza. Como tal, me envolvi em um bom número dessas pegações de fim de semana, totalmente desprovidas de sentido: episódios Excitantes e Inconseqüentes de Agarração sem propósito algum além da Gratificação Instantânea e de encontrar um lugar suficientemente adequado para depositar algumas colheres de chá de Excedente de Sêmen Jovem. Para os Adolescentes Americanos, a promiscuidade não é apenas algo que se espera de nós, mas também algo respeitado – em quase todos os círculos sociais perceptíveis, em todas as festas embriagadas nas noites de sábado.

"O sexo é a única modalidade de comportamento humano percebida como incontrolável nos adolescentes", escreveu Cal Thomas, colunista norte-americano, em seu artigo de 8 de junho de 2001.

---

[11] Reproduzido em *Jovens sexuais, mídia sexual: investigando a influência da mídia na sexualidade adolescente*. Lawrence Erlbaum Associates, 2002.

E ainda assim, espantosos 53% das garotas adolescentes e 41% dos garotos acreditam firmemente que sexo antes do casamento é "sempre um erro", de acordo com uma grande pesquisa sobre os alunos americanos de ensino médio conduzida em 1998 pelo *New York Times* em conjunto com a CBS News. Além disso, garotas adolescentes sexualmente ativas têm três vezes mais chances de tentar o suicídio – de acordo com uma recente pesquisa nacional citada no *USA Today* –, enquanto as chances dos garotos são *seis* vezes maiores. Santo Caralho Voador, o que está *acontecendo*?

Comecemos pelo princípio. A Revolução Sexual dos anos 1960 é geralmente encarada como um desenvolvimento positivo dentro do tecido social americano: ela costuma ser agrupada com o movimento pelos direitos civis, as manifestações pacifistas e o movimento feminista,[12] e, hoje em dia, apenas extremistas religiosos alegam que a busca sem limites do prazer é prejudicial ao bem-estar da sociedade. Como escreveu a ensaísta de direita Suzanne Labin em sua obra paranóide, *Hippies, drogas & promiscuidade* (Arlington House, 1970):

"Uma conseqüência óbvia da filosofia hippie – isto é, a primazia do prazer pessoal acima de qualquer outro valor – é a reivindicação de uma completa liberdade de experiências sexuais, incluindo-se aí o direito de trocar de parceiro quando se tiver vontade. (...) Oh, meus alegres amigos tristes que percorrem a trilha do haxixe, temo não apenas por nossa civilização, mas também por vocês. (...) Vocês não têm laços emocionais uns com os outros, e ainda assim pensavam em nos ensinar o amor."

Os anos 1950 e 1960 foram épocas bem diferentes para os adolescentes americanos, em parte graças à Guerra do Vietnã e em parte por causa da aprovação pelo FDA em 1960 de um medicamento barato que tornava o corpo feminino incapaz de engravidar. A combinação do ressentimento generalizado dos jovens contra quase todos os valores estabelecidos (pró-Cristãos/pró-Vietnã) e a onipresença quase imediata da Pílula fizeram o número de adolescentes sexualmente ativos saltar de 23%, antes de 1960, para 55%, em 1972. De fato, milhões e milhões de jovens americanos descartaram a convenção social mais preciosa

---

[12] Feminismo: filosofia popularizada no final dos anos 1960. Afirma que as mulheres – todas elas vítimas de um "patriarcado" inexistente – não mais pertencem aos homens nos relacionamentos sexuais. Do mesmo modo, os homens não mais pertencem às mulheres, tornando assim obsoletos a monogamia, o casamento, o compromisso e a afeição humana. (Ver: Valerie Solanas, "SCUM Manifesto: uma proposta para a destruição do sexo masculino", 1968.)

desde a fundação de seu país, trocando-a por um novo lema que se espalhou por toda uma geração: Cure Agora Sua Virgindade.

"Algumas garotas gostam de homens, mas não se sentem à vontade acordando ao lado de um estranho", dizia um anúncio na edição de 7 de dezembro de 1967 do *Berkeley Barb* – até então um jornal adolescente com muitos leitores –, acrescentando: "Sou um jovem de boa aparência, discreto e adaptável. Realizarei seus desejos e desaparecerei em seguida. Se você for bonita, me telefone."

Centenas de anúncios semelhantes tomaram as páginas dos semanários hippies de todo o país, tornando as coisas mais fáceis do que nunca para garotos e garotas curiosos e dispostos a encontrar parceiros descartáveis em cidades de todos os tamanhos. Mas qual, e isso precisa ser perguntado, qual era o verdadeiro *sentido* da Revolução Sexual de nossos pais? O que a *motivou*?

"Nas entrevistas que conduziu para uma matéria a respeito do sexo como parte da vida no *campus*, um jornalista da West Virginia University descobriu que diversos alunos apontam motivos semelhantes para as relações sexuais antes do casamento", publicou a revista *Look* em 1967. "Os motivos: atração física; para mostrar aos adultos que podiam fazer exatamente o que quisessem a despeito do que os outros pensassem; para relaxar da tensão."

Desejo sexual? Confere.

Rebelião de juventude? Confere.

Alívio para o estresse? Confere.

Amor Livre? Naaah. Na verdade, as relações sexuais sem sentido e sem compromisso foram o único objetivo ou resultado genuínos da Revolução Sexual – e talvez seja por isso que metade dos *baby boomers* se divorciaram ao menos uma vez, de acordo com o Censo nacional.

"A desconfortável união de alcova entre a revolução sexual e o feminismo produziu uma tensão ímpar, na qual todas as restrições morais que governavam a natureza humana desapareceram, mas a natureza humana também desapareceu com elas", escreveu Allan Bloom, professor da Universidade de Chicago, em seu controverso bestseller *The Closing of the American Mind* (Simon & Schuster, 1987). "A euforia da liberação acabou se evaporando, contudo, pois não ficou claro o que exatamente foi liberado. (...) [Os adolescentes] não têm mais certeza do que sentem

uns pelos outros e perderam qualquer orientação a respeito do que fazer com seus sentimentos. (...) Existem homens e mulheres de 16 anos para quem nada mais resta a aprender no campo do erotismo."
E isso foi escrito há 17 anos.

"A pesquisa sobre o envelhecimento oferece um bom exemplo de como a ciência biomédica se tornou uma empreitada internacional nos últimos anos, cruzando diversas fronteiras nacionais. Se o problema do envelhecimento humano for resolvido por uma ou mais das atuais abordagens de pesquisa, a solução definitiva não poderá ser reivindicada por nenhuma nação, nenhum laboratório em particular ou nenhum grupo de laboratórios."
— *THE FRAGILE SPECIES*, DO DR. LEWIS THOMAS.

Número de homens americanos que tomam o medicamento antiimpotência Viagra: **9 milhões.**
[Fonte: Pfizer]

Dois anos atrás

– Mas e aí, você vai me beijar ou não? – a Garota pergunta.

Estou confortável no banco do motorista da minha Fantástica Minivan Dodge de 1984. Ela está sentada ao meu lado, usando uma blusa rosa tão colada que revela muito mais do que esconde. O carro está estacionado no caminho da garagem em frente à casa dela. O motor está desligado, e não consigo deixar de me sentir terrivelmente deslocado. A julgar pelo andamento das coisas, tudo correu muito bem em nosso primeiro encontro. Mas eu *acabei* de conhecer esta garota, pelo amor de Deus. Será que eu realmente quero me lançar a outra dessas travessuras carnais sem sentido algum?

– Não sei – respondo. – Será que devemos?

É, sou mesmo um baita Romeu.

– Ah... – Ela faz beicinho. – Você não *gostou* de mim?

– Claro que gostei, gostei muito. É que... desculpa, é que minha namorada se separou de mim na semana passada e ainda parece muito cedo pra fazer isso, sabe?

Silêncio.

— Foi o meu primeiro relacionamento sério – revelo. – Acho que seria meio estranho, sair disso direto pra... quer dizer, você é mesmo *interessante*, não me entenda mal, mas nós obviamente não sentimos nenhum tipo de ligação emocional mais profunda um pelo outro.

— Bem, foi legal conhecer você. – Ela sorri e solta o cinto de segurança. – Liga pra mim, a gente pode sair de novo qualquer dia desses. A menos que você queira entrar agora, mas acho que você não tá a fim, né?

RECADO DO CÉREBRO AO PÊNIS: Ei, Pênis, que tal não entrar?
RECADO DO PÊNIS AO CÉREBRO [Re: "Má Idéia"]: Ha! Ha! Essa foi boa, velhinho!

— Claro! – desafino, tomado de alegria. – Por que não?

Caminhamos até a porta da casa, que ela destranca silenciosamente, encostando o indicador nos lábios e me alertando para que eu não fizesse muito barulho. Afinal de contas, não queremos que Papai e Mamãe acordem, não é? Não, não queremos. Diabos, a chance de ser pego com a boca na botija faz um calafrio morno descer até meus testículos. Ainda não, Pênis. Daqui a pouco. Bem loguinho.

A porta abre, rangendo. A casa está escura, e os pais dela estão caídos em sono profundo. Meu coração bate forte e a adrenalina flui por minhas veias como heroína misturada com alcatrão. Ao meu lado, a garota desce as escadas rumo ao seu pequeno quarto, sempre na ponta dos pés. Enlaçamos as mãos e nossos corpos se entregam à Doce Paixão Adolescente: os lábios da garota se aproximam dos meus enquanto desabamos em sua cama macia. É isso aí, Pênis, chegou a sua hora! *Erga-se*, Pênis! *Erga-se*, ordeno! *Erga-se*, desgraçado. *Erga-se!*

RECADO DO CÉREBRO AO PÊNIS: Pelo amor de Deus, Pênis, não está lembrado do belo relacionamento que tivemos nos últimos três meses? Não percebeu que o Amor é mais satisfatório que a Luxúria em todos os quesitos que interessam? Que diabo, Pênis! A Furunfada desta noite não vai fazer diferença alguma para você amanhã, mas se você resistir – se você provar apenas uma vez que é mais do que um simples escravo de seus impulsos hormonais –, isso seria uma vitória genuína. Isso sim seria fantástico, não acha?

RECADO DO PÊNIS AO CÉREBRO: Sei lá, cara.

– Espera – digo, ainda abraçado na garota. – Você não acha que seria melhor se a gente *realmente* gostasse pelo menos um pouquinho um do outro? Você não *quer* algo mais profundo do que isso?
(Silêncio longo e constrangedor).
– Você me deixa tão molhada – ela explica, e passa os dez minutos seguintes usando a língua para explorar o interior de minhas orelhas.

RECADO DO PÊNIS AO CÉREBRO: Bela tentativa, otário.

"É bom fazer sexo. Isso você já deve saber... Do mesmo modo, fazer sexo com uma prostituta é degradante, e pode até ser ruim. Pergunte a qualquer pessoa que tenha tentado. Sexo barato, casos de uma só noite e sexo no primeiro encontro tendem a cair em uma mesma categoria. Muitas vezes são uma péssima experiência. (...) É uma emoção barata, com pouco ou nenhum valor."
– *GUIA DOS ADOLESCENTES PARA O MUNDO REAL*, DE MARSHALL BRIAN.

"Sexo sem amor é uma experiência vazia. Mas no âmbito das experiências vazias, é uma das melhores."
– WOODY ALLEN.

A Morte do Amor Juvenil está Decretada, meus amigos. É claro que o amor pode florescer em relacionamentos sexuais – não estou aqui sugerindo que amor verdadeiro significa celibato, até porque eu pessoalmente gosto de cuspir (ou ejacular) no rosto de Deus sempre que Meu Pênis resolve obedecer ordens –, mas os Estados Unidos se tornaram a Terra do Oba-Oba.

A propósito, os Centros para Controle e Prevenção de Doenças calculam que 50% dos jovens de 14 a 15 anos se embriagam pelo menos uma vez por mês, isso sem mencionar 79% dos de 18 anos – *exatamente os mesmos números de jovens sexualmente ativos em cada uma dessas faixas etárias*. A Revolução Sexual dos anos 1960 abriu caminho para a Cultura da Pegação, personificada pela Geração X,[13] mas o fato dessa justaposição inseparável da intimidade física com a embriaguez estar tendo início em *crianças pré-pubescentes* é algo novo e completamente apavorante.

---

[13] A diferença entre a Geração X e a Geração Y: enquanto os membros da Geração X são frustrados e esnobes porque suas vidas não têm sentido (e por não terem heróis que signifiquem alguma coisa), a Geração Y celebra essa falta de sentido com a mais absoluta devoção.

O que nos traz ao único e simples motivo pelo qual a maioria dos americanos consideram o sexo antes do casamento um ato moralmente nada respeitável, mesmo que quatro de cada cinco de nós o pratiquem: *estamos tentando usar o sexo para fazer nosso Medo sumir*. A moralidade é irrelevante. Quando a individualidade foi esmagada e a humanidade pode muito bem aniquilar a si mesma a qualquer momento, por que *não* correr atrás de prazeres fugazes sempre que surgir a oportunidade? Isso não *machuca* ninguém, não é?

Você pode ir para a Guerra e Morrer por seu país aos 18 anos, mas se tomar um gole de cerveja antes dos 21 – ou, na maioria dos estados, transar antes dos 18 – você se torna um Renegado. Enquanto isso, uma parcela significante dos *maiores* de 21 anos seguem dietas como se fossem religiões, injetam substâncias químicas e hormônios "rejuvenescedores" em si mesmos (6,2 milhões de adultos passaram por cirurgias plásticas estéticas em 2002, 40% a mais do que em 1997)[14] e se vestem com as marcas da última moda para tentar parecerem, adolescentes de novo. Nossa cultura venera a Juventude e pune os Jovens como se fosem Selvagens.

(Não é de admirar que os jovens sejam selvagens.)

"NAÇÕES UNIDAS – A Coréia do Norte alertou a ONU: se o Conselho de Segurança impuser sanções pela continuação de seu programa de armas nucleares, isso será considerado um ato de guerra. (...) O diplomata de controle de armas de Washington declarou na quarta-feira que chegou o momento de levar essa questão ao Conselho de Segurança das Nações Unidas, que por sua vez pode lançar sanções sobre Pyongyang."
– CNN, 22 DE JANEIRO DE 2003.

"Sem dúvida tenho medo de relacionamentos, mesmo que meus pais ainda estejam casados. Sempre que envolvi minhas emoções ao ficar com alguém acabei magoada, e por isso vivo dizendo a mim mesma que devo ser mais 'parecida com um homem' na questão da intimidade física. (...) Sem dúvida me poupei de muito sofrimento ao me manter emocionalmente distante ao me envolver fisicamente com alguém, e agora estou muito mais satisfeita sexualmente. Quando digo isso posso parecer uma puta sem coração, mas acho que se os caras podem agir desse jeito, eu também posso."
– MIA S., 19, UNIVERSIDADE YALE.

---

[14] Academia Americana de Cirurgia Facial Plástica e de Reconstrução, 2003.

Admito que deve haver alguma centelha infinitesimal de Esperança em algum lugar do mundo – provavelmente no vácuo entre os poucos que se importam e a maioria que pode ser convencida a se importar –, mas essa Esperança precisará derrotar um Medo Terrivelmente Obscuro de modo a obter a vitória final. Em todo o país, as pessoas estão com Medo do Futuro, com Medo um dos outros. Temos Medo das Relações, Medo do Compromisso, Medo da Compaixão.

Então é melhor todo mundo esquecer essa história de Amor de uma vez por todas. Por que não deixar isso pra lá e Foder que nem animais selvagens? Por que se esforçar em busca de algo mais sólido em nossas vidas quando o Apocalipse Nuclear está chegando e a tendência do momento é a Gratificação Instantânea?

Bem, meus Caros Compatriotas, não me façam essa pergunta.

Meu Maldito Caralho nem funciona.

ESTE LIVRO FOI COMPOSTO EM CLARENDON
E CITIZEN E IMPRESSO PELA EDIOURO
GRÁFICA SOBRE PAPEL OFFSET 90G.
FORAM PRODUZIDOS 6.000 EXEMPLARES
PARA A EDIOURO EM AGOSTO DE 2005.